2014年
黑龙江省社会科学学术著作出版资助项目
哈尔滨工程大学中央高校基本科研业务费
专项资金项目（HEUCF141204）

走出创伤的阴霾
—— 托妮·莫里森小说的黑人女性创伤研究

王丽丽◇著

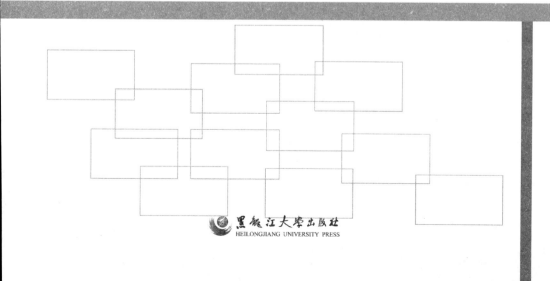

黑龙江大学出版社
HEILONGJIANG UNIVERSITY PRESS

图书在版编目（CIP）数据

走出创伤的阴霾：托妮·莫里森小说的黑人女性创
伤研究 / 王丽丽著. -- 哈尔滨：黑龙江大学出版社，
2014.11（2021.8重印）
　ISBN 978-7-81129-819-2

　Ⅰ．①走… Ⅱ．①王… Ⅲ．①小说研究－美国－现代
Ⅳ．①I712.074

中国版本图书馆CIP数据核字（2014）第242770号

走出创伤的阴霾——托妮·莫里森小说的黑人女性创伤研究
ZOUCHU CHUANGSHANG DE YINMAI——TUONI·MOLISEN XIAOSHUO DE HEIREN
NÜXING CHUANGSHANG YANJIU
王丽丽　著

责任编辑　　刘　岩
出版发行　　黑龙江大学出版社
地　　址　　哈尔滨市南岗区学府三道街36号
印　　刷　　三河市春园印刷有限公司
开　　本　　720毫米×1000毫米　1/32
印　　张　　13.25
字　　数　　190千
版　　次　　2014年11月第1版
印　　次　　2022年1月第2次印刷
书　　号　　ISBN 978-7-81129-819-2
定　　价　　47.00元

本书如有印装错误请与本社联系更换。

序

美国著名的黑人女作家、文学评论家托妮·莫里森是第一位也是迄今为止唯一一位荣获诺贝尔文学奖的美国非裔女作家。其实,她早在1993年获得诺贝尔文学奖之前就获得了许多重要的奖项,如1977年获得了美国国家书评奖(National Book Critics Circle Award),1988年获得了普利策小说奖(Pulitzer Prize for Fiction)和罗伯特·F.肯尼迪图书奖(Robert F. Kennedy Book Award)等,而且早在1987年就被誉为"已经不容置疑地成为她自己时代或任何其他时代一位杰出的美国小说家"了。

莫里森的作品之所以引起批评界的关注并且获得诺贝尔文学奖,既是因其独特的叙事风格及其作品中所蕴含的深厚和丰富的文化底蕴,也是因其长期的创作积累。她的小说围绕着美国黑人这个群体所经受的坎坎坷坷和所蒙受的种种创伤,描绘出一幅幅感人的画面,并借此来表达自己对"善良、邪恶、爱情、友情、美丽、丑陋、生存以及死亡等人类生存环境的各个方面"的理解。

王丽丽这部由博士论文改写而成的学术专著是从创伤的角度来分析隐藏在这一幅幅感人画面背后的美国黑人的人生世相,比如说蓄奴制给黑人母女所造成的创伤、白人文化霸权给黑人女性成长所造成的创伤、男权社会中的女性关系创伤等。大致说来,创伤理论始见于弗洛伊德的《超越快乐原则》(*Beyond the Pleasure Principle*, 1920)一书中。弗洛伊德在这部著作中提出了有关心理创伤等观点。到了20世纪80年代,有关创伤的研究有了长足的发展,已经触及文学、哲学、历史学、文化研究、人类学、社会学等领域。运用这一理论来研究文学,特别是像莫里森这样一位描绘了美国黑人百年创伤历史的美国黑人女作家的作品,可以让我们体悟到许多只可意会却难以言传、令人心悸却又无从表达的人物刻画、细节描写、场景与情节的安排等,并由此理解作者的苦心孤诣和作品的深刻内涵。

从国内外的文献资料来看,运用创伤理论来分析解读莫里森的作品已经有不少成果了。不过,多数成果都是对莫里森的单部作品或从某个层面进行分析解读的。像王丽丽这样用创伤理论较为全面地分析解读莫里森作品的著作还不多见;这样娴熟地运用创伤理论来揭示莫里森作品中所书写的隐秘的创伤还鲜有前例;这样深刻细致且富有同情心地阐释美国黑人妇女的心理路程的学术著作还有待后来者。

我以为,文学研究虽应注重理性分析,但却不能因此而忽略感性体悟,二者应该有一个契合点。依我之见,王丽丽的这部著作接近了这个契合点。对于一位年轻学者而言,这是非常难能可贵的。难能可贵的还有她独立的学术品格。王丽丽在撰写这部著作时,在众多的文献资料面前,不畏艰难,始终如一地坚持了独立的治学精神。

或许会有学者指出这部著作的不足或稚嫩之处。不过,对于这类批评,作为一种回答,我愿在此重复在为胡妮博士的《托妮·莫里森小说的空间叙事研究》一书所写序文中曾说过的话,即学术研究的事,仁者见仁、智者见智是常态,不必求同。大家都一样,就没有多少意思了。这就像一个三棱镜或多棱镜一样,不同的角度肯定会折射出不同的光辉。莫里森是一位“富于洞察力和诗情画意般的”和“把美国现实中的一个重要方面写活了”的小说家。她的小说中所蕴含的深邃、丰富的思想和古老、久远、神秘的文化意蕴不是从一个侧面就能揭示出来的。多一种解读或许能多提供一种认识,从而也有助于丰满作品本身的意蕴。王丽丽的这部学术专著或许会有这样或那样的不足或稚嫩之处,但它却是一个再次转动了的“三棱镜”,通过它我们看到了莫里森作品中那些鲜为人知的光辉。

乔国强
2014 年 7 月 16 日于上海

目录

第一章 相关问题概述

第一节 莫里森的生平和创伤文学创作

托妮·莫里森(Toni Morrison)1931 年出生于美国俄亥俄州的洛雷恩小镇,是当代美国著名的黑人女作家、文学评论家。莫里森的作品以其独特的写作风格,浓郁的黑人文化底蕴,在思想和美学上都达到了美国黑人文学的巅峰,因此她"已经不容置疑地成为她自己时代或任何其他时代一位杰出的美国小说家"(Atwood,1987:50)。1993 年,莫里森获得诺贝尔文学奖,是第一位也是迄今为止唯一一位荣获诺贝尔文学奖的美国非裔女作家。此外,她还获得了许多其他重要奖项,例如,1977 年,她的《所罗门之歌》(*Song of Solomon*,1977)获得美国国家书评奖;1988 年,《宠儿》(*Beloved*,1987)荣获普利策小说奖和罗伯特·F.肯尼迪图书奖;1996 年,她被授予美国国家图书基金会美国文学杰出贡献奖章;2000 年,她又荣获(美国)国家人文奖章(National Humantities Medal)。这些荣誉是对她文学创作才华的肯定和褒奖,同时也确立了她在美国文学和世界文学中的地位。她的文学作品以史诗般的描述和深刻细腻的刻画,描绘了美国黑人百年的创伤历史,彰显了她的璀璨艺术和深邃思想。

托妮·莫里森原名克洛伊·安东尼·沃福德(Chloe Anthony Wofford),上大学时因为这个名字不好发音改为托妮(Toni)。她的父亲和母亲为了逃避种族歧视的迫害,从南方迁移到洛雷恩镇。她的家中充满了浓郁的黑人民间文化和黑人音乐文化,为她后来的文学创作奠定了良好的基础。她的母亲是教堂唱诗班成员，祖父曾靠演奏小提琴养家糊口。莫里森从小就听大人们演唱黑人歌曲、讲述黑人故事，耳濡目染之下，她对黑人文化和黑人传统产生了浓厚的兴趣，以至于在她的每部作品中都能感受到黑人文化的影响。

1937 年，莫里森进入当地一所小学读书，她成为当时班上唯一一名会识字的黑人学生。1949 年她以优异的成绩毕业于洛雷恩高级中学，同年就读于专为黑人开设的华盛顿哥伦比亚特区的霍华德大学英语系，攻读英语和古典文学。1953 年获得文学学士学位。在读书期间，莫里森随学校剧团到南方巡演，回到父辈曾经生活过的南方，这让她亲身体验了黑人的真实生活状况。南方的风土人情和民俗传说都令她印象深刻，并且对她后期的文学创作产生了深远的影响。

莫里森大学毕业后又进入康奈尔大学研究生院攻读文学硕士学位。在学习期间，她主要研究意识流小说作家弗吉尼亚·伍尔夫和威廉·福克纳。1955 年获得硕士学位之后，莫里森首先来到得克萨斯南方大学任教，后来因为在这所学校黑人文化被置于一个极为轻微的地位，她再次返回母校霍华德大学担任教师。在霍华德大学任教期间，莫里森不但结识了领导民权运动的多位人士，也遇到了自己的爱人——牙买加建筑师哈罗德·莫里森（Harold Morrison），于是这位伟大的作家在结婚之后就成了莫里森太太，名字也随之更改为托妮·莫里森。

莫里森的这段婚姻仅维持了六年，1964 年她与丈夫离婚，带着两个儿子来到纽约在兰登书屋找到一份编辑工作。在她婚姻生活出现问题时，莫里森为了缓解悲伤，参加了一些小型的作家社团活动，也正是在这些活动中，莫里森开始了自己的文学创作生涯。在一次活动中，她想起童年时代曾经听说的关于一个黑人女孩乞求上帝赐给她一双蓝眼睛的故事，这便是她的第一部小说《最蓝的眼睛》的创作素材。1966 年，莫里森升为兰登书屋纽约总部高级编辑,她开始编纂记述美国黑人 300 年历史的《黑人之书》(*The Black Book*)①。在编辑的过程中,莫里森为黑人的痛苦生活而感慨,为黑人女性的悲惨命运而悲伤,这激发了她创作的灵感和激情。她接触到的故事成为她文学创作的素材,例如《宠儿》的故事就是基于她编辑《黑人之书》时看到的关于女奴玛格丽特·加纳逃亡的真实事件。

莫里森在从事编辑工作的同时开始文学创作,1970 年她的第一部小说《最蓝的眼睛》由华盛顿广场出版公司出版。这部小说并未一鸣惊人,但是"它标志着一位杰出的黑人女作家崛起于 20 世纪 70 年代美国文坛"(毛信德,2006:18)。莫里森坚持不懈地继续创作,她的第二部小说《秀拉》(*Sula*)1973 年在纽约出版,并且在 1975 年获得了小说类国家图书奖(National Book Award in Fiction)提名。此后,莫里森笔耕不辍,陆续出版了长篇小说《所罗门之歌》(*Song of Solomon*,1977)、《柏油孩子》(*Tar Baby*,1981)、《宠儿》(*Beloved*,1987)、《爵士乐》(*Jazz*,1992)、《天堂》(*Paradise*,1997)、《爱》(*Love*,2003)、《恩惠》(*A Mercy*,2008)和《家园》(*Home*,2012),短篇小说《宣叙》(*Recitatif*,1983),一部文学评论文集《黑暗中的游戏》(*Playing in the Dark:Whiteness and the Literary Imagination*,1992)以及多篇散文、诗歌和儿童文学作品。

截止到 2012 年,莫里森共出版了十部小说。这些小说从不同侧面反映了美国黑人的创伤历史,再现了蓄奴制、种族歧视、白人主流文化以及男权社会等对美国黑人造成的身体创伤和心理创伤。这些创伤并未随着蓄奴制的废除而消除,反而在黑人心里印上了创伤烙印,成为他们挥之不去的痛苦记忆。这些记忆既折磨他们获得自由之后的生活,也影响了下一代黑人的命运。莫里森除了书写黑人创伤之外,还在她的作品中探讨了帮助美国黑人忘记创伤历史,寻求解脱,宣泄创伤的途径。

莫里森的作品关注美国黑人遭受的文化创伤、心理创伤、种族创伤、集

---

① 《黑人之书》(*The Black Book*)由莫里森主编,记叙了美国黑人 300 年历史的发展变化,被誉为美国黑人历史的百科全书。

体创伤以及个体创伤,折射出黑人群体在美国历史长河中的创伤经历。她塑造的小说人物在创伤经历中"努力理解人类生存环境的各个方面:善良、邪恶、爱情、友情、美丽、丑陋、生存以及死亡"(Taylor-Guthrie,1994:156)。作为一名黑人女作家,她更关注黑人女性在种族歧视、男权主义以及生活困境等多重压迫下的悲惨命运。在她创作的十部小说中,七部小说的主人公是黑人女性。她的创作视角由黑人女性的文化创伤转向心理创伤再到种族创伤,由黑人女性的个体创伤转向集体创伤。

莫里森的处女作《最蓝的眼睛》揭示了白人主流文化对女性个体的身心伤害。小说讲述了黑人小女孩佩科拉为了改变自己丑陋的容貌乞求得到一双最蓝的眼睛的故事。白人主流文化使得黑人女性盲目追求"白即是美"的审美标准,使得年幼的佩科拉将自己的丑陋归结于黑色肤色。因此,她天真地认为如果拥有像秀兰·邓波儿(Shirley Temple)那样一双蓝色的大眼睛,就会得到家人和同学的关爱。但是在残酷的现实社会中佩科拉的愿望无法实现,她最终只能陷入疯癫,获得虚幻的满足感。佩科拉的悲剧表明:黑人女性饱受白人强势文化的侵蚀和戕害,在肉体和心灵上都形成了不可治愈的创伤。莫里森借助社会中最边缘的、最弱势的黑人女孩的悲剧来抨击白人强势文化对黑人女性的精神奴役。

她在其他作品中也揭示了同样的主题,如《柏油孩子》,讲述了黑人男性和黑人女性在白人文化与黑人文化冲突中的生存困境。小说描写了一对坠入爱河的青年男女因为两种文化的冲突而导致分手的爱情故事。男主人公威廉·格林逃离家乡在外游荡了八年之后意外地来到骑士岛,这里住着白人商人瓦莱里安·斯特里特一家,黑人仆人和他们的侄女雅丹。雅丹是在白人文化熏陶下长大的黑人女孩,她因为在巴黎遇到感情挫折而来到岛上调整心情。威廉·格林在雅丹面前自称名叫森,不久两人彼此萌生好感,于是他们决定前往纽约开始自己的新生活。但是纽约的大都市生活使两人产生矛盾,因为森皮肤黝黑,固守黑人传统文化,而雅丹是肤色较浅、个性乖张,白人文化和白人教育的产物。两人的分手不是因为肤色、不是因为生活,而是两种文化撞击的结果。被白人文化同化的雅丹抛弃了黑人文化之根,丧失了自己的主体身份,游离在黑人文化之外,这困扰着雅丹的生活。在小说的结尾,森又回到骑士岛寻找雅丹,开放式的结尾似乎在暗示两种文化交融的可能性。

莫里森在《爵士乐》中再次揭示了白人主流文化中黑人的艰难境遇。这部小说以其独特的"爵士乐"风格推动故事情节展开,同时也成为莫里森独具特色的行文风格。小说以爵士乐命名,故事的背景是爵士乐时代纽约的哈莱姆区,以黑人女中学生多卡斯被杀为引线,追述了南方黑人夫妇乔和维奥莉特背井离乡,前往北方城市谋求生存的坎坷经历。女主人公维奥莉特很小的时候,父亲常年足不入户,母亲一人支撑家庭。她十二岁时,房子被白人收回,全家人开始流落街头。母亲不堪忍受贫困和孤独,投井自杀。此后,维奥莉特过着颠沛流离的生活,十六岁时嫁给了乔。虽然两人共同生活几十年,但他们始终无法实现心灵上的沟通。来到北方后,两人的生活充斥着冷漠和敌意。后来,乔与女中学生多卡斯坠入情网,但乔不堪忍受多卡斯的移情别恋而开枪把她打死。出于怨恨,维奥莉特开始马不停蹄地寻访多卡斯的姨母爱丽丝,因为她是多卡斯唯一的亲人及监护人。爱丽丝的同情和帮助最终使维奥莉特摆脱了精神危机。Jazz 这部小说"极具权威性地再现了历史画面,其作者淋漓尽致地表达了她对黑人女性遭受不公和屈辱的愤慨之情"(Morrison,1993:Forward II)。

莫里森的三部小说《最蓝的眼睛》、《柏油孩子》及《爵士乐》将视线聚焦于黑人女性的文化创伤经历,她的小说《秀拉》和《爱》则反映了黑人成年女性在男权社会中遭受的心理创伤。生活在男权专制社会中的黑人女性承担了更多的伤痛,她们依靠结成深厚的友谊来缓解创伤痛苦,但是男权社会彻底瓦解了黑人女性的家庭关系和社会关系。

莫里森的第二部小说《秀拉》创作于1971—1972年间。在此期间她担任兰登书屋高级编辑工作,这使她接触到大量的黑人社会素材,她尤其关注出生于美国的黑人女性的命运,其中一位黑人女性的不幸遭遇成为小说女主人公秀拉的原型。小说揭示了两位黑人女性秀拉和奈尔在男权社会中承受的亲情创伤、爱情创伤及友情创伤。秀拉自幼生活在底层黑人社区,她在

"女族长"式的外祖母夏娃的影响下选择了外出求学,这是一条被社区的居民看成是离经叛道的人生道路。十年之后,秀拉返回底层。她回到家首先将夏娃送到了养老院,离弃了唯一的亲人;然后与好友奈尔的丈夫苟且,背叛了唯一的朋友;她玩弄社区其他的男人,被大家当作"害群之马"。她有违常理的行为遭到亲人的唾弃、朋友的痛恨以及黑人社区的孤立。她的好友奈尔与她的性格截然相反。奈尔在母亲的管教之下循规蹈矩,顺从母亲的安排,成家立业,相夫教子。在童年时,二人因为经历和性格的互补结下了深厚的友谊。亲密的友情并未随着时间的推移而淡化,却因为男权社会规定的道德规范而分崩离析。秀拉和奈尔都饱受爱人抛弃、姐妹背叛以及黑人女性群体孤立之苦。结果秀拉在孤独中死去。在秀拉去世 25 年后,奈尔来到她的墓前看到墓碑上的名字,回顾一生的经历,她意识到一生中她最珍视的是与秀拉的友情。她最终消除了对秀拉的痛恨,走出了友情创伤的阴影。黑人女性心理创伤是莫里森创作的另一个主要视角,她探讨黑人女性在家庭生活和感情生活中承担的伤痛,指出男权社会的专制是黑人女性情感伤害的根源。

《爱》是莫里森的第八部小说,小说的内容与《秀拉》相似,探讨了黑人女性的亲情、爱情和友情。故事通过"L"的叙述逐渐展开,讲述了比尔·柯西身边的女人们的情感纠葛。故事发生在 20 世纪 90 年代,比尔·柯西是一家黑人饭店——东海岸最著名的黑人度假胜地的主人。他深爱的妻子早早去世,他替儿子做主娶了牧师家的女儿梅。但是几年之后,儿子也撒手人寰,丢下妻子和他们的女儿克里斯廷。梅在丈夫去世之后帮着柯西维持饭店的生意。然而,柯西娶了十一岁的希德——克里斯廷最好的朋友,这一行为伤害了她们之间的友谊,从此希德和克里斯廷相互仇恨,相互斗争,以至于在柯西的葬礼上两人大打出手。柯西在遗嘱中将全部遗产留给了一直与他交往的妓女。为了挽救柯西家女人的命运,L 改写了遗嘱并在柯西葬礼后离开了柯西酒店。克里斯廷离家多年后返回柯西家,与希德仇视,两人都在想方设法成为柯西遗产的唯一继承人。最后希德在朱尼尔的帮助下返回废弃了的柯西酒店想寻找丈夫的遗嘱,不料克里斯廷尾随而来,希德失足跌下阁楼,生命垂危。朱尼尔弃危难中的希德不顾,自己驾车逃回柯西家。克里斯廷一人照顾希德,此时两人忆起童年时的友情和多年来的争斗,在交谈中彼此原谅解开心结。莫里森在《爱》中站在女性的视角上描写爱的缺失、友情的背叛,对黑人女性生存困境进行解密,努力解构和建构非裔美国文化。

黑人女性一方面遭受白人强势文化对心灵的浸染和侵蚀,另一方面还要承担男权社会对黑人女性的歧视和压迫,使她们处于社会最底层、最边缘的地位。莫里森在探讨黑人女性个体的文化创伤和心理创伤之后将创作视角转向探究黑人女性创伤的根源,即蓄奴制造成的种族创伤和集体创伤。因此,她在1987年出版的小说《宠儿》中深刻地揭示了蓄奴制对美国黑人女性造成的创伤。

《宠儿》的创作源于莫里森在编辑《黑人之书》时收集到的真实故事,当时这个故事刊登在一份报纸上,引起了公众的广泛关注。故事讲述了黑人女性玛格丽特·加纳在向北方逃亡的过程中,为了让自己的孩子免受奴隶主的迫害,不惜亲手割断孩子的喉咙。她被故事中黑人女奴的生活经历和反抗精神所震撼,遂决定以文学创作的方式弘扬她们的反抗精神,向世人揭露她们的身心创伤。

《宠儿》更多地展现了蓄奴制对黑人家庭、黑人儿童、黑人男性、黑人女性以及黑人群体的伤害。小说通过塞丝杀女、宠儿归来以及宠儿消失这一主线,反映了蓄奴制对黑人民族心灵的折磨和灵魂的践踏。小说的故事背景设置在蓄奴制和美国内战后重建时期。小说再现了玛格丽特·加纳的故事,也安排了小说中的女主人公塞丝在逃跑的路上为了不让女儿遭受做奴隶的悲惨命运,毅然割断她的喉咙这一情节。这个事件在塞丝的肉体和精神上都留下了创伤烙印。十八年后,宠儿的鬼魂以婴儿的化身的形式回到塞丝的住所兰石路124号,日夜折磨母亲以惩罚她的残忍。塞丝出于内疚对宠儿宠爱有加,不断满足她无休止的欲望。然而,这并未让宠儿满足,而是使她更肆无忌惮地折磨塞丝,导致塞丝在内疚中陷入精神崩溃。最终,塞丝在保罗·D、丹芙以及其他黑人女性的帮助下驱走了宠儿的冤魂。这不仅使塞丝获得了解脱,也使镇上其他女性摆脱了蓄奴制的阴影。塞丝认为在当时社会背景下杀害女儿是表达母爱的最佳方式,但却违背了人类的伦理道德。可见,蓄奴制对黑人女性直接的伤害是扭曲了女性最原始、最纯真的母爱。

二十多年后,莫里森创作的第九部小说《恩惠》①也叙述了母亲在蓄奴制下无力保护女儿被迫抛弃女儿的悲伤故事,她借这两部作品强烈地抨击了美国蓄奴制的黑暗和残忍。小说中的人物都有着难以诉说的痛苦经历。小说围绕"卖女为奴"这一事件展开,女主人公弗洛伦斯总是噩梦缠身,始终无法忘记母亲将自己卖给雅各布的一幕:"带走女孩吧,她说,我女儿,她说。"(托妮·莫里森,2013:6)这一事件是母亲的无奈之举,但对弗洛伦斯的伤害是致命的,直接影响了她的成长以及她成年后对待生活的态度。雅各布是白人后裔,但他自己也有痛苦的童年回忆,他从小在救济院长大,也处于社会边缘,来到北美大陆后也为谋生四处奔波。他的妻子丽贝卡十六岁时,因为父亲不愿意抚养这个固执叛逆的大女儿,就毫不犹豫地让她做了"邮购新娘"嫁给一个她从未谋面的男人。她在与雅各布结婚之后先因丧子而身心俱创,后又因丧夫丧失自我,变得忧郁、自闭。《恩惠》描写的不仅仅是奴隶制对黑人的伤害,更是"各色人等扛着灵与肉的枷锁和他们的解脱之道"(王守仁,吴新云,2009:43)。

在关注女性创伤的同时,莫里森也将黑人男性和黑人集体的创伤经历纳入自己的创作视野。她的第三部小说《所罗门之歌》则关注了黑人男性自我追寻、自我成长的故事。作品以"飞翔"这个古老的民间传说为故事的主线和象征的核心,讲述了一个北方黑人青年梅肯——绰号"奶娃"的成长过程。梅肯出生于一个中产阶级家庭,对亲情、爱情、友情都很冷漠,在父亲的建议下,他南下寻宝,结果却发现了家族历史,更为重要的是,他发现自己是"会飞的所罗门"的后代。在这部小说中,莫里森将现代主义与现实主义巧

---

① 莫里森的小说 A Mercy 出版以来国内对题名有三种翻译,分别是《仁慈》、《慈悲》和《恩惠》,本书作者选取了 2013 年 1 月由胡允桓翻译的版本,即将其翻译为《恩惠》。

妙地结合在一起,将精彩的故事与严肃的主题融于一体,备受广大读者青睐,也引发了文学批评家们的热议。

莫里森以五年左右推出一本小说的速度共出版了十部小说,已经81岁高龄的莫里森创作了她的最新一部小说《家园》,2012年由兰登书屋出版发行。正如《观察家》对她的《恩惠》一书的评论中说道:"她已经成为美国良知的象征,而她越是年迈,越是银发苍苍,就越是显出这种风骨来。"《家园》的故事背景发生在20世纪50年代的美国,小说的主人公弗兰克·莫尼是朝鲜战争的老兵,他性格暴躁,自我憎恨,带着在前线的战争创伤回到了充斥着种族主义的美国,回国之后的种种遭遇更是让他身心饱受创伤。他的家早已经面目全非,再也不是记忆中的模样。这种景象让他变得冷漠。然而,为了拯救滥用药物的妹妹,他必须鼓起生活的勇气。后来,他带着妹妹回到故乡。在这里,他回想起童年和战场上的经历,也开始质疑自己,最后才发现自己从来没有拥有过真正的勇气。这部小说揭示了战争对黑人男性和黑人集体的创伤以及男性寻求自我、寻找家园的主题。

莫里森的作品把一百多年来黑人民族的命运作为关注目标,尤其关注黑人女性在社会中的生存困境,讲述了她们在种族主义阴魂依然存在的美国社会中的不幸遭遇。莫里森以其卓越的创作天赋、出众的才华描绘了黑人历史的百年画卷,刻画了无数历经创伤苦难、寻求身份的女性和饱受蓄奴制、战争之苦的黑人男性形象。莫里森将拉美魔幻现实主义创作手法融入她的作品中,将现实与神话、梦幻相结合,运用象征、荒诞、意识流等现代主义手法。莫里森还极其擅长多重叙述视角的使用,不同的声音围绕同一事件做出不同的叙述与评价,更增强了文本的开放性和阅读者的参与性。正如格尔林·格里沃尔(Gurleen Grewal)在评价莫里森时所说的那样:"她的小说是多声音的,多层次的,是写作艺术,也是演说艺术,既是通俗的,又是高雅的。"(Grewal,1998:1)莫里森无疑是最伟大的黑人女作家之一,20世纪70年代美国黑人文学崛起的领军人物,她的创作再现了黑人女性千百年来的悲惨命运,将黑人女性文学创作推向了新的高度。

第二节 莫里森研究评述

自从莫里森的第一部小说出版以来,她就一直是国内外学者评论的焦点。国外对莫里森的研究起步较早,最早的评论文章可以追溯到1975年琼·比肖夫(Joan Bischoff)在《黑人文学研究》上发表的论文《托妮·莫里森的小说:受挫的情感研究》(*The Novels of Toni Morrison: Studies in Thwarted Sensitivity*)。随着莫里森的《所罗门之歌》出版并获得美国国家书评奖之后,莫里森的作品开始逐步受到美国评论界的关注,尤其在1993年莫里森获得诺贝尔文学奖之后,莫里森本人及其作品成为全世界学者品评的对象。

一、莫里森研究的国内外现状

为了能够勾勒出莫里森研究的粗略图景,本书作者将采取历时和共时两种方法,对莫里森的国内外研究进行质和量的分析。①

截止到2013年3月18日,依据网络资源通过开世览文(CASHL)以"Toni Morrison"为关键词去除Toni Morrison为作者的可以检索到71本图书。在ProQuest搜索可以找到题目包含"Toni Morrison"的博士论文共有110篇。国外关于莫里森研究的学术期刊更是数不胜数,在Literature Resource Center数据库中以"Toni Morrison"为关键词可以搜到706篇期刊论文。大量出版的论文、专著证明莫里森的研究已经成为国外文学研究的热点,这些研究成果从不同角度解读莫里森的作品及其本人的创作艺术。从这些研究的发表时间和出版时间可以看出,莫里森的研究在20世纪90年代不断升温,到了21世纪达到高潮,成果数量颇丰。此外,莫里森作品的研究视角不断拓宽,研究方法不断丰富,研究内容不断细致,对莫里森的研究已经成为一股热潮,到了21世纪不仅热度不减,研究反而愈加深刻、细致。

依据文献的研究内容可以把国外莫里森的研究大致分为三个阶段:莫

---

① 莫里森研究的文献浩如烟海,本书作者无法全部收集并逐个细读,因此不免会有遗漏之处。

里森研究的起步阶段(20世纪70年代)与莫里森研究的发展阶段(20世纪80年代至90年代)、莫里森研究的成熟阶段(20世纪90年代以后)。第一阶段主要是对莫里森作品的介绍和她的前两部作品《最蓝的眼睛》和《秀拉》的主题研究。第一篇莫里森作品的评论文章出自琼·比肖夫。结合佩科拉和秀拉的命运,她的论文分析了这两部作品中的主题。在简短的分析中,她集中阐释了两部小说共同的主题——佩科拉和秀拉的"受挫的情感"。她采用将莫里森与黑人男性作家亨利·詹姆斯(Henry James)比较的方法,但是这种研究方法遭到南希·J.彼得森(Nancy J. Peterson)的质疑。彼得森认为这种比较方法是通过与经典作家比较来肯定莫里森的创作价值的研究方法,这忽视了莫里森的创作个性——小说与黑人文化之间的密切联系,强调了作为黑人作家的普遍性(Peterson,1997:3)。虽然比肖夫的评论比较简短,但是她使莫里森的研究者们关注到莫里森作品中的道德张力,这对后期莫里森的研究具有启示性和重要意义。

随着《所罗门之歌》和《柏油孩子》的出版,莫里森的文学地位在美国得到认可,这促进了对莫里森的研究与批评,标志着莫里森研究进入了第二阶段。在这一时期,莫里森研究出现了重要的转向。研究不仅仅是局限于主题研究,而是从黑人文学传统、女性主义以及比较的角度探讨莫里森创作和她的作品。最早从女性主义角度研究莫里森作品的是芭芭拉·史密斯(Babara Smith)。她发表的文章《迈向黑人女性主义批评》(*Toward a Black Feminist Criticism*,1977)标志着莫里森研究的女性主义转向。她论述了黑人女性运动与黑人女性作家创作的关系,指出女性主义与黑人女性文学关系密切。她批判白人女性批评家和黑人男性批评家抹杀了黑人女作家的创造力,诋毁了黑人女性的创作艺术。同时,她指出运用黑人女性主义批评方法分析黑人女性文学作品的必要性和重要性,并提出运用黑人女性主义分析文本的原则和方法。但是,在运用黑人女性主义分析《秀拉》时,她认为《秀拉》是同性恋小说,因为莫里森将秀拉刻画成带有男性气质的女性,而奈尔是柔弱的女性气质,并且莫里森批评异性的婚姻制度。这一观点有很大的局限性,她片面地解读了秀拉和奈尔的关系,忽视了在多重压迫下女性友谊的重要性。她的观点在 20 世纪 80 年代很具有冒险精神和创新性,并且在她的推动下,涌现了一批从女性主义批评角度解读莫里森作品的研究者。这些批评不仅拓宽了莫里森研究的视域,也发展了黑人女性主义批评理论。

此外,这一时期也出现了从黑人文学传统探讨莫里森作品的著作,如詹姆斯·H. 埃文斯(James H. Evans)出版的《非裔美国文学中的精神力量》(*Spiritual Empowerment in Afro-American Literature*,1985)。论著中埃文斯分析了莫里森、赖特以及道格拉斯等黑人作家的作品。他认为,非裔美国人共同信仰的主题是解放,同时他探讨了黑人文化传统对美国黑人的健康成长所起的重要作用。这部论著将莫里森的作品置于黑人作家一起探讨黑人文学的共同特点,追寻作品中反映出的黑人文化传统,开启了从黑人文化角度研究莫里森作品的先河。

这一时期除了从女性主义、黑人文化批评角度研究莫里森作品以外,1988 年由耐莉·Y. 麦凯(Nellie Y. Mckay)编著出版的《莫里森评论文集》(*Critical Essays on Toni Morrison*,1988)同样值得一提。这部著作不仅对莫里森生平、创作及主要思想都提出了在当时比较新颖、独到的观点,还收录了书评、专访、论文、小说评论文章等。该书收录了一篇对莫里森的采访,探讨了她作为女性、母亲以及作家等多重身份的关系。该书共收录了 30 多篇评论文章,从文化寻根、原型分析、历史追寻、民族命运等多个角度解读莫里森小说。这部著作内容比较详尽,全面总结和归纳了在这之前的莫里森研究的成果。这一阶段对莫里森及其作品的研究视角还有一定的局限性,对莫里森本人的创作艺术还没有深入地挖掘,对莫里森的学术研究还不成熟。

20 世纪 90 年代以来,莫里森的研究走向繁荣,期刊论文、博士论文、专著的数量都成指数增长,研究视角多元化,研究方法多样化,研究内容异彩纷呈,可以看作是莫里森研究的第三阶段。莫里森是位思想深邃、才华横溢的黑人女作家,因此在这一阶段出版了很多关于莫里森本人的研究成果。其中包括莫里森的传记、莫里森的访谈录、莫里森研究的工具书以及莫里森与其他作家的比较研究。2008 年,卡洛琳·德纳德(Carolyn C. Denard)编辑的《莫里森访谈录》(*Toni Morrison:Conversations*,2008)出版。她在继续思考白人与黑人之间种族问题的同时,把目光更多地转向黑人文学与黑人文化自身。她认为,莫里森的小说富有叙述层次感,探讨了黑人生存的意义。莫里森对美国生活和文化的独特观点使读者深刻理解了非洲文化艺术的魅力。这本访谈录涵盖了20世纪70年代到80年代之间未曾面世的访谈和最新的对莫里森的采访。这些对莫里森本人的研究成果使读者和研究者更深刻地了解了莫里森创作渊源及她的创作特色,同时拓展了莫里森研究的深度和广度。

这一阶段对莫里森作品的研究角度除了延续以前的女性主义视角、黑人文化传统视角、比较视角以外,还出现了叙事、心理分析、后现代、后结构主义批评、后殖民主义等研究视角。

莫里森的作品呈现出独特的叙事特点,众多研究者也从叙事话语、叙事策略以及叙事结构等方面来解读她的作品。苏珊·S. 兰瑟(Susan S. Lanser)阐释了莫里森《最蓝的眼睛》、《秀拉》等作品中的叙事声音的变化。她认为,莫里森的第一部小说《最蓝的眼睛》采用了双重叙事结构,莫里森建构了个人叙述声音和作者型叙述者全知的叙述声音。因此,小说叙事中出现了双重、互相置换的叙事结构:两种声音、两组标题、两种排版方式。这种叙事模式"解构了传统'第一人称'和'第三人称'叙事,摹仿声音和故事声音的对立,把个人的声音作者化同时又把作者的声音个人化"(苏珊·S. 兰瑟,2002:149)。她认为,莫里森的第二部小说《秀拉》则采用了相反的叙事手法。在《秀拉》中,莫里森将作者型叙述声音当作外部手段对事件提出质疑和拒斥。兰瑟认为莫里森的前两部小说是"过分解释和点到即止的叙事方式的两个极端,这为莫里森小说的下一步走向作了铺垫"(苏珊·S. 兰瑟,2002:152)。她认为,在《所罗门之歌》、《柏油孩子》及《宠儿》中莫里森运用了魔幻式的叙事模式。莫里森正是运用独特的叙事结构诉说了黑人女性不可言说的秘密,这种叙事声音没有"虚假的连贯性的一致性,却也不受叙事规则的约束"(苏珊·S. 兰瑟,2002:158)。

通过对国外莫里森研究文献的梳理可以看出,国外莫里森研究起步较早,成果丰硕,角度多样。与国外的研究相比,国内的莫里森研究起步较晚,开始于20世纪80年代末期,发展时间较短,但成果数量繁多。2013年3月25日本书作者利用CNKI数据库以"莫里森"为关键词搜索主题为"莫里森"的期刊文章共1188篇,其中发表在CSSCI核心刊物上的共187篇。在数量上,国内的研究成果远远超过国外的研究成果(706篇),但是,质量上却远远不如国外的研究成果。这些文章重复率很高,主要体现在研究角度和研究方法上,"选题扎堆,观点重复"①现象比较严重。

国内莫里森的研究出现两次高潮,一次是在莫里森获得诺贝尔文学奖之后,一次是进入21世纪以后。1993年,莫里森获得诺贝尔文学奖也引发了国内学者对其作品的关注,仅在1994年发表的文章就有17篇。国内的莫里森研究近几年还在不断升温,除了大量的论文和专著陆续发表与出版以外,还有大量硕士、博士研究生将莫里森作为研究的课题。这些数据表明莫里森研究已经成为国内文学研究的一门显学,莫里森已经成为国内学界众所周知,好评连连的名字。

对于国内的莫里森研究,杜志卿认为应大致分为两个阶段,即莫里森获得诺贝尔文学奖之前为起步阶段,1993年之后为发展与深入阶段(2007:122)。但是,据本书作者搜集到的材料来看,可以将国内莫里森的研究大致分为三个阶段:第一阶段(1993年以前)为译介引入阶段,第二阶段(1994—1999年)为起步发展阶段,第三阶段(1999年以来)为深入成熟阶段。

1993年以前国内的莫里森研究主要是译介或是简要介绍莫里森本人和她的前几部作品的主题思想。1981年,董鼎山在《读书》上发表的《美国黑人作家的出版近况》中第一次提到了莫里森及她的作品,他将莫里森的名字译为托尼·摩瑞逊,并提到她的新作《柏油婴儿》(*Tar Baby*)②。在简短介绍莫里森的编辑生涯和前两部作品之后,他认为莫里森已经"进入美国主流作

---

① 2009年12月由华中师范大学外国语学院联合《外国文学研究》杂志和美国富布莱特基金会共同举办了"美国非裔文学学术研讨会",程锡麟教授在大会上以《对我国非裔美国文学研究的几点思考》为主题的发言中,以大量数据清晰地梳理了我国非裔美国文学的"扎堆"现状,他认为,"虽然当前莫里森研究成果偏多,但选题扎堆、观点重复"。

② 对莫里森作品题目的翻译有很多种,*Tar Baby*被译成《黑婴》、《柏油娃》、《柏油孩子》、《柏油婴儿》等。

家之林"(董鼎山,1981:94)。此外,还有胡允桓、王家湘、王黎云以及罗选民等在莫里森获得诺贝尔文学奖之前发表了评论文章,这些文章对国内的研究起到了抛砖引玉的作用。这一时期除了零星的评论文章以外,还有莫里森作品的中文本翻译出版,如吴巩展翻译的《黑婴》(*Tar Baby*)第九章发表在1984年《外国文学报道》第3期,1988年《外国文学》第4期又刊登了《宠儿》一个章节的译文,随后胡允桓翻译的《所罗门之歌》和《秀拉》、王友轩翻译的《娇女》先后出版。

随着莫里森获得诺贝尔文学奖,她在美国和国际文坛声誉大增的同时,国内学者对其兴趣也与日俱增,莫里森的国内研究进入发展阶段。这一时期的论文包括对莫里森的访谈、莫里森获奖的介绍、莫里森作品主题的挖掘以及叙事特色的探寻。对莫里森作品的研究大致可以分为以下两类:第一类是莫里森作品主题的研究。如1994年,王守仁在《外国文学评论》上发表了《走出过去的阴影 —— 读托妮·莫里森的〈心爱的人〉①》一文。在介绍作者和小说故事情节基础上,他指出:"美国的黑人问题始终没有得到解决,在一定程度上,这与人们逃避奴隶制这段黑暗历史有关。"(王守仁,1994:41)他认为,小说的故事叙述是痛苦的,但莫里森文笔优美,创造出了撼人心魄的美感。胡全生同年在《当代外国文学》上发表了文章《难以走出的阴影 —— 试评托妮·莫里森〈心爱的人〉的主题》。他指出,小说的叙述结构和情节线索推动故事发展,让人们看见蓄奴制瓦解后奴隶经验依旧作用于黑人的阴影。第二类是研究莫里森作品的艺术特色,如叙事特色、结构特色以及魔幻现实主义特色。1994年,李贵仓在《西北大学学报》上发表了文章题为《更为真实的再现 —— 莫里森〈心爱〉的叙事冒险》。通过对《心爱》叙事技巧的尝试性分析,他探讨了小说中的"镜像结构"、"拼板式叙事"、"时空的交错"等叙事技巧,表明莫里森运用这些技巧来表现西方现代文学共同的主题 —— 生存的荒诞和困惑。这些文章的发表拓宽了国内莫里森研究的视域,推动了莫里森国内研究的发展。

---

① 国内学者对莫里森的小说 *Beloved* 有多种翻译,如《宠儿》、《娇女》、《心爱的人》等。

1999年以来,国内对莫里森的研究持续高涨,成果数量多、批评角度广、剖析程度深是第三阶段的特点,标志着国内莫里森研究不断发展并走向成熟。1999年,王守仁、吴新云发表了国内第一部莫里森研究的专著《性别·种族·文化:托妮·莫里森与二十世纪美国黑人文学》,探讨了莫里森创作思想和艺术特色,从性别、种族、文化的视角分析了莫里森的前七部作品,脉络清晰,分析入理。2004年,该书更名为《性别·种族·文化——托妮·莫里森的小说创作》,又增加了对莫里森小说《爱》的分析,对莫里森的研究更加全面,更加系统,对国内研究莫里森具有里程碑的意义。

在此之后,国内学者陆续出版了共20本关于莫里森的专著。胡笑瑛于2004年出版的《不能忘记的故事 —— 托妮·莫里森〈宠儿〉的艺术世界》是国内第一部关于莫里森单个作品的论著,作者依据法国文艺理论家杰拉尔·热奈特的叙事理论,从叙述话语的角度分析这部小说。通过对《宠儿》中的叙述性话语、间接叙述话语及戏剧式转述话语的研究,她发现莫里森对叙述话语的处理颇具匠心,小说中多变的叙述话语拓展和深化了小说的主题。同年出版的朱荣杰的《伤痛与弥合:托妮·莫里森小说母爱主题的文化研究》是国内第一部英文专著,作者借鉴女性主义及后殖民主义的一些理论,阐述了莫里森赋予母爱以特殊含义。她指出,莫里森通过重构黑人女性的历史和文化来抵制主流文化的霸权与种族内部的性别和阶级压迫。其他的专著从女性主义、精神分析、空间政治等不同角度研究莫里森的作品主题和叙事技巧,例如,蒋欣欣的《托尼·莫里森小说中黑人女性的身份认同研究》,胡妮的《托尼·莫里森小说的空间叙事研究》,田亚曼的《拼贴起来的黑玻璃 ——弗洛伊德精神分析视阈下的莫里森小说研究》,等。这些著作虽然研究角度各异,但无论从数量上还是质量上与国外相比都差距较大。这主要表现为研究还主要集中在对莫里森作品的阐释上,缺乏对莫里森创作思想的研究,同时将莫里森与其他作家比较的论著还是一片空白,可见对于莫里森的研究仍值得广大学者继续探索。

这一阶段,国内的期刊论文可谓硕果累累,各有建树。从批评的理论方法来看,对莫里森作品的研究主要集中在女性主义批评、文化批评、叙事学、种族政治身份、神话－原型、比较及创伤等角度。

在国外研究中,女性主义批评角度开创了莫里森研究的先河。从女性主义批评角度研究莫里森的作品是通过女性主义理论分析莫里森作品中的女性形象、姐妹情谊、女性主体意识以及女性寻求身份的艰难历程,同时揭示了黑人女性在白人统治的社会中受压迫、受奴役的悲惨命运。在国内的研究中,这一角度仍是研究的主流,例如,章汝雯的《〈所罗门之歌〉中的女性化话语和女权主义话语》以富考和多罗茜·史密斯的话语分析理论为依据,剖析了《所罗门之歌》中存在的女性化话语和女权主义话语。她认为,通过这两种话语的互动,莫里森既揭示了父权社会家庭中女性压抑的心理和生活,又让读者看到黑人妇女为争取个性解放而做出的种种努力,以及这些努力给妇女的生活和命运所带来的变化。

文化批评角度是莫里森研究的另一个主要切入点,这类研究除了讨论白人文化和价值观对黑人族群的影响外,还探讨了莫里森对黑人文化传统的追寻以及非洲文化元素在创作中的运用。例如,孙静波的《托尼·莫里森小说中的非洲文化元素》指出,莫里森在她的创作中大量使用了非洲文化元素,并对其加工、改造和再现,如非洲文化中的口语特征、神话与民俗,以及非洲的自然崇拜、时间观和音乐等。这些古老的文化因子不仅增加了莫里森作品的艺术表现力,更传递了重要的社会现实意义。这种艺术上的融合和创造显示了莫里森在弘扬民族文化、重塑民族自豪感、争取黑人话语权及摆脱文化认同危机等方面所做的积极努力。

从女性主义批评和文化批评角度分析莫里森的作品,清晰地揭示出莫里森对黑人女性命运的关注和对非洲文化的重视。此外,莫里森的成功与其高超的叙事艺术密不可分,因为莫里森的叙事技巧与文学创作的密切结合使她的作品更加富有艺术魅力。莫里森小说中的叙事模式、叙事结构、叙事话语、叙事策略、叙事时间以及后现代叙事都是研究者们探讨的焦点。例如,杜维平的文章《〈爵士乐〉叙事话语中的历史观照》,从历史的角度分析叙事。他认为,小说中破碎的人物形象、爵士乐创作技巧以及不可靠的第一人称叙述都可被纳入小说家的黑人话语叙事策略。莫里森运用这些叙事技巧曲折地传递了小说家对历史的思考。他指出,莫里森是按照爵士乐的章法建构小说故事的框架。这种叙事结构,"打破了传统的线性叙述模式,不是按事件发生的先后顺序来讲述每个故事,而是靠自由联想即兴地对故事进行拼贴和组合,事件之间明显呈非连续性"(杜维平,2000:94)。他认为,小说中的第一人称叙事直观地向读者展示了历史画面,阐释了莫里森的历史观。

以上三个角度是国内莫里森研究中普遍采用的研究方法,除此之外,还有众多学者解读莫里森作品中的种族政治以揭示莫里森作品中黑人所受的歧视与压迫。例如,王守仁、吴新云的文章《超越种族:莫里森新作〈慈悲〉中的"奴役"解析》,指出莫里森的《慈悲》描写了北美殖民地初期蓄奴制对黑人、印第安土著、白人契约劳工等各类奴隶的伤害,以及白人如何为心灵或历史枷锁所累的情况。该文深入地探讨了"奴役"的本质,认为莫里森"超越种族"的视野彰显了她对历史、社会以及人心的深刻洞察。

神话-原型的运用也是莫里森作品的重要特点。托妮·莫里森熟稔《圣经》和古希腊罗马神话,精通神话叙事艺术,其作品中的人物、情节、场景、意象及主题等经常含有丰富的神话元素。杜志卿、张燕的《〈秀拉〉:一种神话原型的解读》,从神话-原型批评的角度考察秀拉的生命历程。他们认为秀拉形象与西方传统神话中的追寻原型、替罪羊原型和撒旦原型相对应,是这些神话原型在特定社会历史文化语境下的置换变形。莫里森曾经系统地接受过西方文化教育,她在创作中不可避免地会借鉴和使用神话叙事模式。她将西方神话与非洲民间故事、神话、通灵以及魔幻等完美地融合在一起,使读者有"超越时空的感受和崭新的审美体验"(杜志卿,张燕,2004:80)。

此外,国内也有学者将莫里森与其他白人作家、黑人男性作家以及黑人女性作家比较,探讨他们在创作上的共性、差异及其继承。

通过以上对国内文献的梳理,可以看出国内的莫里森研究具有以下特点。

(1)主题思想和艺术特色研究详尽,挖掘较深。研究者主要从黑人文化和女性主义两个角度探讨莫里森作品中的主题,如《宠儿》中的母爱主题、身份主题以及寻根主题,《最蓝的眼睛》中的文化主题和女性主题,《秀拉》中的死亡主题、自我寻求主题及成长主题,《所罗门之歌》中的飞翔主题和自由与回归主题,《恩惠》中的母爱主题和创伤主题,等。在艺术特色方面,研究者从叙事特色、隐喻、象征以及魔幻现实主义等角度评论莫里森的作品,充分肯定了莫里森高超的艺术技巧。

(2)研究视角开阔,数量繁多,但对作品的关注过于集中。据本书作者2013 年 3 月 18 日在 CNKI 数据库上检索到的篇名含有《宠儿》或《娇女》的期刊论文、博硕论文、会议论文集共计 800 多篇,仅在 CSSCI 核心期刊上发表的就有 67 篇,硕士论文有 160 篇,可以说对《宠儿》的品评涉及所有角度,但是其中重复性研究过多。对《最蓝的眼睛》、《秀拉》和《所罗门之歌》关注的文章超过 200 篇。而对于其他作品,如《柏油孩子》、《爵士乐》、《天堂》、《恩惠》和《爱》等评论文章只有几十篇,其中对《爱》的论述最少,只有18 篇。

(3)评论方法和评论角度大量重复,对单个作品研究视角比较单一,缺少跨学科研究。对莫里森的单个作品研究角度过于集中,如研究《最蓝的眼睛》多数从文化角度切入,2013 年 3 月 18 日本书作者在 CNKI 数据库上按篇名搜索《最蓝的眼睛》的研究文章共 240 篇,从文化研究视角研究的就有146 篇,占总数的 60.8%;《秀拉》研究文章共 237 篇,从女性角度研究的有139 篇,占总数的 58.6%;从文化角度研究《所罗门之歌》的文章有 137 篇,占总数的 58.1%。以上数据表明,国内对这些作品研究的研究成果扎堆、选题重复、观点集中。虽然有创新的研究,但研究领域还需拓宽、加深。

(4)评论集中在莫里森作品上,对莫里森本人的创作思想研究几乎是空白,另外也缺少对国外研究专著的译介。国内只有在 1994 年出现几篇介绍莫里森本人的生活经历和创作经历的文章、两篇访谈,与国外相比这方面的研究还有待深入。

二、莫里森作品创伤研究的国内外现状

创伤理论在美国兴起于 20 世纪 90 年代,它寻求详细阐述创伤文化和伦理内涵。创伤理论被广泛应用于战争题材文学作品、犹太文学以及少数族裔女性文学文本研读中。从创伤角度研读莫里森作品开始于 21 世纪初,标志性著作为 J. 布鲁克斯·布森(J. Brooks Bouson)所著的《保持沉默:托妮·莫里森小说中的耻辱、创伤与种族》(*Quiet as It's Kept:Shame, Trauma, and Race in the Novels of Toni Morrison*,2000)。

布森的著作共分八章,分析了莫里森的七部作品。她联系种族问题分析莫里森作品中的精神创伤和羞愧感觉,并且认为这样的情绪导致一种缄默无语的效果。布森运用创伤心理分析理论研读莫里森作品中的种族问题颇有新意。她认为,种族羞愧和种族创伤是莫里森小说创作的驱动力。她对《最蓝的眼睛》的分析是全书最细致、最精彩的部分,也是将创伤理论与小说文本结合分析最透彻、最详尽的一章。布森分析了每个人物的自卑和羞愧感,并探讨了这种消极感觉的根源和影响。布森认为种族羞愧和自我憎恨是莫里森刻画佩科拉、乔利、波莉这些创伤人物的原动力。莫里森借助小说的主人公佩科拉 —— 一个被众人忽视的人物 —— 来深刻揭露种族创伤。布森指出在讲述佩科拉的故事时,莫里森探讨了黑人自卑心理导致的破坏力,即自我意识严重受创,将自己的种族身份看作是有缺陷的,低人一等的。黑人认为自己"丑陋"、"不堪"、"肮脏",但是"莫里森精心设计的叙事结构不但抵消了而且美化了小说揭露的种族羞愧和伤害"(Bouson,2000:45)。布森运用同样的理论和分析框架解读了莫里森其他作品中体现的种族羞愧和创伤,这些作品包括《秀拉》、《所罗门之歌》、《柏油孩子》、《宠儿》、《爵士乐》以及《天堂》。

布森的著作开创了从创伤角度解读莫里森作品的先河,为后期创伤研究提供了重要参考价值。布森的著作运用创伤理论较少,更多地侧重分析非裔美国人的种族羞愧体现形式和原因。因此,也有评论家认为,"她的作品没有新意,因为在她之前评论家克劳迪娅·泰特(Claudia Tate)和吉恩·

怀亚特(Jean Wyatt)已经成功运用心理分析和心理学理论解读非裔美国作家的作品,布森的研究方法在某种程度上是种重复研究,创新很少"(Cutter,2001:671)。虽然在分析《最蓝的眼睛》和《宠儿》时她提出使白人羞愧是黑人抵制自我羞愧的重要方法,但是论及的内容较少并不全面。如果她能更多地论述黑人摆脱羞愧感觉、治愈创伤的过程,而不是反复论证每部作品中的羞愧体现,强调每个人物的羞愧感觉,这部著作在莫里森研究中将更有学术价值。

另一部从创伤角度分析莫里森作品的是伊芙琳·谢斐·施瑞博尔(Evelyn Jaffe Schreiber)所著的《托妮·莫里森小说中的种族、创伤和家》(*Race*,*Trauma*,*and Home in the Novels of Toni Morrison*,2010)。在施瑞博尔的论著中,她运用拉康的镜像理论、依附理论以及精神分析理论分析创伤、记忆与个人主体身份建构的关系,以及家园在黑人主体身份建构和创伤修复中的作用。施瑞博尔认为,"莫里森最大的成就在于她描述了美国社会中作为黑人的特殊意义的杰出才能"(Schreiber,2010:1)。在莫里森的小说中,每个人物挣扎着摆脱种族遗留的负担,寻求"自我定位"(self-definition)。在这个过程中,她们常常依赖心灵上或现实中的"家园"以摆脱种族创伤。她认为,"家园,无论是具体的场所还是从记忆中恢复的心理概念都会帮助创伤幸存者复原"(Schreiber,2010:1)。莫里森的每部小说都展现了自我和家园的关系,两者彼此依赖讲述非裔美国人的创伤故事。然而,蓄奴制的核心文化创伤隐藏在每部作品中,不同代际的人物以不同的方式摆脱个人和集体创伤。家园是自我意识和主体身份的精神支撑,与创伤、集体和记忆发展密切相关。她指出,蓄奴制创伤的记忆影响着每一代黑人,因为"存在于个人头脑中的个人记忆和文化记忆可以激活创伤"(Schreiber,2010:20)。同样,怀旧记忆使受创者感到想象满足感,起到缓解创伤伤害的作用。施瑞博尔认为,"记忆通过重塑想象填补了意象秩序与社会结构间的空白,并且莫里森笔下的很多人物都依托怀旧记忆寻求精神支持。通过这种方式,家园起到社会结构所不能提供的积极凝视作用"(Schreiber,2010:20)。施瑞博尔在她的论著中运用精神分析理论论证了创伤、记忆以及复原之间的关系,强调蓄奴制是黑人种族创伤的根源,蓄奴制通过个人和集体记忆在代际间传递创伤,也使下一代黑人饱受创伤。家园不仅可以为黑人后代提供生存的物理空间,还可以缓解和治疗蓄奴制造成的创伤。

这部著作比较具体、全面地揭示了莫里森作品中的创伤主题,理论与文本分析结合紧密,同时提出家园对黑人创伤修复的作用,是莫里森小说创伤研究的又一力作。但是,创伤研究的角度还是比较单一,主要从种族角度切入,分析蓄奴制历史对不同时期的黑人造成的伤害。此外,每部作品分析内容比较相似,都探讨了人物因父母缺失、代际遗传而导致的创伤,因此难免有重复论述之嫌。在讨论创伤修复的方式上,她认为家园是黑人创伤修复的最佳途径,却忽略了具体创伤的不同解决办法和黑人文化以及黑人群体对个体创伤与集体创伤修复的治疗作用。

除了两本专著之外,截至 2013 年 4 月本书作者搜索到国外还有 9 篇博士论文将莫里森作品的创伤纳入自己的研究视野中,这些研究主要集中分析了《宠儿》中的蓄奴制创伤,如:凯瑟琳·劳拉·麦克阿瑟的博士论文《我们承担的事:美国当代小说的创伤和审美》(*The Things We Carry: Trauma and the Aesthetic in the Contemporary US Novel*,2005)。通过比较分析盖尔·琼斯的《科里基多拉》(*Corregidora*)和莫里森的《宠儿》,她认为两部小说刻画了蓄奴制以及蓄奴制延续的创伤,剖析了两部小说对创伤的具体描写,提出见证是两部小说中受创者共同采用的创伤修复方式。她指出两部小说都展示了创伤可传递给后代的可能性。在比较了两位作家采用的叙事和美学技巧之后,她提出作者创作小说的技巧在很大程度上影响读者理解和解读小说。同一年,马修·L.米勒(Matthew L. Miller)的博士论文也论述了《宠儿》中的创伤。他认为《宠儿》通过"重新记忆"展现了塞丝和保罗·D 的创伤。他指出,"小说围绕四个相互联系的'创伤修复场所':林间空地、房子、宠儿和小说本身"(Miller,2005:iv),讲述了曲折的故事,映射出心理的伤痛和复原过程。他在探讨莫里森叙事技巧基础上指出空间对创伤修复的重要作用。林中空地是获得自由之身的黑人奴隶回忆过去、哀悼创伤的地方,在这里他们第一次重获自我,学会梦想、学会面对未来。兰石路 124 号是创伤修复的第二个场所,是鬼魂活动和杀婴记忆被唤起的地方,整个房子是创伤的中心。宠儿起到更复杂的创伤修复作用,她的归来直接促使塞丝和保罗·D的创伤修复,间接帮助丹芙和其他黑人治愈创伤。而《宠儿》本身独特的圆环式叙事结构是莫里森安排小说人物创伤修复的途径。此外,还有4篇博士论文运用创伤理论分析《宠儿》的蓄奴制创伤,它们将《宠儿》放置于后现代、后殖民文学、非裔文学、少数族裔文学、20世纪美国文学中一起论述创伤。

这些博士论文的研究没有集中探讨莫里森小说的创伤主题,而是将莫里森放置于同一种族、同一时代、同一性别的作家中进行比较论证创伤问题。这种比较的方法论述莫里森的作品的目的是揭示同类作品或同时代作家创伤创作的共性,因此无法突出莫里森个人创伤创作的特点,并且所有的研究都集中在她单个作品《宠儿》中的蓄奴制创伤上。他们认为,《宠儿》是莫里森描述蓄奴制创伤的代表作,体现了蓄奴制对黑人奴隶的直接身心伤害,同时也损伤了获得自由之身的黑人奴隶的自信和自尊。莫里森的叙事技巧既残酷地揭露了蓄奴制的残暴,也暗示了黑人创伤的复原之路。他们运用女性主义、叙事学、后现代等理论论述创伤主题,阐释叙事技巧和空间场所起到治愈创伤的作用。但是,这些研究的论述视角仍然很单一,体现为选择文本和论述角度的单一性。他们都从种族角度阐释蓄奴制对黑人个体和黑人群体的伤害,没有涉及莫里森的其他作品,也没有单独剖析蓄奴制对黑人女性的伤害。

近三年,虽然有3篇博士论文涉及莫里森的其他几部作品,例如,《天堂》、《秀拉》、《恩惠》、《所罗门之歌》以及《最蓝的眼睛》,但是这些研究仍然是将莫里森的作品与其他作家的作品比较,分析文化创伤、父女乱伦的创伤或是创伤现实主义。克里斯迪亚·布莱恩特–博格(Kristya Bryant-Berg)的论文从文化创伤角度分析了莫里森和厄德里克的小说。她认为两位作家的作品通过文化创伤叙事揭示了集体创伤与个体创伤、历史创伤与超历史创伤之间的复杂交叉,集体创伤的循环本质,殖民历史造成的后果,长期贫困、文化错位以及种族主义都是创伤的表现形式。两位作家采用了神奇的、非传统的叙事技巧形象地展现了创伤,叙事模式的交替使用形成了创伤现实主义。她在分析莫里森作品时首先定义了文化创伤,论证种族主义也是一种文化创伤。在《恩惠》中,莫里森通过第一人称和第三人称叙事的转换刻画了种族主义导致的黑人个体创伤和集体创伤,并探究了创伤的根源。她指出《恩惠》和《宠儿》揭示了同样的主题,即蓄奴制造成的创伤。她认为只要受害者继续生活在种族社会中,这种创伤就无法复原。

她的研究从文化角度分析莫里森小说《恩惠》中的创伤,但是在研究方法上还是采用比较的方法阐释两位作家如何借助叙事手段描述创伤。此外,她重点论述了种族主义是文化创伤,实质上并没有突破原来的研究——莫里森的作品主要揭示的是蓄奴制导致的种族创伤。她认为,受害者之所以无法摆脱创伤的阴影,是因为种族主义社会的压迫、不平等仍然存在。她的这种观点忽视了创伤受害个体创伤修复的可能性,作为黑人集体的种族创伤在短时间内无法治愈,但是,个体创伤通过治疗是可以复原的。

克里斯廷·格罗根(Christine Grogan)的博士论文中提及莫里森的《最蓝的眼睛》中的父女乱伦创伤。她将《最蓝的眼睛》与其他五个文本并置分析父女乱伦对女性的伤害。她认为,父女乱伦对受害者的伤害是潜在的、长期的,因为受害者往往不能公然诉说创伤事件。乔利强暴佩科拉不是他个人的品质堕落,而是种族主义、阶级分化以及社会问题造成的结果。小说中叙事视角的变化暗示乔利的行为是"爱的错误表现形式"(Grogan,2011:125),使读者对乔利产生同情心。虽然佩科拉没有说出自己的悲伤,但是莫里森通过叙述者克劳迪娅讲述了佩科拉的故事。她认为,莫里森借助小说中的乱伦、帝国主义以及种族主义创伤暗示这些都是对美国黑人相互交织的压迫形式。

格罗根独辟蹊径地运用女性主义和创伤理论分析了莫里森作品中的父女乱伦创伤,角度新颖,论述详尽。但是,她只探讨了乱伦对女性造成的创伤,她的论述中并未提及女性创伤的其他层面以及女性创伤如何修复。并且,她侧重分析莫里森如何转换叙事视角展示创伤故事,实际上是运用叙事理论阐释莫里森作品的创伤。她认为,莫里森的叙事压制了佩科拉的声音,体现乱伦使女性缄默无语,难以启齿,无法外化内心的创伤。她的研究只是涉及女性个体创伤的一个层面,无法概括女性创伤的根源、表现形式以及治疗方法。

国外的博士论文从不同角度解读莫里森作品的创伤主题,丰富了莫里森作品创伤研究的成果。但是,这些论文都只是涉及莫里森的一部或两部作品,采用比较的方法,缺乏系统性,不能阐释莫里森整体的创伤创作特点,也无法概括黑人女性个体创伤和集体创伤的特征。另外,这些研究分析的作品和视角过于集中,9篇论文中有6篇探讨《宠儿》的蓄奴制创伤,即使涉及其他作品也是从种族主义角度论述黑人的集体创伤。与此相比,近些年来在学术杂志上发表的论文角度更加丰富,观点更加新颖。

佛罗里安·巴斯提(Florian Bast)认为莫里森在《宠儿》中运用红色作为修辞手法展现蓄奴制创伤。他指出:"红色象征蓄奴制和与之相关的概念,如内战后种族主义者的暴力,这种用法贯穿《宠儿》全书。每当小说中人物想起蓄奴制以及蓄奴制导致的可怕伤害时,就会出现红色。"(Bast,2011:1071)红色与创伤密切相关,而且红色体现了创伤对人物的影响。首先,红色触动小说人物回忆创伤历史使他们沉默不语;其次,红色被人物内化显示创伤导致人物内心的压抑。红色在小说中既以具体的物品出现,如鲜血或者红色的鸡冠,又以隐喻的形象出现,象征着蓄奴制的可怕影响。因此,他认为,红色在《宠儿》中凸显、强化了蓄奴制对黑人造成的伤害。巴斯提的观点独到,从文本中的一点 —— 红色的运用 —— 扩展到整部小说的创伤主题,分析缜密,在莫里森研究中有很大的学术价值。

彼得·拉莫斯(Peter Ramos)将莫里森的《宠儿》与福克纳的《押沙龙!押沙龙!》比较说明两位作家都选择鬼魂这一超现实手法揭示社会危机,再现了蓄奴制废除前后美国南方白人与黑人关系中的痛苦经历和复杂情感。莫里森以蓄奴制的伤害为主题,福克纳则以蓄奴制为背景。拉莫斯指出采用鬼魂形象可以讲述那些触目惊心的、骇人听闻的创伤经历。此外,还有4篇论文分别从空间、叙事技巧、心理分析以及哥特传统论述《宠儿》中的蓄奴制创伤。这些文章运用不同理论分析《宠儿》中的创伤,涉及创伤的各个层面,但是对创伤修复论述不足。威奇·维斯维斯(Vikki Visvis)提出黑人音乐是治疗创伤的有效方式,这丰富了创伤修复理论。拉卡普拉等创伤理论学家认为讲述创伤是宣泄痛苦、治愈创伤的有效手段,维斯维斯认为黑人布鲁斯音乐是"讲述治疗"(talking cure)的有益补充。黑人音乐激发受创者的怀旧记忆,促使被压抑的创伤记忆进入意识,使受害者重构过去的记忆从而实现情感上的满足。《所罗门之歌》中"彼拉多(Pilate)的歌声使麦肯回到童年生活过的土地,歌声促使麦肯感情上产生满足的怀旧感"(Visvis,2008:260)。麦肯因为黑人的歌声回顾过去,在过去的记忆中平复感情,复原创伤。彼拉多则"故意使用歌曲拥抱过去,尤其是她的创伤历史"(Visvis,2008:261)。歌声给予彼拉多安慰,因为唱歌让她忘记创伤,远离伤痛。维斯维斯的观点是联系黑人音乐讨论黑人创伤修复,这种角度比较新颖,从另一个侧面反映了黑人文化在黑人民族生存和发展中的重要作用。

从创伤角度研究莫里森作品是进入21世纪以来的热点,虽然有一定数量的研究成果,但是研究的广度和深度还有待拓展。首先,研究角度过于单一,多数论述都是从种族主义角度探讨创伤。其次,研究文本过于集中,多数研究都是以《宠儿》为文本探讨蓄奴制创伤。另外,对创伤修复的方式和个体创伤研究明显不足,仅有几篇文章提及。因此,从创伤角度全面系统研究莫里森作品不但有很大研究空间,而且有重要的学术价值。

在国内,近三年出现了运用创伤理论解读莫里森作品的研究,成果数量较少,研究范围较窄。本书作者详尽地梳理了这方面的文献后发现,通过CNKI数据库可以搜索到题目中含有"莫里森"和"创伤"的论文共有8篇,这些文章虽然以创伤命题,但实际上研究莫里森作品中的创伤的文章只有4篇。

发表时间最早的是陈洁的《奴隶制度的"后遗症"和历史创伤的愈合 —— 托尼·莫里森〈宠儿〉简析》,文章虽然以"历史创伤的愈合"为题,实质上并不是探讨创伤问题。她是通过揭示蓄奴制对个人、家庭和黑人社区的影响,探讨黑人摆脱种族主义压迫的途径,实质是《宠儿》的种族主义研究。赵庆玲的《托妮·莫里森作品中的创伤情结 —— 以〈宠儿〉和〈天堂〉

为例》论及两部作品中反映的集体记忆创伤和女性创伤体验。她认为,《天堂》中历史记忆反复被强调、被一辈辈人传诵,这给人们带来创伤。男性承载着集体记忆创伤,而女性则没有发言权。她指出,《宠儿》中的女性承载了巨大的个人创伤,但是在这一部分作者分析了叙事技巧在揭示女性创伤中的作用,似乎有些偏题。这篇文章没有联系创伤理论论述,只是借用创伤一词表达小说人物在蓄奴制下受压迫的困境。在论述过程中过于宽泛,不够深刻、透彻,没有详细揭示出作品中的创伤主题,对女性创伤也只是一笔带过。文中虽然提及“走出记忆,走过创伤”,但是在论述的过程中分析不够详尽。她认为,黑人群体“如同患了集体失忆症,从潜意识层面不断压抑对过去的记忆”(赵庆玲,2008:46),但是生活中的点滴又激起创伤回忆。她的论述没有深刻地揭示黑人创伤修复的具体途径,仅仅提及创伤对于黑人群体来说是不堪回首的往事。

曾纳的《为了忘却的记忆 —— 莫里森〈宠儿〉中塞丝的创伤治疗法》指出,塞丝的创伤“不仅是个体的,更带有历史和民族的厚重感”(曾纳,2008:124)。她认为小说为黑人走出创伤提供了“一剂良方”,即有意忘却、重现回忆、重获新生。爱是创伤治疗的良药,受害者需要家庭、朋友以及集体的关爱才能忘记过去,走出创伤。这篇文章侧重分析了塞丝的创伤和她的复原之路,指出了创伤、记忆、复原三者之间的关系。但是论述没有基于创伤理论,只是比较细致地分析了文本中塞丝的创伤体验和塞丝试图忘记过去重新生活的过程。

陈平的《创伤性情感、历史性叙事和抒情性表现 —— 对于托尼·莫里森小说〈娇女〉的新诠释》以创伤理论为基础,讨论了小说创伤主题与文本形式,指出莫里森借助诗画文本来书写小说人物在特定历史环境中的创伤经历和情感。文章借助创伤理论和中国古典文学研究莫里森如何运用诗画语言表达人物情感,分析文本中黑人音乐、意识流、现代主义的写作模式以及色彩的运用与创伤主题表达的关系,他更多地探讨了小说的艺术特色,可谓是在莫里森研究上独辟蹊径。这篇文章侧重分析文本叙事与揭示主题之间的密切关系,从宏观上指出叙事对主题表达的重要作用,与本书作者将要研究的论题截然不同。

黄丽娟、陶家俊的《生命中不能承受之痛 —— 托尼·莫里森的小说〈宠儿〉中的黑人代际间创伤研究》立足代际间幽灵创伤视角,分析小说中幽灵造成的母爱之痛、两性爱之痛以及姐妹爱之痛,并且反思小说叙事在历史和文化创伤愈合过程中独特的作用和价值。他们认为,莫里森"通过幽灵返回人世索爱的创伤叙事手法,艺术地表达了美国南方种植园奴隶制下黑人的辛酸血泪史"(黄丽娟,陶家俊,2011:102)。宠儿的出现揭开了塞丝的伤疤,使她想起自己母亲带给她的痛苦,让她回忆起十八年前自己亲手杀死女儿的血腥场面。宠儿的幽灵转世,揭开了每个黑人男女受辱的情爱创伤,也将丹芙带进了蓄奴制的苦难和屈辱的记忆中。这篇文章是创伤理论与文本分析结合很好的范本,具体分析了蓄奴制导致的黑人个体创伤,但是没有论及治愈个体创伤、恢复人际关系的方法。

尚必武的《创伤·记忆·叙述疗法 —— 评莫里森新作〈慈悲〉》一文,结合创伤理论分析了小说人物的个体心理创伤。他认为,与莫里森其他小说不同,《慈悲》展示的是"'小叙事'视阈下的'个体创伤'"(尚必武,2011:85)。小说中的人物都经历了家人离散的个体创伤,这沉重地打击了人物心理,留下了难以愈合的伤疤,导致一系列的精神问题,如恐慌和噩梦。他指出,创伤事件的记忆会导致创伤事件再现,增加受创者的痛苦。经历过各种创伤之后,不同的受创者选择不同方式治愈心灵创伤,但他认为,"只有采用叙述这种方式的受伤者才最终获得了成功"(尚必武,2011:90)。这篇文章的论述角度新颖,论证细致、深刻,是第一篇以《慈悲》为文本细致分析创伤、记忆与复原的文章。这篇文章对本书的写作有很大启发作用,值得借鉴。

杨绍梁、刘霞敏的《创伤的记忆:"他者"的病态身份构建 —— 浅析莫里森新作〈慈悲〉》,从创伤记忆的视角分析小说。他们认为正是这些创伤性记忆使小说人物形成了病态的身份构建。他们认为《慈悲》中的人物都有相似的创伤经历,这使他们被主流社会边缘化,成为社会的"他者"。创伤记忆是人物身份构建的重要因素,小说中的人物在不断尝试构建自己身份时不断受到创伤记忆的影响,因而"形成了病态的自我身份构建方式"(杨绍梁,刘霞敏,2012:71)。这是继尚必武的研究之后发表的第二篇分析《慈悲》中的创伤问题的文章,文中创伤记忆的观点有些雷同,但是从创伤记忆与身份构建的关系维度论述比较新颖。

薛玉秀的文章《文化创伤视阈下的黑人女性主体性之构建 —— 解读托妮·莫里森的〈慈悲〉》,运用创伤理论剖析了小说中的黑人女性形象。她认为,文化创伤造成了黑人女性丧失主体性,摆脱文化创伤的途径在于黑人女性主体意识的觉醒和对其自我价值的肯定。文章题目中虽然指出从文化创伤视角论述女性身份构建问题,但文中并未阐明文化创伤的概念。作者将蓄奴制的创伤解读为文化创伤未免有概念混淆之嫌。

综合以上国内外文献梳理可以看出,莫里森小说的创伤研究是近几年比较新颖的角度,具有一定前沿性,但是研究的广度和深度明显不足。从创伤角度解读莫里森作品的著述较少,研究对象过于集中,缺乏整体性和系统性的研究成果。只有两本国外的专著兼顾了莫里森的所有作品,其他论及的文章都集中在《宠儿》上,尤其国内的研究,8 篇论文中有 5 篇都是论述《宠儿》的,只有 3 篇论述莫里森的新作《慈悲》,其他作品有待进一步发掘探究。研究视角还局限在种族主义角度,没有从更广阔的视野宏观研究莫里森的作品。因此,本书作者尝试运用创伤理论的基本概念系统研究莫里森小说中黑人女性所承受的创伤以及创伤的修复之路。

第三节　创伤理论发展与文学批评

创伤一词源于希腊语,原义为伤口(wound),最初指身体遭到的外界伤害,后来延伸到医疗界和心理治疗方面,尤其是弗洛伊德的研究指出创伤不仅包括身体上的伤害,而且指心理上的伤害。弗洛伊德的心理分析理论和他的创伤观点是创伤理论发展的源头。在《超越快乐原则》中,弗洛伊德指出心理创伤与身体创伤不同,身体创伤是简单的可治疗的事件,而心理创伤体验得太突然、太意外以至于无法完全理解,因此创伤事件会以回放、做梦、幻觉等受创者无法控制的方式反复出现在个体心理中。弗洛伊德从心理分析角度阐释心理创伤具有开创性,并且为当代创伤研究奠定了基础。

创伤理论研究始于 19 世纪英国维多利亚时期,与工业事故创伤相关的临床医学和 19 世纪末的现代心理学相关。这个理论尤其是与弗洛伊德心理分析有着密切的关系,并渗透到文学、哲学、历史学、文化研究、人类学、社会学等领域。1980 年,美国精神病研究学会第一次将创伤后紧张应急综合征(post-traumatic stress disorder)列入美国医学和精神分析诊断范围之中,这标志当代创伤理论研究的开端。《精神疾病诊断与统计手册》(*The Diagnostic and Statistical Manual of Mental Disorders*)第四版定义了创伤后紧张应急综合征(PTSD),指出:真实的或可能发生的死亡事件、个体亲身经历或见证对身体完整构成威胁的事件、严重的侮辱伤害事件以及得知家庭成员遭受威胁的事件等都会对受害者造成创伤。这些事件会在个体心理以难以控制的噩梦、幻觉等方式反复出现,个体会出现恐惧、无助、惊慌、害怕等反应,导致受创者产生失眠、过度紧张、脾气暴躁、高度警觉、注意力分散、严重抑郁等心理症状。

20 世纪 90 年代中期以来,创伤理论的研究进入高潮,标志性的理论研究作品包括当代著名创伤理论学者德瑞·劳(Dori Laub)和苏珊娜·费尔曼(Shoshana Felman)的《见证的危机:文学、历史与心理分析》(*Testimony*: *Crises of Witnessing in Literature*, *Psychoanalysis and History*, 1992)、凯西·卡茹丝的《创伤:记忆的探询》(*Trauma*: *Explorations in Memory*, 1995)和《未认领的经历:创伤、叙述与历史》(*Unclaimed Experience*: *Trauma*, *Narrative*, *and History*, 1996)等。正如这些著作的题目所示,创伤理论的研究从一开始就体现了跨学科的特点。近几年来,基于创伤理论围绕生存、历史、记忆、证词以及见证者叙事等的文学研究屡见不鲜。

创伤研究经历了"弗洛伊德心理创伤理论、后弗洛伊德心理创伤理论、种族/性别创伤理论和创伤文化理论"(陶家俊,2011:118)四种思潮。当代创伤核心内涵是:"它是人对自然灾难和战争、种族大屠杀、性侵犯等暴行的心理反应,影响受创主体的幻觉、梦境、思想和行为,产生遗忘、恐怖、麻木、抑郁、歇斯底里等非常态情感,使受创主体无力建构正常的个体和集体文化身份。"(陶家俊,2011:117)心理创伤是创伤研究的基础,受创者可以是个体,也可以是集体。创伤还延展到文化领域,与心理创伤不同,文化创伤是对某一个群体产生影响造成伤害。20世纪90年代的创伤理论家尤其是耶鲁学派更多关注二战中纳粹分子对犹太人大屠杀给受创者造成的难以承受、无法言传的心理创伤。1979年6月底,劳雷尔·弗洛克(Laurel Vlock)和德瑞·劳(Dori Laub)启动了"大屠杀幸存者视频工程"。她们首次采访了四位纳粹大屠杀幸存下来的犹太人,这些视频存放在耶鲁大学斯特林纪念图书馆中。该项工程迄今为止共收集了4400多份大屠杀幸存者的视频档案,为研究创伤提供了大量珍贵的、鲜活的资料。

在耶鲁学派创伤研究中,凯西·卡茹丝、杰弗里·哈特曼和苏珊娜·费尔曼在推动创伤与文学批评关系研究中的贡献最显著。她们的作品都揭示了文学批评和创伤理论之间独特的密切关联,而且暗示创伤理论内在地联系着文学。

卡茹丝将创伤定义为:"对于突如其来的、灾难性事件的一种无法回避的经历,其中对于这一事件的反应往往是延后的、无法控制的,并且通过幻觉或其他干扰性的方式反复出现。"(Caruth,1996:11)这个定义体现了创伤具有延迟性和不可控性。受创者因为无法认知,创伤经验永久存留在受创者心理,直到创伤可以被认知和讲述的那一天。因为受创者无法认知,创伤经验经常以噩梦、闪回、幻觉等方式干扰受创者的心理,使受创者反复承受创伤之苦。创伤事件在受创者的记忆中留下永久的印记,创伤体验反复出现也可以看作是受创者主观意识努力重整创伤事件和试图理解、认知创伤事件的过程。突发的历史事件如第二次世界大战、大屠杀、原子弹爆炸等会对某一群体造成创伤,就是因为创伤事件发生的突然性摧毁了人们固有的认知框架,对事件的感知变成"东鳞西爪的记忆碎片,无法形成完整的认知过程"(Caruth,1995:16)。受害者对创伤的记忆是破碎的、断裂的,因此无法形成对事件正确的、完整的判断和认识。创伤的定义体现了创伤形成的原因和创伤对受害者心理产生的延续性影响。卡茹丝认为创伤是一种萦绕不去的模式:"受到创伤准确地说就是被一个意象或一桩事件所控制。"(Caruth,1995:4)她认为经验和理解有其固有的延迟性,历史不再作为一种完善的知识被获得,而是必须被想象为永远逃避我们所理解的东西。因此,对卡茹丝来说,文学作品扮演了为读者提供叙事的关键角色,这种叙述提供了一种接近历史和记忆的模式。费尔曼认为卡茹丝提炼出一种崭新的阅读方法,将创伤、心理分析和历史纳入完整的、综合的、新颖的视野。(陶家俊,2013:129)

费尔曼的作品《见证的危机:文学、历史与心理分析》探讨了文学与创伤的关系。她认为文学是见证创伤的一种形式,尤其是一些融于生活的文学文本,如回忆录、自传、信件等,因为它们真实地记载了历史。文学书写行为是见证创伤事件的行为,那么见证以不同方式、在不同程度和不同层面上渗透了各种文学文本。文学读者的阅读行为实际上也是一个通过文学文本来间接见证创伤、体验创伤、接近历史真实的过程。(陶家俊,2013:128)费尔曼的研究理清了历史、见证与文学之间的关系。"在文学研究中,阐释常常被看做是一个二元的过程,它发生在主动的主体(读者)和被动的客体(文本)之间。创伤理论重新调整了读者和文本之间的关系。"(安妮·怀特海德,2011:8)

创伤理论的研究已经不仅仅局限于医疗领域,更多地渗透到文化、历史及文学等领域。创伤理论已经成为作家创作的灵感,如华裔女性作家和非裔女性作家都描述边缘女性的创伤经历与创伤命运。此外,战争创伤和灾难创伤也是作家创作的重要素材。对于文学批评来说,创伤理论为解读文学作品提供了新的视角和方法,能够更好地揭示作品中的主题和叙事。

对于莫里森笔下的黑人女性来说,奴隶制对她们造成了不可修复的心理创伤。奴隶制废除之后,她们继续生活在奴隶制创伤的阴影中,同时白人主流文化又戕害黑人女性的精神信仰。她们在力图摆脱白人文化伤害的过程中迷失自我,产生心理困惑甚至导致疯狂。除了承载历史文化造成的创伤,处于社会最底层的黑人女性还饱受感情创伤之苦。这些创伤在女性童年的记忆里印下了痛苦的伤痕,破坏了黑人女性的自我意识,不仅影响她们各自情感和心理健康,而且对下一代黑人的成长也产生负面影响。因此,应用创伤理论的基本概念和创伤修复理论分析莫里森的作品可以揭示美国黑人女性的伤痛历史、阐释莫里森的创伤创作艺术、拓展创伤理论研究视域。莫里森刻画了众多饱受历史创伤、文化创伤及社会创伤的黑人个体,她不仅关注黑人个体的多舛命运,也关注黑人民族的历史发展。黑人女性的成长生存问题更是莫里森创作的焦点,她的作品折射出作为黑人民族历史文化传承者的黑人女性所承受的多重创伤与磨难。在她的作品中,莫里森通过多样的叙事手段赋予黑人女性话语权,帮助黑人女性面对创伤、摆脱痛苦。

第四节　研究方法和主体结构

本书作者将运用创伤理论的基本内涵解读莫里森六部小说中的黑人女性创伤。

首先,本书作者将依据创伤定义的延续性和不可控性分析《宠儿》和《恩惠》中蓄奴制导致黑人女性作为母亲和女儿不同角色的心理创伤的原因。蓄奴制对于美国黑人这一群体来说会成为创伤事件就是"因为在历史事件发生时没有被完全感知和理解"(Caruth,1996:18),并且影响了与其相关的几代黑人群体。正如罗恩·艾尔曼(Ron Eyerman)所说的:

被迫奴役和完全屈服于他人的创伤不必完全通过直接体验才能被感知。从这个意义上来说,回顾来看蓄奴制就是创伤,因为祖先为奴的事实已经成为非裔美国人集体的记忆,这种记忆又形成创伤的"原始场景"(primal scene)。这种"原始场景"潜在地联结所有美国黑人,形成他们共有的集体身份,不管他们是否身为奴隶或对非洲有任何了解和感情。(Eyerman,2004:60)

所以,对于所有美国黑人来说,"无论他们是否亲历蓄奴制或者他们的祖先是否曾经为奴,蓄奴制对他们而言都是具有创伤性的。…… 这里创伤是指定义个体身份的一个事件、一段经历或是一种原始场景。它留下伤痕,对没有经历过这一场景的黑人后代们产生深远影响"(Eyerman,2004:74)。

　　蓄奴制直接剥夺了女奴的人身自由,也剥夺了她们成为母亲的基本权利。作为母亲的黑人女性在亲身经历奴隶制的残暴之后,心理产生极度的恐惧感。当她们意识到女儿将被奴隶主无情占有和蹂躏时,她们会采取暴力行为保护女儿,但是,这种行为又对女儿造成伤害。因此,蓄奴制的创伤具有延续性,它对没有经历过蓄奴制的黑人女性同样产生消极影响。

　　其次,创伤的延续性还体现在蓄奴制被废除后形成的文化创伤。蓄奴制的延续性伤害不但造成黑人物质生活贫困,而且导致黑人精神生活空虚,形成无形的文化创伤。《最蓝的眼睛》和《柏油孩子》两部作品都反映了白人强势文化对黑人女性成长不同阶段产生的创伤影响。杰弗里·C.亚历山大(Jeffrey C. Alexander)认为:

　　　　当群体的每个成员感觉经历了可怕的事件,并且在群体意识中留下难以去除的印迹,创伤事件就成为永久的记忆,并且永远不可逆转地改变了他们的未来,文化创伤就产生了。文化创伤首先是个经验性的、科学的概念,它指出了先前不相干的事件、结构、感知和行动之间饶富意义且具有因果性的新关系。(Alexander,2004:1)

　　亚历山大对文化创伤的定义表明文化创伤首先是一种难以磨灭的个人记忆或群体记忆,是痛苦的、难以忘记的,成为群体性的受伤体验。因此,文化创伤不仅影响受害个体的成长,还影响群体的发展。其次,文化创伤是与已经发生的事件密切相关的文化建构,"是在一个特定的文化系统中发生的对经验事实的特定书写和表征"(陶东风,2011:10)。他认为,文化创伤不是自然形成的,而是社会建构的结果。事件的真实情况与社会再现之间会有差距,对创伤事件的非真实再现就是文化创伤的建构过程。这一过程就像"言语行为"(speech act)(Alexander,2004:11),要具备言说者、言说受众对象以及特定的语境。这一过程渗透到日常生活的点点滴滴,融入日常语言的方方面面。

　　言说者是创伤过程的重要承载群体,他们处于社会结构中特殊的地位,拥有物质利益,并且他们有话语权宣称自己的要求。这一群体能够把特定的社会事件宣称建构为创伤,以强有力的方式投射到受众对象,使受众对象接受并认可言说者的宣称。言说者为了使受众对象接受自己的宣称,他们充分利用社会上的有利资源,如大众传媒、教育等媒介以有说服力的方式使受众群体相信他们经历了某一特定创伤事件,而且受众范围将会不断扩大,直至包括那些没有直接经历创伤事件的人也成为受众对象。文化创伤成功建构还需要特定的语境,没有特定的历史文化和制度环境,言说者的宣称和受众者的接受都无法实现。对于生活在美国的黑人后代来说,他们没有亲身经历蓄奴制的残酷,没有直接的蓄奴制创伤体验,但是蓄奴制废除之后他们仍然感受到蓄奴制遗留的精神伤害。这是因为在美国社会,白人统治者拥有话语权,在特定的历史环境中他们运用传媒手段扭曲黑人的身份认同,使他们相信自己是这个社会的他者,边缘人物。他们相信只有认同、屈服白人社会的制度和文化才能获得平等自由的生活。因此,白人统治者建构了文化创伤,继续在精神上奴役获得自由之身的美国黑人后代。

此外,本书作者将运用创伤对受害者产生的心理影响阐释莫里森作品中的黑人女性创伤的症状。未被理解的创伤事件会以噩梦、幻觉以及闪回的方式继续影响创伤受害者。从莫里森的作品中可以看出,受过创伤的黑人女性不仅有这些普遍的创伤症状,还表现出其他的创伤症状,例如,儿童在白人强势文化中会产生强烈的自卑感、自我厌恶感、嫉妒感以及仇恨感等消极情绪;黑人成年女性会因为白人文化的影响而形成异化的审美观、家庭观以及消费观等。在文本分析的过程中,本书作者将以文本为基础,揭示黑人女性由于不同原因在不同阶段表现出的创伤症状,从而扩充和修正创伤定义中关于创伤症状的描述。

针对创伤的症状,临床创伤治疗者认为创伤治疗需要安全的环境、稳定的人际关系和恰当的倾听者。德瑞·劳认为:"幸存者们不仅需要活下来讲述他们的故事,也需要依靠讲述故事得以存活。在每个幸存者的内心都有讲述故事、理解创伤的欲望……为了能够存活,幸存者们必须理解埋藏在内心的真相。"(Laub,1995:63)叙述不仅是支撑受创者们活下去的目的和手段,同时也是他们成功实现自我疗伤的一个重要方式。多米尼克·拉卡普拉(Dominick LaCapra)对此表示认同,他在研究犹太大屠杀历史的基础上,指出大屠杀幸存者通过讲述的方式来重现历史创伤是"希望身心获得统整,创伤可以终结,个人得以救赎"(LaCapra,1994:193)。通过讲述,受害者实现身心解脱,忘记创伤事件,缓解内心痛苦。《宠儿》中的塞丝在女儿丹芙和黑人女性集体的帮助下,努力回忆创伤事件,讲述创伤经历,从而摆脱蓄奴制造成的心理创伤阴影。《恩惠》中的弗洛伦斯和母亲也承受蓄奴制造成的母女分离之苦,但是她们在不具备这些创伤修复条件的情况下通过书写创伤故事的方式变得坚强和勇敢。对于《最蓝的眼睛》和《柏油孩子》中的文化创伤受害者,她们更是无法通过讲述修复创伤,因为文化创伤的影响是潜移默化的,不体现在某一个具体的创伤事件中,因此她们通过逃避来缓解创伤症状。同样,《秀拉》和《爱》两部作品中的黑人女性遭受丈夫抛弃和朋友背叛的痛苦之后,哀悼过去的创伤经历可以缓解创伤痛苦,彼此见证可以修复女性间的亲密关系。

本书作者结合创伤定义、文化创伤概念以及创伤修复理论中的创伤修复方式,从种族、文化以及社会三个维度剖析莫里森六部作品中的黑人女性创伤。尝试揭示导致创伤的根源、分析创伤的症状表现、探索创伤修复的途径,从而总结归纳出黑人女性创伤的特征。当创伤理论基本理念与文本出现不对等的情况时,本书作者将以文本为基础,从而修正和拓展创伤的基本含义。

本书围绕创伤主题从以下几个方面研究莫里森的六部作品:

第一部分文本以《宠儿》为主,《恩惠》为辅,从种族角度探析蓄奴制对黑人女性母女的伤害。蓄奴制导致黑人群体饱受种族创伤,但身为母亲的黑人女性要承担更多的屈辱和伤痛。蓄奴制下大量的黑人远离非洲故乡被贩卖为奴来到美国,这在他们心理上造成了流离失所之苦,同时还要饱受奴隶主的身心折磨。黑人女性出于保护子女免受蓄奴制伤害不得已采取极端的行为,体现了蓄奴制对黑人女性的心理伤害。在《宠儿》和《恩惠》两部作品中,莫里森突出刻画了蓄奴制对母女关系的伤害。塞丝为了保护女儿不再沦为奴隶不惜亲手杀害她,弗洛伦斯的母亲出于同种目的甘于"卖女为奴",这有悖常理的行为揭示了蓄奴制下畸形的母爱。同时,这对女儿的心理也造成了沉痛的创伤,造成女儿对母爱的歪曲理解,导致对母亲深深的恨。创伤事件在发生时未被理解,形成痛苦的记忆,又以幻觉、噩梦、闪回等形式出现,不断折磨黑人女性的生活。塞丝不堪忍受宠儿鬼魂的纠缠之苦,而弗洛伦斯也饱受噩梦侵扰。承受种族创伤的黑人女性失去面对过去创伤,接受未来生活的勇气,但在他人的帮助下倾诉创伤故事可以使她们减轻痛苦、宣泄悲伤、平复心境。

第二部分从政治角度分析白人强势文化对黑人女性成长造成的创伤。蓄奴制的创伤并未随着它被废除而彻底消失,黑人女性身体的奴役获得解放,但是无法卸掉白人文化霸权强加给她们的精神枷锁。黑人女性生活在弥漫白人强势文化的社会中,童年时代的耳濡目染使黑人女性成长中产生扭曲的心灵,导致成年后形成异化的审美观、爱情观与家庭观。这些根深蒂固的观念使黑人女性既无法融入主流社会,又丧失本民族的文化之根,在社会中产生迷失自我,彷徨无助的心理。这一章首先分析了《最蓝的眼睛》中的白人强势文化对黑人儿童成长的心理伤害。生活在白人强势文化中的黑人儿童受白人审美标准的侵蚀产生恐惧、自卑、嫉妒等创伤症状,甚至出现仇恨心理和报复行为,造成儿童的心理扭曲。其次,白人强势文化利用基督教及各种媒介对黑人成年女性洗脑,使她们无限痴迷白人文化,被白人的价值观同化,这一点反映在《最蓝的眼睛》中的波莉和《柏油孩子》中的雅丹身上。波莉等黑人成年女性产生厌恶黑肤色,厌恶贫穷的家庭的自卑心理,同时她们为了融入白人文化,得到白人认可不惜抛家弃女。文化对黑人女性造成的创伤是隐形的,不可控制、不可改变的,这致使黑人女性无从倾诉,无法摆脱。但是,逃避作为消极的创伤修复方式同样可以使黑人女性挣脱精神桎梏,寻求心理平静。

第三部分从社会角度分析了男权社会导致的黑人女性感情关系创伤。在美国社会中,黑人女性是处于社会最底层也是经受创伤最大的群体,除了承受历史和社会造成的集体创伤,还要承担各自生活环境中的个体创伤。男权社会中,男性在婚姻生活中拥有无上的权威,致使女性在家庭中处于失语、屈服的处境。因此,当男性不负责任离开家庭,女性就难逃被抛弃的噩运,《秀拉》中的女性人物都遭受了被丈夫抛弃的创伤。此外,丈夫的离弃也使年幼的女性饱受父爱缺失之苦,无法形成正确的恋爱观、婚姻观以及家庭观。父爱缺失使女性极度渴望被爱,因此,《爱》中的女性为了争夺父爱彼此仇恨,彼此争斗。专制、独断的黑人男性成为一家之主,主宰黑人女性的命运,不仅破坏了女性之间纯真的友谊,还使黑人女性丧失决定权和自主权。黑人女性的社会关系创伤需要在彼此倾诉、共同见证中重建社会关系,化解女性间的误会,修复创伤。

通过主体部分的论证,本书作者得出以下三种观点:第一,多种因素导致黑人女性创伤,即历史、文化及社会因素都从不同方面、不同程度造成了黑人女性的身体创伤和心理创伤。蓄奴制、白人强势文化以及男权社会使黑人女性遭受了母女分离、身份困惑以及社会关系破裂等伤害。第二,黑人女性创伤体现在母女关系、朋友关系以及社会关系断裂中,造成黑人女性产生孤独、无助、自闭的心理,使她们丧失了信任感和安全感。弥漫着白人强势文化的社会使黑人女性产生了自卑、迷茫、痛苦的心理创伤。白人文化侵蚀黑人女孩幼小的心灵,使她们产生强烈的嫉妒、报复心理,甚至暴力行为。对于黑人成年女性来说,她们在盲目追求白人文化观念的过程中产生异化的审美观、爱情观以及家庭观。黑人女性间的亲密关系因为男权社会的专制和压迫被破坏,导致家庭解体、友谊破裂。第三,黑人女性在经历历史创伤、文化创伤以及社会关系创伤之后,不断探寻直面过去、摆脱创伤之路。稳定的人际关系、恰当的倾听者是黑人女性创伤修复的必要条件,倾诉、见证以及哀悼是女性创伤修复的最佳方法。但是,在没有安全的环境、合适的倾听者的前提下,黑人女性选择逃避也是减少创伤痛苦的消极手段。

莫里森的作品反映了美国黑人的创伤历史,尤其凸显了黑人女性的创伤。创伤犹如一面三棱镜,从种族、政治、社会三个不同角度折射出黑人女性长期的生存状况。莫里森书写创伤,帮助黑人女性解除压抑、释放悲情、摆脱创伤,这些与创伤理论关注的问题相同。从创伤理论解读莫里森的作品,一方面可以揭示莫里森创伤创作的特点,拓宽莫里森研究的视域,为莫里森的研究做出贡献;同时,以女性为研究视角可以发现女性创伤的特征,拓展创伤理论。另一方面,研究女性创伤修复可以对治疗众多的创伤受害者有重要的指导意义。无论是历经大屠杀劫难、自然灾难的幸存者,还是经受传统和现代压制的女性,或是承受巨大生存压力的现代人,他们都是创伤载体,帮助他们摆脱创伤重新面对生活不仅是临床医学的重要责任,也需要跨学科的研究,黑人女性创伤修复的方式同样适用于治疗这些创伤受害者。因此,从创伤视角研究莫里森笔下的黑人女性创伤既有助于学界在阐释女性创伤问题上有所洞见,又可丰富莫里森研究的成果,对现代社会的创伤治疗也有启示作用。

第二章　蓄奴制下的母女创伤

——《宠儿》和《恩惠》

　　莫里森的作品深刻地反映了美国黑人女性的悲惨命运,赞扬了黑人女性不屈不挠与命运抗争的精神,为美国黑人文学的发展做出了巨大贡献。《宠儿》出版于1987年,出版后在国际上引起了极大轰动。小说以独特的创伤叙事揭示了蓄奴制导致的母女关系创伤,痛诉了蓄奴制的残暴。20年后,莫里森又创作了同样主题的另一部作品《恩惠》,它被评论家们认为是"《宠儿》的姊妹篇"(Charles,2008)。这部小说同样控诉了蓄奴制对黑人女性、白人女性、印第安女性甚至白人男性的心理伤害。

　　两部作品从不同侧面揭示了蓄奴制下黑人女性饱受种族歧视和折磨的命运与脆弱不堪的母女关系。两个悲伤的故事充满了黑人母女的血和泪,令人震撼,让人难忘,却是大家不愿提及的屈辱经历。正如莫里森自己所说:"一个黑人女奴隶为了保护自己的孩子免受蓄奴制的伤害而亲手杀死自己的女儿,这是小说中人物不愿提及的故事,我不愿想起的故事,黑人不愿意记住,白人不想记住的事……是全民族要忘记的事。"(Angelo,1994:257)苦痛的经历大家不愿提及,不愿想起,也不愿意记住,因为会触动每个人心里的伤疤。对于亲身经历过的小说人物来说,这是不堪回首的往事;对于小说创作者莫里森来说,这是她不忍目睹的黑人种族的创伤历史;对于见证过此种遭遇的黑人来说,这令他们丧失生存的信心和面对新生活的勇气;对于造成伤害的白人来说,这是他们想抹掉自己罪行的托词。全民族要忘记的历史是指蓄奴制下黑人女性的经历不堪回首,令她们苦不堪言,因为反复回忆对黑人女性造成无法修复的精神创伤,甚至影响下一代黑人的心理健康成长。

本书的第一部分将以创伤的定义阐释《宠儿》和《恩惠》两个文本中体现的母女创伤。创伤的定义体现了创伤的延续性和不可控性。首先深入分析蓄奴制创伤的延续性对黑人女性母爱的扭曲,对母女关系的破坏。残忍的蓄奴制导致母亲采取极端的手段保护女儿免受奴隶制伤害,但是这造成了女儿对母爱的误解,产生对母亲的仇恨心理,母女间形成难以弥合的鸿沟。依据创伤修复理论中的创伤治疗方法,讲述是承受母女分离痛苦的黑人女性摆脱创伤阴影的最佳途径。同时,书写创伤也是帮助黑人女性恢复生活信心,使她们变得勇敢和坚强的方式。

第一节　母亲的创伤:畸形的爱

《宠儿》和《恩惠》两部作品都刻画了深深的母爱,但是蓄奴制下这种最自然、最纯真的母爱只能以暴力形式表达出来,是畸形的母爱。错误的表达方式带来女儿对母亲的误解,在女儿的心灵和成长过程中形成了无法治愈的创伤,导致母女关系破裂。蓄奴制下两位母亲出于保护女儿免受伤害都不约而同地选择了"弃女":《宠儿》中塞丝在逃离"甜蜜之家"(Sweet Home)之后,被奴隶主追踪找到,为了让女儿免受女奴之苦,她选择亲手杀死女儿;《恩惠》中的母亲觉察出奴隶主觊觎自己逐渐发育成熟的女儿,她苦苦请求雅各布买走女儿,她的行为虽然没有塞丝那样惨烈,但同样让读者为之震撼。莫里森刻意选择这一主题的目的是为了让读者关注黑人,尤其是关注黑人女性在蓄奴制下所经历的苦难、暴力以及创伤。母亲杀婴或弃婴而导致的母女关系创伤是蓄奴制对黑人女性造成的最直接、最深刻的伤害。

蓄奴制是美国历史上最惨绝人寰的制度,它不仅限制了黑人女性的人身自由,而且剥夺了黑人女性成为母亲、抚养子女的权利。在奴隶种植园,奴隶主拥有奴隶的一切,掌控奴隶的生死,可以随意将奴隶像商品一样转让、买卖甚至处死。奴隶被压榨得一无所有,甚至被剥夺了拥有家庭和子女的权利,因为法律规定如果母亲是奴隶,她的孩子也将是奴隶——蓄奴制剥夺了女性疼爱子女的自然权利。女奴不仅被当作干活机器,还被当成生产更多劳动力的生育机器。不论父亲是谁,女奴生下的孩子都归奴隶主所有,由奴隶主任意处置。他们可能被卖掉或留在同一种植园继续为奴。在蓄奴制下,身为母亲的黑人女性别无选择,只能目睹子女被奴隶主抢走,亲历母子分离的痛苦。《宠儿》中的塞丝和《恩惠》中的悯哈妹(a minha mãe)①成为母亲之后,将子女看作自己生命的一部分,拼命保护孩子的安全,奋力与蓄奴制抗争。但是,她们的力量在蓄奴制下显得如此微不足道,当她们意识到自己无法改变孩子为奴的命运时,就毅然选择了亲手割断孩子的喉咙或强迫女儿离开。莫里森借她们有违伦理的残忍行为表明"蓄奴制扭曲了母爱和母亲的身份"(Peterson,2008:29),奴隶生活的"变态世界(denatured world)是致使母性丧失其原本性质(naturalness)的根源"(Moore,2011:9)。

蓄奴制形成之前,黑人女性已经被贩卖到美洲大陆,在从事繁重的体力劳动的同时也饱受种植园主的折磨和虐待。在创作《恩惠》之前,莫里森曾说过她要创作一部小说,讲述"发生在蓄奴制形成之前,在种族与蓄奴制紧密联系在一起之前的故事"(Brophy-Warren,2008:5)。于是,她将这部小说的背景放置在1680年左右,比《宠儿》的背景早了两个世纪。虽然当时蓄奴制还未成为合法制度,但拥有和买卖奴隶已经成为普遍现象,奴隶主对美国黑人的奴役也已经悄然开始。在北美大陆居住着白人移民、黑人奴隶、土著居民等不同种族、不同背景的人。小说围绕"卖女为奴"这一事件展开,女主人公弗洛伦斯总是噩梦缠身,始终无法忘记母亲将自己卖给雅各布的一幕:"带走女孩吧,她说,我女儿,她说"。(托妮·莫里森,2013:6)母亲出于保护女儿的目的乞求雅各布带走她,这是母亲的无奈之举,不仅使母亲陷入深深的自责,也对弗洛伦斯造成了致命的伤害。

莫里森创作《恩惠》旨在暗示蓄奴制创伤的种子在殖民地时期已经生根发芽。小说以弗洛伦斯的视角展开叙述,八岁时,她母亲所在的种植园主家

---

① 弗洛伦斯用葡萄牙语对母亲的称呼。

来了一位讨债的白人雅各布。奴隶主建议用他自己的奴隶来抵债,雅各布希望奴隶主改变主意给他现金就故意挑了奴隶主喜欢的女奴——弗洛伦斯的母亲。但意想不到的是,母亲跪地哀求请他带走自己的女儿。因为她深知作为女奴的悲惨命运,她把女儿的命运寄托在"心里没有兽性"(Morrison,2008:163)的白人雅各布身上。母亲"卖女为奴"是因为自己的亲身经历导致她相信:女儿与她待在一起会饱受屈辱。出于对女儿的保护之心,她将女儿从自己身边推开。这不但没有减轻女儿的痛苦,反而加剧了母亲的自责内疚,也彻底割裂了母女之间的联系。悯哈妹做出卖女为奴的选择源于自身的残酷经历和遭受到的非人虐待。

悯哈妹经历了多种磨难和痛苦,她坚信女儿留在自己身边会像自己一样经历坎坷,命运凄惨。悯哈妹的奴役生活始于对立家族的残忍突袭,她的家园被烧毁,她的亲人被杀死。她和幸存下来的族人被捆绑在一起,"转移了四次,每次都有更多的买卖、挑拣和死亡"(托妮·莫里森,2013:181)。她忍受丧失家园、丧失亲人的痛苦,在一次次被买卖的过程中还要被种植园主挑挑拣拣。白人喜欢"将身体送给日夜不休地追随我们的鲨鱼。我知道他们以用鞭子抽打我们为乐"(托妮·莫里森,2013:181)。白人的抽打在她身体上留下了难以愈合的伤疤,目睹族人悲惨死去又摧毁了她的生存意志。她见证了无数惨绝人寰的暴行,这让她和其他人宁可选择死亡也不愿意沦为奴隶。奴隶的生活就是欲生不能,欲死不得。"我欢迎围上来的鲨鱼,可它们躲着我,仿佛知道我宁愿要它们的牙齿也不要那些绕在我脖子、腰和脚踝上的铁链。……很难想出个死的办法来。我们当中有些人尝试过;有些人真死了。"(托妮·莫里森,2013:181)沦为奴隶意味着丧失一切自由和权利,生死大权都操控在奴隶主手中。在残酷成性奴隶主的虐待和严密控制下,她身边的奴隶都是只有死亡后才能获得自由,即使寻找到机会逃走,也会"被重新抓回去置于监管之下"(托妮·莫里森,2013:181)。正是见证了无数的死亡才加剧了那些幸存奴隶的心理创伤,他们连自杀的机会都没有,更别说逃脱奴役了。

悯哈妹只是众多女奴生活的一个缩影。在讲述自己的创伤经历时,她反复使用第一人称复数"我们"描述自己的悲惨遭遇,这说明她的经历带有普遍性。她的创伤故事代表很多与她有过共同经历的人,那些人惨遭杀害没有机会讲述,她替他们说出不可言说的创伤。莫里森借悯哈妹之口揭开蓄奴制丑恶的面纱,向世人展示蓄奴制对黑人尤其是黑人女性造成的永远无法忘记的伤痛。

悯哈妹的经历赤裸裸地揭露了奴隶贸易的罪恶。为了利益,奴隶主不顾运奴船上的死亡数目,也不在乎女奴反复遭受的性侵犯。她几次想寻死都没成功,又被卖到巴巴多斯的甘蔗园。这里的生存条件极其恶劣,她随时面临"被甘蔗地里那些致命的动物所毁掉的男人…… 蛇,毒蜘蛛,以及他们叫作短吻鳄的大蜥蜴"(托妮·莫里森,2013:182)。她除了要忍受劳累之苦和恶劣的生存环境造成的死亡威胁,还要忍受丧失身份、丧失家园的痛苦。"我就是在那里得知,我不是来自我们国家的人,也不是来自我们家族的人。我是个 negrita①。一切。语言、服装、神、舞蹈、习俗、装饰、歌曲 —— 所有的这一切在我的肤色中搅作一团。"(托妮·莫里森,2013:183)在拍卖场,她被当作"negrita"卖给德奥尔特加,她感到个人的家庭、种族、文化特征都被泯灭了,仅仅剩下一个身份标志 ——"黑色皮肤"。蓄奴制社会中,大多数奴隶家庭被拆散,在倒卖的过程中以白人主人的名字命名,致使奴隶失去了与自己的家庭联系,同时在白人的身体虐待和思想灌输下逐渐忘却了黑人种族的传统和文化。没有人在乎奴隶来自哪里,身份是什么。在被奴役的过程中,奴隶的种族意识被泯灭,这造成了黑人奴隶的身份困惑。

她被卖到德奥尔特加的种植园,在这里她感到自己的人性被无情地践踏。她要干繁重的体力活,被奴隶主当作牲畜一样使用,同时,她还要忍受男性的蹂躏。奴隶主命令男人去强奸她就像牲畜要配对,奴隶主指使别的男人强暴她,使她怀孕,这样,奴隶主可以享用她的奶水,同时可以把生下来的孩子当作财产继续占有、蹂躏。"催促你的乳房赶紧挺起来,同时也在催促一对老夫妻张开他们的嘴。"(托妮·莫里森,2013:179)悯哈妹为自己所

---

① negrita:西班牙语中意思为黑人女孩。

受的暴力感到耻辱,她不愿直接详细描述那些惨不忍睹的暴行。但是"老夫妻张开他们的嘴"暗示她被当作生产奶水、生产劳动力的工具,这不仅是对她个人的侮辱,而且是践踏母亲喂养子女最天然、最有爱的行为,更是对人性的蔑视。像德奥尔特加这样的奴隶主,他们的贪婪侵犯了人性,违背了自然规律,但却没有人也没有法律可以阻止。他们可以从母亲那里抢走奶水,但是"《教义问答手册》里也没有哪一条告诉他们不能那样做"(托妮·莫里森,2013:179—180)。奴隶主对女奴的折磨不仅是在身体上,"在这种地方做女人就是做一个永不愈合的伤口。即使结疤,里面也会一直流脓"(Morrison,2008:163),这生动地描述了女性所承受的创伤,反复遭到毒打和虐待。身体遭到毒打和强奸的伤口终有一天会复原,但是在心里留下的伤疤却永远不能愈合。

悯哈妹的痛苦经历使她内心产生恐慌和极端的保护心理。她惨遭性侵犯的结果就是她生下了一对儿女,她看到孩子出生感到欣慰,她要"像一只老鹰似的看护"(托妮·莫里森,2013:179)她的子女。但是这种爱、这种保护"没有任何持久的好处"(托妮·莫里森,2013:179)。随着弗洛伦斯逐渐长大,她凭借直觉和经验马上意识到女儿正面临被奴隶主侵犯的危险。"乳房提供的欢愉胜过其他更简单的东西。你的乳房挺起得太快,已然被那块遮着你小女孩胸脯的布弄得不适。他们看到了,我看到他们看到了。"(托妮·莫里森,2013:179)悯哈妹极度敏感、脆弱的心理感到女儿发育过快不是好事,这只会激发男人们的贪婪和欲望。但是年幼的女儿根本意识不到自己将面临危险,她还特别渴望长大,渴望拥有成年女性的魅力。她渴望穿上成年女人的鞋子,但是却遭到母亲的责骂。因为女儿的成长不仅引起了种植园其他男性的注意,更可怕的是她吸引了"先生的目光"(托妮·莫里森,2013:183)。她要尽自己所能保护女儿免受更多的伤害,但是她知道在种植园中,女性得不到任何保护。仅仅因为她是女孩,如果继续留在身边就意味着要承受更多的伤害,生活的世界中没有人也没有上帝的法则规约禁止侵犯女人。

雅各布的到来让她看到一丝希望、"一个机会"(托妮·莫里森,2013:

184），一个可以让女儿摆脱危险的机会。她第一眼看到雅各布，注意到"他的心里没有野兽。他从未像先生看我那样看我。他不想要"（托妮·莫里森，2013：180）。尽管她知道无论哪种形式的奴役都是痛苦的，但她注意到雅各布对女奴的身体或性奴役不感兴趣，心中兽性的缺失表明他不会像德奥尔特加那样充满兽欲地对待自己的女儿。悯哈妹发现雅各布把女儿当成人看，"那高个子男人把你看成一个人的孩子，而不是八枚西班牙硬币"（托妮·莫里森，2013：184）。想到自己在德奥尔特加手里遭到的种种非人虐待，毫无疑问她想逃离这里，但她没让雅各布带走她和她女儿，因为她知道"先生不会答应的"（托妮·莫里森，2013：184）。相反，她为了保护女儿放弃了自己逃脱的机会。因此，令人费解的场面出现了：悯哈妹双膝跪下乞求雅各布带走女儿。让雅各布带走女儿，她要忍受母女分离之苦，甚至女儿对自己的误解和怨恨，女儿要承受丧失母爱之痛。但是，如果女儿留在自己身边，留在没有任何保护的种植园，女儿就会遭受与自己同样的命运。因此，悯哈妹宁可自己忍受痛苦也要为女儿换来生的希望，一个逃离魔掌的机会。

悯哈妹的创伤经历使她丧失信心和安全感。在她和女儿之间她不确定雅各布会带走哪一个，因此她苦苦哀求雅各布，她"希望奇迹发生"（托妮·莫里森，2013：184）。当雅各布同意带走女儿，她将这当作"一个人施予的恩惠"（托妮·莫里森，2013：184）。悯哈妹乞求雅各布带走女儿是源于浓浓的、深沉的母爱，她为了保护女儿不受种植园主的侵犯选择让女儿离开自己。但是，这不仅加剧了母亲内心的创伤，也造成了女儿的心理创伤。母亲对自己的行为耿耿于怀，渴望向女儿解释，从而减轻女儿缺失母爱的痛苦。但是，当女儿与她在一起时，出于使女儿免受痛苦的心理，她对蓄奴制的残忍和自己的经历只字不提。结果在弗洛伦斯被带走时她没有机会，也没有时间向她说明一切。当雅各布与德奥尔特加进行肮脏的奴隶买卖时，悯哈妹立刻注意到弗洛伦斯眼中的困惑和受伤，她多希望能够把她的想法解释给女儿，让她知道母亲是爱她的：

跪在尘土里，我的心将每日每夜地留在那里，尘土里，直到你明白我所知道并渴望告诉你的事：接受支配他人的权利是一件难事;强行夺取支配他人的权利是一件错事;把自我的支配权交给他人是一件邪恶的事。哦,佛罗伦斯。我的爱。听听你妈妈的话吧。

(托妮·莫里森,2013:184)

她的自白表明:她乞求女儿聆听她的解释,减少误解,减轻伤害,这体现了悯哈妹浓浓的母爱。她的"心将日夜留在尘土里"说明她意识到女儿对她的误解而感到深深内疚,她愿意乞求女儿的原谅,正如她跪下来请求雅各布带走女儿。她希望能够告诉弗洛伦斯的三件事是她经历一生创伤后总结出来的最基本的经验。

基于自己的生活经历,同时遭受令人发指的种族主义和蓄奴制的摧残,她意识到蓄奴制会剥夺受害者的自我意志中最基本、最重要的部分——权利。作为母亲她被赋予孕育子女的权利,一种"支配他人的权利"。悯哈妹希望弗洛伦斯明白即使蓄奴制剥夺了她履行这一天赋的权利,她也要拼命保护她。提到德奥尔特加曾两次命人强奸她,她解释说,"本来两次都挺好的,因为结果就是有了你和你弟弟。可后来先生和他妻子来了"(托妮·莫里森,2013:183)。被强暴是痛不欲生的,但是悯哈妹深爱自己的一双儿女。尽管她承受了太多创伤,照顾子女的深深母爱几乎令她忘记了被强奸的残暴场景,体现了母亲无私的爱。她认为,"强行夺取支配他人的权利是一件错事",这直接抨击蓄奴制的罪恶。蓄奴制强行夺走了黑人的自由和权利,剥夺了黑人女性做母亲的权利。但是,她认为最糟糕的是"把自我的支配权交给他人",也就是说放弃自我,允许别人控制自己。她要教育女儿既然无法摆脱受人控制的命运,身体上被迫奴役,精神上一定要保持自由。母亲的内心独白体现了她对女儿的不舍、惦念以及担忧。她渴望呵护女儿成长,但蓄奴制剥夺了她养育子女的权利;她渴望教育女儿,但蓄奴制让她欲言又止;她担忧女儿受伤害,但是蓄奴制让她无能为力。可悲的是,弗洛伦斯永远也听不到母亲渴望她明白的这些事实。

弗洛伦斯的母女关系破裂源于彼此缺少交流沟通,源于蓄奴制对黑人女性的虐待和奴役。悯哈妹出于保护女儿的目的让女儿离开却伤害了女儿。弗洛伦斯对母亲的行为和动机产生误解,因为她对母亲的遭遇毫不知情,她内心错误地认为是母亲抛弃了她。而随着弗洛伦斯被带走,母女之间的亲情联系也被彻底切断了,母亲再也没有解释的机会。因此,对弗洛伦斯来说,她虽然逃脱了种植园主的性侵犯,但是心理上要承受母爱缺失的痛苦。结果,这导致她产生被抛弃的创伤感,严重损伤了她的自我价值观,使她产生对母亲和弟弟的痛恨。同时,渴望被爱使她产生对爱情的错误判断,又再次遭受被爱人抛弃的创伤。

《恩惠》中体现的是蓄奴制形成之前黑人女性遭受的创伤,她们经历了背井离乡和长途跋涉之苦被卖到种植园,但是在这里她们又要承受失去自由、失去家园、失去亲人的心理伤害。丧失自由的黑人母亲无权选择自己的生死,无力保护一对儿女,但是她的母爱让人震撼、让人钦佩又让人难以理解。母亲的创伤经历让她深知作为女奴在德奥尔特加这样充满兽性的奴隶主身边将会遭受更大的痛苦,她无奈之下选择让女儿离开。但由于她与女儿之间缺乏恰当的沟通,导致女儿的误解及更大的心理创伤。随着蓄奴制的建立,蓄奴合法化使所有的黑人女性都深陷蓄奴制的牢笼无法挣脱。奴隶主对奴隶的压榨、迫害以及虐待与日俱增,作为母亲的黑人女性无法为女儿寻找到善良的主人,只好选择亲手杀死女儿以帮助她摆脱奴役。莫里森的小说《宠儿》就讲述了这样让人痛彻心扉的故事。

《宠儿》讲述了黑人母亲塞丝为了使女儿摆脱沦为女奴的命运而亲手割断她的喉咙的故事,这再现了蓄奴制的残忍和奴隶主的人性泯灭。蓄奴制延迟性的影响"表现在对某个经历过此事之人的反复纠缠之中"(Caruth,1995:4)。蓄奴制对黑人女性造成的创伤形成一种盘旋萦绕不去的影响,因为"未解决的往事的痕迹,或者那些死得太突然、太暴力以至于没有得到适当哀悼的鬼魂,纠缠着那些正在寻求好好活着的人们"(安妮·怀特海德,2011:6—7)。宠儿就代表蓄奴制下未解决的创伤,它时刻缠绕着小说中每一个人物,阴魂不散。塞丝依赖爱人和亲人的帮助讲述自己的创伤经历,将创伤记忆转变成叙述记忆以摆脱创伤,同时黑人社区在恢复创伤方面也发挥了不可忽视的作用。

塞丝的悲惨经历是蓄奴制下无数黑人女性生活的真实写照。在残酷的蓄奴制下,浓浓的母爱变得扭曲变形,无法理解,对待孩子的疼爱通常以暴力或残忍的方式体现。她们无权拥有自己的孩子,因为她们自己以及产出的一切都归奴隶主所有。她们的孩子要么被奴隶主卖掉,要么被自己亲手扔掉,她们没有权利也没有能力将孩子抚养长大。贝比·萨格斯的八个孩子只有黑尔留了下来,孩子生下来之后她觉得"犯不上费心思去认清他的模样,你反正永远也不可能看着他长大成人"(Morrison,2005:139)。塞丝的母亲、塞丝的婆婆以及塞丝本人 —— 几乎身为母亲的所有黑人女性 —— 都要经历同样的厄运。母女分离的痛苦和母女关系的破裂是黑人女性普遍的创伤经历。

塞丝的母亲被奴隶主从非洲运到美洲大陆,被白人、黑人强奸后生下的孩子都被她扔掉,只留下塞丝一个并给她起了个黑人的名字,仅仅因为母亲用胳膊抱了一下塞丝的爸爸。在蓄奴制下,黑人女性被剥夺了选择爱情和生育的权利。她们无权选择爱人,她们的孩子都是被强暴的结果,毫无感情可言。来到奴隶主的种植园后,塞丝的母亲要承担与黑人男性一样繁重的劳动。即使在诞下婴儿之后黑人女性也不能喂哺自己的孩子,因此塞丝不记得曾经与母亲共同睡过一张床,不记得母亲照顾过她,帮她梳过头。当宠儿问到塞丝的母亲时,塞丝说:"我只在田里见过她几回,有一回她在种木兰。早晨我醒来的时候,她已经开始干活了。⋯⋯她肯定只喂了我两三个星期 —— 人人都这么做。然后她又回去种稻子了,我就从另一个负责看孩子的女人那里吃奶。"(Morrison,2005:60)在最需要母爱的婴儿时期,将婴儿与母亲分离割断了子女与母亲的依附关系,母爱缺失加重了儿童的心理创伤。因此,身为奴隶的母亲要学会在感情上不过于依恋子女以减轻丧失子女的失落感。正是基于此,艾拉这样对塞丝说:"什么都别爱。"(Morrison,2005:92)因为,对子女投入更多的爱意味着更大的伤害,蓄奴制下的黑人女性无权也无力疼爱和教育子女。

塞丝童年时代渴望母爱,渴望母亲的照顾和关怀,但是残忍的蓄奴制无法满足塞丝的奢求。她对母亲的记忆只是一些残缺的片段:她记得母亲胸前印有圆圈和十字,这是用来确认母亲的印记。塞丝也希望在自己身上烙上一个与母亲同样的烙印,却挨了母亲一个耳光。塞丝的母亲看到女儿想要选择与她相同的命运而恼怒,气愤之下打了她,看似残忍,实际上是母亲表达母爱的方式。但是,对于年幼的塞丝来说,这是无法理解的。她认为,母亲打她意味着母亲拒绝了她,抛弃了她,割裂了母女之间的联系。尤其当她目睹母亲将亲生骨肉扔向大海之后,她断定母亲不爱自己和其他孩子。这导致塞丝误解母亲,同时也坚定了她要保护自己子女的决心。对于幼小的塞丝来说,她无法理解母亲的残忍行为,同时见证母亲被绞死也在她的心中留下了挥之不去的阴影,形成创伤性记忆,伴随她成长。儿童时代缺失母爱导致塞丝没有归属感和安全感,而母亲过激的反抗行为也影响了塞丝对待子女的方式和态度。

除了童年时代留下的阴影以外,塞丝在"甜蜜之家"亲身经历的奴役之苦也是她亲手杀婴的重要原因,这一切悲剧都源自残忍的蓄奴制度。塞丝所在的种植园主加纳先生是比较仁慈的奴隶主,他没有毒打奴隶,也相对地给奴隶一些自由,因此塞丝和其他的奴隶并没有深刻感受到蓄奴制的残酷。但是,当加纳先生去世之后,加纳太太无法管理种植园,她就让"学校老师"来帮助她管理一切。"学校老师"彻底改变了原来的模式,他不允许奴隶赎买自己和亲人,并且将奴隶当成动物对待。

塞丝偶然听到"学校老师"和他的侄子讨论人的属性与动物的属性,他们对奴隶的判断和归属让塞丝体会到自己被奴役的生活状况。当塞丝经过后门,听到学生提到"塞丝"的名字,她出于好奇想听清楚他们在谈论什么,然后她听到"学校老师"教育他的侄子:"我告诉过你,把她的人的属性放在左边,动物的属性放在右边。别忘了把它们排列好。"(Morrison,2005:193)这时,塞丝才意识到奴隶主把她当成动物看,否认她作为人的本质和权利,体验到了奴隶主对奴隶的身心虐待。她立刻意识到"学校老师"对她的属性的评判也会扩展到她的孩子们身上,这坚定了她逃亡的决心,她清楚只有这样才能使孩子们摆脱被奴役的命运。她坚持说:"没有人,世上再也没有人敢在纸上把她女儿的属性列在动物一边了。不。哦不。"(Morrison,2005:251)

　　"学校老师"的评论不仅使塞丝意识到奴隶主的残忍无情,而且强化了蓄奴制固有的占有思想。"学校老师"否认奴隶的人性,只把奴隶当作自己可以随意使用、占有以及买卖的商品。"学校老师"让奴隶把全部劳动都投在"甜蜜之家",不允许黑尔在外干活偿还赎买贝比·萨格斯的债务。"学校老师"不仅要占有黑尔及其他奴隶的劳动,还要无偿占有他的三个孩子,因为"男孩子还小的时候干活儿是不给钱的"(Morrison,2005:196)。奴隶主最大限度地榨取奴隶的使用价值,占有奴隶的终生自由和他们的子孙后代。黑尔意识到了这种做法的后果,他问塞丝:"谁把你赎出去呢?还有我?还有她?"(Morrison,2005:196)这惊醒了塞丝,她开始明白被占有即将意味着什么,"'男孩子还小的时候',这是他说的,把我一下子咬醒了。他俩整天地跟在我身后除草、挤奶、拾柴。只是现在。只是现在"(Morrison,2005:197)。"学校老师"出现在"甜蜜之家"促使塞丝意识到蓄奴制无情占有了她的身体、她的劳动以及她的孩子,也让她体验了蓄奴制的占有性、代际传递性以及非人性。塞丝要使自己和子女摆脱被奴隶主占有、压榨、虐待的命运,只有逃跑或者以暴力行为反抗蓄奴制的压迫。

　　作为母亲,塞丝要对自己的亲生子女负责,要与奴隶主抗争获取孩子的拥有权。首先,塞丝要履行做母亲的责任和义务,保护子女免受伤害。她的行为意味着她向蓄奴制提出挑战,否定了奴隶主对她动物属性的评判,肯定了她人的属性。"没有我的孩子我就无法呼吸"(Morrison,2005:203),她的决定以及后来逃跑的努力都是对蓄奴制导致的母亲主体性伤害的反抗。她成功逃脱的动力也是来自作为母亲要保护子女的力量,"为了你们,后来必须熬过去的一切我都熬过去了"(Morrison,2005:198)。当她决定逃离"甜蜜之家"时,已经身怀六甲,还在给另一个女婴喂奶,她意识到如果和孩子一起逃跑可能无法成功,遂决定先把孩子们送走,然后自己想办法逃跑尽快与他们团聚。

　　然而就在逃跑之前,塞丝遭受了"学校老师"和他的侄子实施的最惨绝人寰的虐待。"学校老师"和他的侄子强行夺走了塞丝留给孩子的奶水,"一个吮着我的乳房,一个摁着我,他们那知书达礼的老师一边看着一边做记录"(Morrison,2005:70)。喂奶是母爱的体现形式,是维系母女关系的纽带。奶水维持孩子的生命,显示母亲保护孩子、疼爱孩子的能力。因此,奴隶主强行抢走塞丝的奶水象征蓄奴制无情剥夺了女性作为母亲的权利,残忍地割断了母女之间的联系。奴隶主十足的兽行践踏了黑人女性最神圣的母性,奴隶主的暴行不仅打破了塞丝对自由和幸福的憧憬,更重创了她作为母亲和女性的权利,而且更坚定了她要保护子女免受奴役的决心。塞丝唯一的想法就是与饥饿的孩子相聚,她跟保罗·D说:"我只知道我要给我的小女儿喂奶。没人会像我这样喂她…… 除了我,没有人能给她奶水。"(Morrison,2005:16)当塞丝向保罗·D讲述逃跑经过时,她愤怒地重复着:"还抢走了我的奶!"(Morrison,2005:17)奶水被抢走成为塞丝一辈子难以启齿的创伤经历,在塞丝看来,身怀六甲还惨遭奴隶主的殴打只是身体伤害,但是抢走她的奶水否认了她的人性,亵渎了作为母亲神圣的角色。

塞丝以惊人的毅力维护自己作为母亲的权利,保护自己的子女。与宠儿见面后,她解释说:"我硬是走了过去,因为只有我才有喂你的奶,上帝万能,我要去找到你们。你记得我做的那些事,对吗?记得我找到这里以后,奶水足够所有孩子吃的,对吗?"(托妮·莫里森,1996:237)塞丝逃跑的决心和毅力充分表现出她对孩子浓浓的母爱,她可以不顾身体的创伤,忍受奴隶主的凌辱,历经艰难只为逃离奴隶主的魔爪和子女团圆。母性促使塞丝为了孩子争取对自己身体以及其他产出物的拥有权。但是,蓄奴制下,一切都是奴隶主的,包括奴隶的身体以及奴隶所产出的任何东西 —— 劳动、奶水以及孩子。奴隶主不会放过任何一个奴隶,奴隶要么在逃跑的路途中死掉,要么被奴隶主抓回去继续为奴。

奴隶主采取最残忍的手段抓回逃跑的奴隶,如果奴隶反抗,就当场杀死。他们将奴隶当作动物看,甚至连动物都不如,"一个丧了命的黑奴可不能剥了皮换钱,死尸也值不了几个子儿"(Morrison,2005:148)。塞丝身为奴隶的痛苦经历使她意识到:如果被"学校老师"抓回去还不如死掉。当她察觉到"学校老师"到来时,她带着孩子躲在棚屋里,她知道他们即将抢走她的孩子,她要保护子女,不能与子女再次分离。但是,她除了杀死孩子没有别的办法,这样做才是把孩子们"带到了安全的地方"(Morrison,2005:164)。当"学校老师"发现塞丝时,她已经杀死了一个孩子,正在把另一个"婴儿摔向墙板,没撞着,又在做第二次尝试"(Morrison,2005:149)。"学校老师"看到孩子都死了,他感觉"没什么可索回的了。那三个(现在是四个——她逃跑途中又生了一个)小黑鬼,他本来指望他们是活着的…… 带回去养大就可以干活了,现在看来不行了"(Morrison,2005:149)。"学校老师"看到逃跑的孩子已经死掉,逃跑的塞丝也已经疯了,完全没有任何利用价值才放弃离开。

塞丝亲手杀死自己的女儿,内心忍受了无法承受的痛苦。她紧紧抱着孩子的身体不肯松手,任何人都无法让她把死去的孩子放开,"她走出棚屋,走进房子,一直抱着她不放"(Morrison,2005:152)。最后,贝比·萨格斯从她手中抢走了那个死婴,塞丝才想到还有一个更小的孩子等待她喂奶。她顾不上擦掉胸前的血迹,"将一个血淋淋的奶头塞进婴儿的嘴里"(Morrison,2005:152)。塞丝对孩子的母爱是深重的,又是让人痛彻心扉的。塞丝用极端的行为保护了自己的子女不再沦为奴隶,但是她也为此付出了巨大的代价。宠儿去世后,为了能够给她一个墓碑,塞丝用自己的身体换来刻在墓碑上的七个字母"BELOVED"。塞丝对女儿的爱让人震撼,让人心痛,这一切都归结于蓄奴制的残酷无情。

塞丝的行为使女儿得到解脱,但是她自己却因此饱受创伤。为了安葬女儿,她当着儿子的面出卖肉体,忍受屈辱。在女儿去世多年之后,她心里的愧疚感和负罪感让她饱受折磨。杀婴的创伤"在发生的瞬间没有被充分领会……而是作为一种盘旋和萦绕不去的影响发挥作用"(安妮·怀特海德,2011:5)。莫里森运用超现实主义手法表现塞丝的痛苦,即鬼魂缠绕。发生在过去的杀婴行为让塞丝感到愧疚,令她无法摆脱内心的折磨。首先,塞丝居住的兰石路124号"充斥着一个婴儿的怨毒"(Morrison,2005:1),即宠儿的鬼魂时常出没在这里。塞丝的儿子被吓跑了,塞丝的婆婆被折磨得病倒了,塞丝的邻居被吓得躲避起来。唯独塞丝坚持留在这里,因为她要补偿对女儿的歉疚,她曾想与那个百般折磨她们的鬼魂"来一次对话,交换一下看法"(Morrison,2005:4)。丹芙认为婴儿的亡灵邪恶,充满怨恨,但是塞丝认为"它不邪恶,只是悲伤"(Morrison,2005:8)。这是塞丝感觉自己无力让女儿存活的悲伤,也是宠儿无法得到母爱的悲伤。每次塞丝想到过去就感到悲伤,她的屋子被悲伤浸透,她的心灵被悲伤覆盖。塞丝被宠儿的鬼魂缠绕,她返回是向塞丝索取她未得到的母爱。当宠儿化作人身再次回到塞丝身边时,塞丝所有的负疚感都化为对宠儿的无限溺爱。鬼魂的反复出现也象征塞丝心中未解决的创伤,迫使塞丝面对过去的伤害,也迫使她的主观意识努力重整创伤事件的记忆碎片,从而形成对创伤事件完整、正确的认识。

儿童时代塞丝体验到了母爱缺失的痛苦,种植园的生活让她明白了蓄奴制的残酷,因此当她成为母亲之后她要努力疼爱子女,保护子女。在偶然听到"学校老师"与他侄子的对话后,她的人性觉醒了。她要维护自己和子女的人性,她要挑战蓄奴制,要成为自己生命的主宰。因此,她在身怀六甲,遭到奴隶主毒打,后背被划开,伤势严重的情况下仍然坚持只身出逃。她对子女的爱经历了从细心的疼爱到暴烈的母爱再到失控的溺爱的演变过程,这是蓄奴制伤害的必然结果。由此可见,蓄奴制吞噬着每一位母亲和女性的心灵,使她们心理扭曲变形。她们饱受种族和性别压迫,从一个受虐者变成一个施虐者。黑人女性的母爱变得畸形,变得罪孽深重,导致饱受身心创伤的黑人母亲陷入无底的痛苦深渊无法解脱。莫里森借这两部小说痛斥蓄奴制的罪恶,即蓄奴制剥夺了黑人女性最基本的做母亲权利,使她们过着非人的生活,她也暗示多一些沟通就可以解决母女之间的误会,减轻蓄奴制造成的伤痛。

第二节　女儿的创伤:固执的恨

蓄奴制下,扭曲的母爱以错误的方式传达给女儿,使女儿的内心对母爱产生误解和怨恨。怨恨是个体受伤后产生的消极心理,是个体主观意识故意使然。斯蒂芬·米歇尔(Stephen Mitchell)认为,个体经历伤害后并不清楚自己的意志,如果个体无法确定造成伤害的原因,就可能产生恨,"恨与爱一样,需要时间和心理的积累。恨是无意识作用的结果"(Mitchell,1988:130)。阿伦·贝克(Aaron Beck)则认为,人的情感依赖于信念和信息的处理过程,如果"个体片面地将他人的行为或态度解读为对自己的威胁或者伤害,就会产生恨"(Beck,1999:31)。"恨是个体认知片面、思维扭曲累积所产生的后果。"(师彦灵,2012:32)恨是因为个体受到创伤后,无法正确理解事件的原因和过程,困惑无法解决,积累时间长了就形成对当事人的怨恨。宠儿和弗洛伦斯不了解母亲抛弃她们的初衷,因此在面对与母亲分离时,内心片面地认为母亲不爱自己。宠儿认为,塞丝为了自己能够生存狠心地将她杀害,抛下她不管。弗洛伦斯则认为,自己遭受到了母亲不公正的对待,因为母亲选择留下弟弟而抛弃自己。她们都认为母亲的行为伤害了自己,于是内心产生对母亲无尽的怨恨。

具有固执、绝对以及过度概括性特点的个体,往往只根据一次的不幸就断定,自己总是遭受不公正、不合理的对待,而仅这一点就足以使其产生仇恨心理。怀恨在心的个体常会采取极端的方式惩罚另一个人。若某个个体将事件的发生归结于某个唯一的原因,那么就会限制他的合理判断能力,使他无法辨别导致这件事的其他重要因素。《宠儿》中的塞丝出于保护女儿的原因而将她杀害,但是塞丝没有机会向宠儿解释原因。年幼的宠儿缺乏对世界的认知能力,缺少对事件的分析能力,因此她只根据这一次遭遇就对母亲产生仇恨,并且变成鬼魂,采取极端的方式折磨、报复塞丝。《恩惠》中的弗洛伦斯离开母亲时只有八岁,她无法理解母亲的苦衷,她固执地认为,弟弟抢夺了她的母爱,误解母亲在两个孩子之间选择将她卖为奴隶,因此,内心对弟弟和母亲充满怨恨。她虽然没有采取极端的方式向母亲报仇,但是在心里埋下了恨的种子,始终拒绝聆听母亲的解释,拒绝承认母亲身边的男孩是与自己有血缘关系的弟弟。

蓄奴制是"人类彼此占有的另一种形式,也是罪恶地占有性爱的根源"(Chen,2000:52)。奴隶主占有奴隶的身体、奴隶的劳动以及奴隶的一切产出,奴隶主的占有权剥夺了塞丝对子女的拥有权。为了与奴隶主争夺对女儿的所有权,塞丝才不惜将其亲手杀死。因此,在蓄奴制中,占有是罪恶的根源。塞丝亲手割断宠儿喉咙的行为,既剥夺了宠儿生的权利,也剥夺了她享受母爱的权利。宠儿无法理解,母亲是为了保护自己、疼爱自己才结束自己的生命,因此,她心中充满对母亲的怨恨。她要报复塞丝,索取她未得到的母爱,同时也要折磨、虐待塞丝,让塞丝为自己的行为付出代价。

宠儿对母亲的痛恨源于她对母爱表达方式的误解,她对创伤事件片面、扭曲的认知方式导致了仇恨心理的产生,这种心理长期积累得不到宣泄就产生了强烈的报复心理,进而有计划、有步骤地以残忍的手段向母亲复仇。宠儿为了报复塞丝,她的鬼魂缠绕塞丝,驱除塞丝周围的人,独占母爱。被母亲抛弃的阴影使宠儿产生无限的占有欲,她要独自占有塞丝,折磨塞丝,以此宣泄心中的痛苦,"宠儿是来报复塞丝的,她要让塞丝为自己的杀婴行为付出代价"(Morrison,2005:251)。在小说中反复出现"她是我的","你是我的,你是我的,你是我的",这体现了宠儿独占塞丝的欲望。(Morrison,2005:210,216)宠儿要独占母爱是为了报复母亲的残忍,索回被剥夺的母爱。

宠儿不理解母亲的良苦用心,痛恨母亲杀害自己,以至于死后她在124号始终阴魂不散。宠儿不愿意离开母亲,因为她还没有得到足够的母爱。她嫉妒丹芙和兄弟们可以和母亲在一起,于是她要将所有人赶走。塞丝的两个儿子霍华德和巴格勒因为宠儿的出现而离家出走,"当时,镜子一照就碎(那是让巴格勒逃跑的信号);蛋糕里出现了两个小手印(这个则马上把霍华德逼出了家门)"(Morrison,2005:1)。贝比·萨格斯也忍受不了鬼魂的侵扰,卧病在床,对生存失去信心,不久病逝。最后,只有塞丝和丹芙相依为命,仍然坚持住在124号。塞丝对宠儿心怀负罪感,她认为自己已经伤害过她一次,不忍再次让她孤零零一个人待在这里,于是,她日日带着赎罪的心情忍受宠儿鬼魂的折磨,渴望得到宠儿的原谅。

创伤被卡茹丝定义为是一种"占据和缠绕的形式,鬼魂是时间断裂的恰当体现,是过去在当下的浮现"(Whitehead,2004:5)。创伤事件的影响以鬼魂的形式再次浮现,割裂了现在与未来生活的联系,让塞丝沉浸在过去的创伤中。宠儿的鬼魂经常出没在 124 号,这不仅赶走了塞丝的亲人,也吓跑了她的邻居。因此,塞丝和丹芙过着离群索居的生活。十八年来,塞丝都活在亲手杀死女儿的阴影中,她变得沉默寡言,自我封闭。十八年后,一个年轻女人出现在 124 号门口,种种迹象表明,她就是宠儿的化身。首先,她的名字叫宠儿;其次,她的皮肤和外貌不像成年人,而像一个婴儿,她的头发像"婴儿的头发",她总用"手掌托着脑袋休息"。(Morrison,2005:64)塞丝将她当作宠儿来宠爱,这表明,杀婴创伤事件的延迟性仍然干扰着塞丝的生活。不管这个年轻女人是宠儿的化身,还是某个出逃的女奴,她都象征着蓄奴制未解决的创伤对黑人女性的延迟性伤害。

塞丝决定让这个女人和自己生活在一起,这使她再次陷入了痛苦的深渊。一方面,为了弥补自己对宠儿的罪孽,塞丝放弃了自我,无节制地溺爱、顺从宠儿;另一方面,为了发泄内心的痛苦,带着怨恨的宠儿再次回到母亲身边,要逐步实施折磨、报复塞丝的计划。首先,宠儿表现出贪婪的占有欲,"我是宠儿,她是我的"(Morrison,2005:214)。这是宠儿的内心独白,表明她要完全独自占有塞丝。宠儿为了实现对塞丝的独占,她引诱保罗·D,先将塞丝的爱人赶出 124 号。然后,她将塞丝、丹芙和她自己封闭在屋子里,断绝与外界的任何联系。接着,她又独占家里的一切食物、用品,"她什么都拿最好的——先拿。最好的椅子,最大块的食物,最漂亮的盘子,最鲜艳的发带"(托妮·莫里森,1996:287)。开始时,她们三个人一起游戏,"她们三个看起来就好像无所事事的狂欢节女人"(托妮·莫里森,1996:286),似乎这是一个充满快乐的家庭。但是,渐渐地,宠儿也要将丹芙排除在外,独自占有塞丝以及她的一切。丹芙发现,她俩非常明显地只对彼此感兴趣,她开始从游戏中游离出来(托妮·莫里森,1996:286),只能旁观。

宠儿开始实施对塞丝的报复,首先她驱赶塞丝身边的亲人,以达到对塞丝独占的目的,然后开始实施报复的第二步:表现出她贪婪的欲望,贪婪地向塞丝索取关注、索取爱。她要从塞丝那里索回本来属于自己的关爱,获取缺失的记忆,这些都因为她的早逝而没有得到。塞丝为了证明她的母爱,愿意以任何方式补偿宠儿,无条件地满足她的任何需求,甚至牺牲自己。宠儿不断表现出要塞丝记住、安慰、满足她贪得无厌的需求。宠儿一出现就是一个"贪婪的鬼,需要许多的爱"(Morrison,2005:209),这个饱受被谋杀之苦、被抛弃的孩子迫切渴求得到母亲的关注,渴望和母亲一起拾起失去的回忆。宠儿的"眼睛一时一刻也不离开塞丝。……塞丝感觉自己被宠儿的眼睛舔舐着、品尝着、侵吞着"(Morrison,2005:57)。塞丝走到哪里,她就跟到哪里,塞丝不要求的话她从不离开,她每天都在门外等待塞丝下班。当宠儿触摸塞丝时,塞丝感到"比羽毛还轻的触摸,却满载着欲望……再看看她的眼睛,她从那里看到的欲望是无底深渊"(Morrison,2005:58)。母爱对于孩子来说是甜美的,幸福的。"糖总是能满足她,好像她天生就是为了甜食活着似的"(Morrison,2005:55),宠儿对甜食的需求象征着她渴望舔舐母亲的宠爱。

宠儿的贪婪欲望还表现在,她沉浸于听塞丝讲故事,她企图借此找回过去的记忆。德瑞·劳指出,"在每一个幸存者身上都有一种强烈的需要,即讲述和了解自己的故事,但她/他必须保护自己不要知道这个故事,而鬼魂对此则不受任何约束。一个人为了活下来,她/他不得不知道被埋葬的有关自己的真实"(Laub,1992:63)。她从故事中得到满足,塞丝也很乐于这样做,她发现,讲故事"成为喂养她的另一种东西"(Morrison,2005:58)。之前塞丝对于过去缄口不言,她觉得,一提起过去,她就会感觉痛苦。她不跟贝比·萨格斯讲,因为她俩"心照不宣地认为它苦不堪言"(Morrison,2005:58);跟丹芙也是"简短地答复她,要么就瞎编一通"(Morrison,2005:58);即使是跟与自己有过共同经历的保罗·D谈论时,"伤痛也依然存在"(Morrison,2005:58)。但是当宠儿问起时,"她发现自己想讲,爱讲"(Morrison,2005:58)。宠儿对故事的渴望促使塞丝回忆、讲述她痛苦的过去,塞丝沉浸在过去的回忆之中不能自拔。宠儿让塞丝直视过去,让过去的痛苦继续折磨塞丝。当她们一同来到林中空地时,宠儿试图掐死塞丝,塞丝喘不过气来,绝望地抓扯着不存在的手,双脚在空中乱踢,这再现了她割断宠儿喉咙的场景。宠儿似乎是让塞丝亲身感受她被扼死的疼痛,通过这种方式,宠儿"扭转形势,使自己由受害者变成施暴者,让塞丝变成受害者,以实现自己的报复行为"（Bouson,2000:151）。宠儿利用塞丝的负疚感让她体味自己被扼杀、被抛弃的痛苦,这加重了塞丝的心理创伤。

　　当塞丝无法满足她无休止的欲望时,她就实施她报复计划的第三步,从肉体和精神上折磨塞丝,不断地吞噬她。宠儿开始乱发脾气,摔东西,"把桌子上的盘子全扫下去,把盐撒在地板上,打碎了一块窗玻璃"（Morrison,2005:242）。虽然塞丝意识到她的任性,但她什么都没说,纵容宠儿的为所欲为。塞丝无法让她满意,她就责怪母亲"将自己撇在了身后。不待她好,不对她微笑"（托妮·莫里森,1996:287）。塞丝辩解说:"她们是一样的,有着同一张脸,她怎么能撇下她不管呢? 于是塞丝哭了,说她从来没有这么做过,也没有过这个念头……说她一直都有个计划,那就是,他们都到另一个世界团聚,永远在一起。"（托妮·莫里森,1996:287—288）但是宠儿不理解母亲,仍然责备她将自己扔在黑暗的地方,那里遍布死去的男人们的尸体,她没有吃的,被鬼用指头戳进身体。宠儿的叙述加剧了塞丝杀婴的心理负疚感,也代表了众多死去的黑人奴隶的冤魂对活着的人的心理折磨。

　　由于塞丝的解释无法得到宠儿的原谅,她就开始无止尽地说服宠儿,"她认为宠儿是唯一必须说服的人,她过去的做法是对的,因为那是出自最真挚的爱"（Morrison,2005:251）,但是宠儿拒绝和解。塞丝和宠儿隔绝在房子里,"昏暗、挨饿,但是封锁在爱中,这种爱让人窒息"（Morrison,2005:243）。丹芙意识到,"塞丝在为杀害宠儿弥补,宠儿让塞丝付出代价,这会无休无止"（Morrison,2005:251）。不管塞丝多么爱她的女儿,宠儿的鬼魂就是拒绝接受谋杀是出于真挚的母爱。渐渐地,塞丝对宠儿的溺爱出现问题,"宠儿长得越大,塞丝变得越小;……她像个挨打的孩子一样坐在椅子上舔着嘴唇,同时宠儿在吞噬她的生命,夺走它,用它将自己变得强大,长得更高。但这个年长的女人不吭一声地交出了它"（Morrison,2005:250）,她取悦宠儿的欲望威胁到她的生命。塞丝变成了受害者,她对母爱的理解是致命的,她过度地溺爱宠儿,过度地占有宠儿,过度地屈从宠儿,最后导致她精神分裂。

　　宠儿固执地将母亲杀害她的行为认作是对她的抛弃,产生对母亲固执的恨,怀恨在心无法解脱,就化作鬼魂对塞丝实施最残忍的报复行为。而宠儿也代表无数个与她一样冤死的黑人鬼魂,象征着无法解决的蓄奴制创伤,继续困扰着幸存的黑人群体。宠儿的鬼魂用极端的报复行为折磨塞丝,以宣泄心中的怨恨,而《恩惠》中的弗洛伦斯无法再次与母亲相见,对母亲的误解和怨恨埋在心中,无法释怀。

《恩惠》中贯穿始终的还是女儿对母亲那份挥之不去的眷恋,但是母女分离使女儿无法获得母爱,心中又充满怨恨。正如《宠儿》中被杀女婴多年后还魂,向母亲索要曾经缺失的母爱一样,《恩惠》中的弗洛伦斯同样对母亲当年抛弃自己的行为无法原谅。贝塞尔·范德科尔克指出,"对创伤事件的记忆可能会以身体感觉、恐怖图像、噩梦或这些形式的混合体对受害者产生影响"(Van der Kolk,1980:164)。弗洛伦斯在离开母亲之后,夜夜饱受噩梦缠身之苦。"在那些梦里,她总是想要告诉我些什么。她拉长眼睛,使劲动着嘴,而我把目光从她身上移开。"(托妮·莫里森,2013:113)母亲的行为被弗洛伦斯看作是对她的抛弃,在她心中留下阴影,成为她驱之不去的梦魇。她对母亲的眷恋和对母爱的渴求使她产生嫉妒、怨恨的心理,使她无法原谅母亲和小男孩。对于弗洛伦斯来说,什么都比梦见母亲和她的小男孩要好。即使梦见了,看见母亲要努力说什么,她也拒绝去听,总是把"目光移开",她生命中最亲近的人变成了一生中最不愿意见的人。母女关系的割裂使弗洛伦斯感觉无助,丧失安全感和自尊心。

母女分离是蓄奴制导致的最严重的创伤之一,蓄奴制使黑人家庭四分五裂,黑人女性比黑人男性要承担更多的痛苦。弗洛伦斯的创伤根源在于,蓄奴制迫使她们母女分离,导致她长时间片面地认知这一事件,思维扭曲,形成无尽的怨恨。弗洛伦斯对母亲的记忆是片面的、有选择性的,在她的记忆中,没有母亲的疼爱和关怀,只有母亲的恼怒和责骂。她记得小时候无法忍受赤脚,就乞求一双鞋。而她的母亲对此皱着眉,严厉责骂她的"种种臭美的方式"(托妮·莫里森,2013:2)。在弗洛伦斯童年的认知中,她认为,自己只是想减轻双脚的痛苦,却遭到母亲的责骂,因此,她将母亲的态度理解为对自己的厌恶。母亲从未向她说明,禁止她穿高跟鞋是不想让她显得成熟,过早吸引种植园里男性的注意,过早遭受种植园主的性侵犯。母女之间缺乏沟通,心里产生距离感,这导致女儿对母亲形成了带有偏见或歪曲的认知。消极情绪长时间的持续,使得个体对事件的解释产生进一步的错误认识。这会导致个体对事件的选择性记忆,即只记住对自己不利、消极的事件片段,甚至曲解整个事件。因为个体的认知偏见,心里容易产生焦虑、恐慌、仇恨等消极情绪,将自己封闭在怨恨的牢笼之中。选择性记忆中真实或想象的委屈及恶意伤害都会支持这种片面认识,导致消极情绪累积,最终形成无法排解的无尽的恨。

弗洛伦斯对"卖女为奴"的场景的叙述充分证明,她对整个事件的认知是片面的、歪曲的:

> 我永远都忘不了那一幕。我看着,妈妈听着,她的小男孩背在她的胯上。我们原来的葡萄牙主人没有把他欠老爷的债务全部还清。老爷说,用那女人和那女孩顶替,但不要那小男孩,债务就此了结。悯哈妹求他别这样做。她的小男孩还在吃奶。带走女孩吧,她说,我女儿,她说。就是我。我。(托妮·莫里森,2013:5—6)

从弗洛伦斯的叙述视角来看,"老爷"拿她和母亲抵债,但是母亲因为割舍不下还在吃奶的男孩,所以乞求雅各布带走她。弗洛伦斯的叙述带有主观性,是按照她对事件的理解来阐释的。但事实并非如此,莫里森在小说的第二部分又以第三人称的视角客观地再现了同样的场景。事实是,德奥尔特加因为无法偿还所欠的债务,提出以奴隶来抵债,让雅各布随便挑选。当雅各布看到弗洛伦斯的母亲时,他认定眼前的这个女奴对德奥尔特加特别重要,作为对他的报复,雅各布提出要带走弗洛伦斯的母亲。但突然间母亲跪倒在地,乞求他带走自己的女儿。同时,雅各布认为,弗洛伦斯与自己失去的女儿年龄相仿,她也许能够缓解妻子的丧女之痛,遂决定带走弗洛伦斯。

通过对比可以看出,在弗洛伦斯的叙述中有虚构、误解的成分。雅各布从来没提出同时带走她和母亲,母亲也从未说自己要给小男孩喂奶。弗洛伦斯把母亲请求雅各布带走她的行为解释为母亲对弟弟的偏爱。在她看来,那个还在吃奶的小男孩夺走了原本应该属于自己的母爱。一方面,弗洛伦斯无法谅解母亲抛弃自己的行为;另一方面,她也对弟弟充满怨恨,甚至于她只称呼他为"小男孩"、"她的小弟弟"、"她的宝贝儿子"。自始至终,她也不愿意承认,他是与自己有血缘关系的弟弟。她在刻意强调母亲与弟弟的亲密关系的同时,试图划清自己与他的界限。"当某人与自己处于同一位置时,年长的孩子觉得自己被取代,而且没有自己的位置——因为别人占据了她在父母心中的位置。"(Mitchell,2003:47)同胞姐弟在母亲心中占有同样重要的位置,他们共同分享母爱。但是,在危险的时刻,如果母亲选择了年幼的孩子,年长的孩子就会认为自己在母亲心中的位置被占据、被替代了。这不仅会使儿童产生强烈的失落感,还会导致儿童产生极端的嫉妒、仇恨以及报复心理。弗洛伦斯认为,母亲身边只有一个位置,母亲的爱只能留给一个人。她意识到,在与男孩争夺母爱的竞争中,男孩处于有利的位置,所以母亲选择留下男孩,抛弃她。另外,弗洛伦斯在事件的叙述后面反复加上了"我。我。",这两个字表明她的无比诧异和失望,使她断定母亲是故意抛弃她。她错误的判断和歪曲的理解使她将整个事件解读成痛苦的、无法承受的创伤事件。

弗洛伦斯被母亲抛弃的创伤深深刻在她的脑海中,形成挥之不去的创伤记忆。她在讲述这一场景时始终用一般现在时,仿佛这一场景至今还历历在目,记忆犹新。一般现在时的使用使她的叙述有种紧迫感,也喻示她仍受创伤事件困扰。由于缺乏对过去历史的认识,她无法摆脱创伤事件对她未来生活的影响。因为对母亲过去的遭遇一无所知,弗洛伦斯错误地认为,母亲的决定是基于更偏爱哪个孩子,而完全不知母亲想方设法保护她的意图。她对母亲的误解深深植入她的记忆,使她丧失安全感和自信心,产生恐慌和自卑心理。母爱的缺失使她渴望被爱,但她又害怕再次被抛弃。这种矛盾、纠结的心理使她产生焦躁不安的情绪,也丧失了对发生的事件的正确判断力。因此,当她获得铁匠的爱情时,她无法正确处理两人的关系,注定难逃再次被抛弃、再次受伤害的命运。

被母亲抛弃的心灵创伤使弗洛伦斯在情感上极度渴望被爱,渴望被别人认可、赞同。雅各布和丽贝卡也认定,她"妈妈不在乎她","这解释了她为什么如此需要认可"。(托妮·莫里森,2013:107)她来到雅各布的农场后,竭尽所能讨好每一个人。"她不仅一贯值得信赖,而且还对每一分关爱、每一次的轻拍脑袋和每一个赞许的微笑都深怀感戴。"(托妮·莫里森,2013:67)连女主人丽贝卡都觉得"她机灵",对她"颇有几分爱怜"。(托妮·莫里森,2013:107)正如母亲所料,她在雅各布的种植园表现得很好,不但没有遭受男性的侵犯,而且可以选择自己爱慕的对象。当她看到铁匠锻铁时的样子,她完全被他征服了,她"两腿发软,心胀得都要破了"(托妮·莫里森,2013:41)。爱情赋予弗洛伦斯新的希望和活力,她感觉自己"第一次活着"(托妮·莫里森,2013:41)。被母亲抛弃的创伤致使她拥有爱情之后就义无反顾地迷恋铁匠,"她一有机会就小跑着向他奔去,惊慌失措地正点把他的饭食拿给他"(托妮·莫里森,2013:107)。她在与铁匠的恋爱中完全放弃了自我,甘愿受缚,她毫无保留地将自己完全交付给他,却成为"爱情的奴隶"(托妮·莫里森,2013:156)。弗洛伦斯期望自己的全身心投入和付出会赢取爱情,但正是这种自私占有的爱遭到了黑人铁匠的拒绝和驱赶。

雅各布病死后,太太丽贝卡也被传染,身患重病。她被派去找铁匠给太太看病,因为,一方面,弗洛伦斯被太太认为是值得信任的人;另一方面,铁匠曾经医治过与太太有着同样病症的女奴。爱情是支持她历尽艰险找到铁匠的动力。但是,当她找到铁匠时,她却发现,他的身边多了一个他收养的孤儿马莱克。埃里克森指出:"受过创伤的人,尤其是受过心理创伤的人,经常会感觉他们已经对生活环境失去了控制,他们很易受到伤害,受不得任何的刺激。"(Erikson,1995:185)马莱克的出现刺激弗洛伦斯的创伤记忆再次浮现:

> 这种事以前发生过两次。头一回是我盯着我妈妈的裙子周围看,希望她伸出一只手,而她从来都只把手伸给她的小男孩。第二回是一个指着我尖叫的小女孩藏在她妈妈身后,紧紧揪着她的裙子。两次都充满危险,而我两次都被赶走了。……你朝他伸出你

的一根食指,他握住了它。……仿佛他是你的未来。而我却不是。

(托妮·莫里森,2013:149—150)

弗洛伦斯回忆起她的经历,每次面临危险,必须在两个孩子之中选择一个的时候,被抛弃的总是她。她看到铁匠和马莱克的关系,心中顿生恐惧,害怕自己被抛弃的厄运再次降临。她意识到,马莱克威胁到她的爱情,在与她争夺铁匠的爱。她将自己、铁匠和马莱克的关系与当初她、母亲和小男孩的关系并列,她害怕当日的场景再次出现。"记忆中的人物、记忆中的场景再次出现,将会激发原始记忆被储存时的场景"(Van der Kolk,Van der Hart,1995:163),马莱克使一直萦绕在她心头的创伤场景再次浮现。她又看到,"悯哈妹牵着她的小男孩的手斜倚在门边,围裙兜里放着我的鞋。一如既往,她在设法告诉我什么事。我要她走开"(托妮·莫里森,2013:151)。她预感马莱克会像自己的弟弟一样抢走本属于她的爱,嫉妒、愤怒涌上心头,她想,"我绝不能再被赶走"(托妮·莫里森,2013:151)。于是,她开始和马莱克敌对。吃饭时,她隔着桌子瞪视他,接着她又藏起他心爱的玩具让他大哭。后来,她发现自己的鞋子丢了,就怀疑是马莱克拿走了藏起来。她感到愤怒,这"是自我防御和反击的方式,未知的耻辱导致生气或愤怒"(Woodward,2000:215,217)。马莱克的出现激起了弗洛伦斯记忆深处的创伤体验,为了避免再次受到伤害,弗洛伦斯采取主动的防御和反击手段。

这次为了使自己在竞争中处于优势,弗洛伦斯在嫉妒和盛怒之下先伤害了马莱克。小男孩受伤后,正好铁匠赶回来了。他看到此种场景,打了弗洛伦斯,赶她走。当她听到铁匠第一声喊的不是她的名字而是马莱克,她惊慌失措,彻底绝望了。她意识到,正如母亲选择了小男孩而不是她一样,这一次铁匠也选择了小男孩而抛弃了她。铁匠甚至不给她解释的机会,她充满了恐惧与失望,用锤子打了铁匠。母爱的缺失让弗洛伦斯渴望被爱、渴望被认可,但是自私的爱使她产生嫉妒、仇恨的心理,以至于产生暴力的复仇行为。

弗洛伦斯因为误解母亲抛弃自己而身心遭受重创,拒绝倾听母亲的解释。她将母亲在梦中反复出现看作是厄运即将降临的征兆,显示出她对母亲的痛恨。同时,她认为是弟弟抢夺了自己的爱,导致她对弟弟的恨,并将仇视的心理转嫁报复在被收养的马莱克身上。母爱的缺失促使她渴望被爱、渴望爱情,但是创伤记忆的阴影使她无法形成正确的恋爱观。她极端的嫉妒、极端的占有式爱情使她失去自我,失去所有的爱,在孤独中成长。这一切的悲剧又都归因于蓄奴制对母爱的剥夺,对女性家庭的分裂。多次的创伤经历将弗洛伦斯彻底改变了,心中充满爱、渴望爱的女孩被残暴的蓄奴制变成了一个心中充满仇恨、充满怨毒的女性。

第三节 蓄奴制创伤修复:讲述

蓄奴制对黑人女性的伤害具有延续性和代际传递性。黑人母亲和女儿的创伤需要在黑人集体的帮助下共同见证创伤、讲述创伤才能复原。在书写大屠杀幸存者证词的过程中,德瑞·劳指出:有同情心的倾听者的见证有利于缓解幸存者的创伤。讲述创伤使受害者为了生存而了解被掩盖的历史,然而像"不可言说"的蓄奴制一样,创伤具有"不可讲述的性质"(Laub,1992:79),因此受害者常常沉默不语。"只有当受害者意识到有人聆听,他才会停止沉默而讲述自己内心的痛苦。"(Laub,1992:71)因此,讲述创伤事件对创伤修复至关重要,这种讲述可以导致"哀悼……恰当地埋葬,帮助受害者找回尊严"(LaCapra,2001:66)。讲述创伤事件是创伤修复的必要手段。

范·德·科尔克对创伤修复的定义是:"创伤完全康复,受害者不会再受到闪回、幻觉等创伤记忆反复出现的干扰。相反,创伤受害者可以讲述创伤事件,直面过去,在他的生活历史、他的自传及他的所有品格当中都可以容纳创伤。"(Van der Kolk,1995:176)创伤事件在受害者的记忆中反复出现,直到创伤记忆可以被转换成"叙述语言",并且受害者能够将记忆融入深层意识中,方可摆脱创伤的伤害,获得心理和精神上的康复。创伤记忆,由于源自陌生的、意外的或令人恐惧的经历,经常会"与自觉意识和自发控制相分离"(Van der Kolk,1995:160),以身体感觉、恐怖影像或噩梦的形式时常浮现,这将阻碍创伤受害者的讲述。叙述记忆(narrative memory)取决于一个人特殊注意所发生事件的能力,这是将创伤经历转化成故事的前提。创伤受害者克服创伤记忆的影响,努力理解发生的事件,并将创伤事件融入过去的记忆,将创伤经历按照开端、发展、结局的顺序讲述出来,完成创伤修复的过程。

《宠儿》中,在逃奴隶塞丝冒着被抓回去的危险,杀死自己的女儿,使女儿的灵魂获得解脱。但是,创伤事件形成的痛苦记忆让她难以承受,整个事件萦绕于心,无法忘记。叙述记忆和创伤记忆的区别在《宠儿》中十分重要,塞丝的创伤修复就是她努力将自己的创伤记忆断断续续地转变为叙述记忆的过程。她试图告诉保罗·D 杀害宠儿的经过,但是,一开始她无法用线性的时间顺序讲述出来,表明这一事件对于她来说是创伤记忆而不是叙述记忆。露丝·莱伊将其称为"记忆混乱"(Leys,2000:2),说明塞丝没有找到一种有意义的、有治疗效果的方式面对创伤事件,而是被创伤事件的反复再现所困扰。当保罗·D 把印有塞丝杀害宠儿报道的简报拿给她看时,她因为不识字而看不懂,她不想解释,可她知道"自己不认识的字不比她要解释的话更有力"(Morrison,2005:161)。她暗示,保罗·D 或者任何别的人都无法讲述她的经历,无法充分解释她的行为,出版的文字不足以表达她的创伤经验。在没有人倾听的情况下,讲述创伤经历是徒劳的,因此,塞丝拒绝回忆过去,拒绝讲述自己的经历,直到保罗·D 来到 124 号,她心里充满了讲述的欲望。

她内心渴望有人倾听她的讲述,排解她的苦闷,见到保罗·D 之后,她下定决心向他敞开心扉,与他共同见证创伤历史。德瑞·劳认为,塞丝拒绝用叙述的方式见证创伤事件的矛盾心理在临床医学上是有意义的,和他在治疗患者的过程中观察到的相符。他说:"在每一个幸存者心中,都有迫切的讲述需求,但却被自我保护免受过去的创伤干扰而阻止。……没有足够的言辞或恰当的言辞表达,没有足够的时间或恰当的时间讲述,没有足够的倾听或恰当的倾听者,在受害者的思维、记忆以及言语中都无法捕捉到故事的细节。"(Laub,1995:63)受害者心中充满恐惧,他们深知,讲述创伤意味着回到痛苦的过去,再次经历创伤事件,本能的自我保护使他们缄默不语。

塞丝与他们的处境相同,总是拒绝回忆和讲述她在"甜蜜之家"的生活,她对北上逃亡到辛辛那提的路程和"学校老师"对她的暴行只字不提。"一提起过去她就感到痛苦。过去的一切都是痛苦或是遗忘。"(Morrison,2005:58)不仅塞丝有明确排斥讲述的冲动,小说中其他的人物也有同样的想法,他们都认为,讲述创伤无非是回忆过去痛苦的时光。对于过去,大家一致认为,不再提及以避免再次伤害,过去的经历是无法言说的(unspeakable)。

塞丝极力抵抗回忆过去、讲述过去,但是选择恰当的人聆听、寻找恰当的时机讲述会缓解痛苦记忆对她的伤害,保罗·D 的到来为她提供了讲述机会。保罗·D 到达 124 号以后,简短的对话和诙谐的玩笑过后,塞丝意识到,和他谈论过去的生活可以缓解伤痛。"有他相陪伴,当着他的面,她们才能哭泣"(Morrison,2005:17),哭泣可以缓解伤痛,释放压力,治疗创伤。塞丝被白人抢走奶水的经历是她在"甜蜜之家"遭受到的最暴力、最耻辱的创伤事件,她一直没有勇气向任何人提起,因为讲述这一经历确实让塞丝难以承受。当她与保罗·D 一起谈论"甜蜜之家"的经历时,她断断续续地讲述了事情的经过。保罗·D"在她背后俯下身躯,身体形成爱怜的弧线"(Morrison,2005:17),这确实安慰了塞丝,至少在那一刻,塞丝感觉"她双乳的负担终于落在了另一个人的手中"(Morrison,2005:18)。这一举动让塞丝相信,像保罗·D 这样的男人会保护她的奶水、她的安全,他的安慰让塞丝确信与他讲述过去可以缓解伤痛。

当创伤受害者试图讲述自己的经历时会遇到困难,但他仍相信讲述可以治疗创伤。倾听者帮助受害者将创伤记忆转变为叙述记忆,能够舒缓受害者曾经努力抵抗创伤的痛苦。塞丝的创伤记忆以碎片式的陈述逐渐展开,通过与保罗·D 的谈话,读者慢慢了解到塞丝在"甜蜜之家"的经历,有欢乐也有悲伤。

在共同回忆过去、讲述过去之后,塞丝和保罗·D 彼此更加依赖。塞丝意识到,和他讲述过去比努力逃避记忆更让她舒服。然而,塞丝也意识到,对于跟自己有同样创伤经历的保罗·D讲述,不可能完全治愈创伤。一方面,塞丝"与他心心相印。她的故事是可以承受的,因为他也同样经历过 —— 可以讲述,推敲,再诉说"(Morrison,2005:99)。保罗·D可以减轻塞丝的心理负担,因为他们两人分担共同的创伤体验。另一方面,也正是因为他们经历过同样的创伤过去,塞丝知道,完全信赖他也会给自己带来额外的伤痛。"她明白,保罗·D会给她的生活增加某种东西 —— 某种她想信任又怕信任的东西。现在他又增加了更多的东西:令她心碎的新的画面和过去的记忆"(Morrison,2005:95),因为保罗·D向她讲述了她丈夫的遭遇,这无疑会加重塞丝的负担。她自己逃离了"甜蜜之家",但她的丈夫黑尔一直下落不明。保罗·D告诉她,黑尔因为忍受不了目睹塞丝奶水被"学校老师"的侄子抢走而精神崩溃。"现在充满了一种崭新的悲伤,谁又说得出还有多少悲伤即将来临呢?"(Morrison,2005:95)这又增添了她的创伤体验。对于塞丝来说,她内心充满矛盾,她既珍视保罗·D带给她的快乐,又害怕分担不了他的悲伤,承受不了更多的痛苦。

塞丝诉说蓄奴制的创伤,不仅仅需要克服或逃避过去痛苦碎片式的创伤记忆的干扰,还需要支持、鼓励并愿意聆听的倾听者。如果倾听者也是创伤受害者,他在分担受害者痛苦的同时,也要承受创伤讲述对他造成的心理负担。当代临床创伤治疗也强调,倾听者或者见证人在创伤修复中的重要作用。因此,在塞丝的创伤修复的过程中,保罗·D可以充当她讲述的倾听者,但是他在治愈塞丝的创伤中的作用有限。因为"讲述者和倾听者共同承担见证创伤的责任,如果叙述者发现是他一人在承担,他便无法继续讲述。只有幸存者和倾听者的共同努力、共同分担才能实现对创伤记忆的再加工"(Laub,1995:69)。当受害者面对记忆中的创伤事件感觉太可怕而无法讲述时,倾听者的鼓励和帮助可以减轻受害者的压力,从而使受害者能够继续讲述。然而,塞丝和保罗·D都分担两个角色,既是受害者又是倾听者,两者之间的区别消失了,这就使通过讲述复原创伤变得异常复杂。塞丝仔细考虑过是否完全信任保罗·D,是否竭尽所能将自己的故事原原本本地讲述给他,这样做可以直视自己的罪恶而不是逃避,但她意识到,她也必须倾听他的创伤经历。清楚这些之后,塞丝决定,"她要保罗·D。不管他说什么,知道什么,她的生活中不能没有他。她来到林中空地,不仅是为了纪念黑尔,更是为了找个答案;现在她找到了。对,是信任和重新记忆(rememory)①"(Morrison,2005:99)。因此,对于塞丝而言,她的创伤修复格外困难,因为她不仅要讲述自己的创伤经历,同时还要充当保罗·D的倾听者,分担他的痛苦。

在塞丝决定完全相信保罗·D之后,他却表现出还没准备好倾听塞丝的讲述。他与塞丝有相同的顾虑,倾听塞丝的经历会勾起他的痛苦回忆。在与塞丝的交谈中,他得知,塞丝在逃亡之前已经怀孕,并且遭到"学校老师"的殴打,在她身上留下了永久的伤疤,这被爱弥·丹芙②称作是一棵樱桃树。但是保罗·D认为,这是塞丝创伤和苦难的永久标记。开始倾听塞丝讲述时,"他用脸颊揉擦着她的后背,用这种方式感受她的悲伤,它的根,它巨大的主干和繁茂的树杈"(Morrison,2005:17)。他以这种方式感知、体验塞丝的创伤,同时也通过这种爱怜的方式安慰塞丝,抚慰她的创伤。但是,当他听过太多的创伤故事,让他几乎无法承受时,他感觉塞丝背上的树变得"令人作呕"。保罗·D躺在塞丝的床上,他想:

> 他在厨房里好像淘金者扒拉矿砂那样探查的锻铁迷宫,实际上是一堆令人作呕的伤疤。不像她说的,是棵什么树。也许形状相似,不过可不像他认识的任何一棵树,因为树都是友好的,你能信赖、也能靠近它们,愿意的话还可以跟它们说话,多年前,在"甜蜜之家"的田里吃午饭时,他就经常这样做。……他管自己挑的那棵叫"兄弟"。(托妮·莫里森,1996:26)

塞丝背上的树是创伤经历的标志,它时刻提醒着保罗·D过去的痛苦。

---

① rememory:这是莫里森在《宠儿》中自创的词,本书作者将其翻译成"重新记忆"或"再记忆",为了表明小说中人物若想从创伤记忆中摆脱痛苦,就要重新回忆过去,在深层意识中形成新的记忆。

② 爱弥·丹芙:塞丝在逃离"甜蜜之家"的路上遇到的一个白人女孩,她帮助塞丝接生,帮助她逃跑,因此塞丝把她最小的女儿也取名为丹芙。

这棵树既不能倾听他讲述创伤,也不能信任。而"甜蜜之家"的树可以与他对话,而且它们不会反驳他的倾诉,可以充当最完美的创伤见证者。塞丝背上的树会反驳,它折射出自己的创伤。因此,保罗·D感觉他不敢靠近塞丝,因为他不相信塞丝的树会保持沉默。

当保罗·D得知塞丝谋杀自己的亲生女儿后,他没有勇气与塞丝共同面对这一创伤事件。作为创伤受害者,他也需要一名沉默的倾听者讲述自己的创伤,他的心里再也承载不了如此多的伤痛。因此,当斯坦普·佩德(Stamp Paid)把新闻报道拿给他看时,他宁愿相信是报纸弄错了。塞丝可以正视自己的行为,而保罗·D却由同情者变为评判者:"你有两只脚,塞丝,不是四只。"(Morrison,2005:165)他指责塞丝像动物一样残忍,这又揭开了塞丝痛苦的记忆。正是因为"学校老师"否认了她的人性,她才下定决心带着子女逃走,于是,"就在这时,一座森林骤然耸立在他们中间,无径可寻,而且一片死寂"(Morrison,2005:165)。这片森林象征塞丝与保罗·D之间的裂缝和隔阂,它不仅将塞丝与保罗·D完全隔离,也使得塞丝变得更加孤寂无援。

可见,由于个人的创伤经历,保罗·D对塞丝创伤修复的作用大打折扣。他不能倾听她讲述过去,因为他本身还未做好准备面对自己的创伤记忆。谋杀女儿的创伤记忆并没有因为向保罗·D讲述出来而停止困扰塞丝,反而愈演愈烈,甚至使塞丝出现幻觉,以至于她把出现在124号的女人当作是归来的宠儿。因此,她的创伤没有复原,她需要更忠诚的倾听者帮助她一起见证过去,讲述创伤。

同为创伤受害者的个体,塞丝与保罗·D无法彼此倾听,彼此倾诉,治愈创伤。蓄奴制和种族暴力导致的黑人集体创伤仅仅依靠黑人女性个人的力量是无法治愈的,这需要黑人集体的共同努力,共同帮助。朱蒂斯·赫曼认为,创伤事件导致"幸存者质疑基本的人际关系,打破了家庭、友谊、爱以及对集体的依赖,粉碎了与他人关系中形成和保持的自我建构"(Herman,1992:51)。德瑞·劳和赫曼持相同观点,认为受害者若要摆脱创伤,不能独自面对,必须与他人或者外部世界建立关系,在关系中复原。阿诺德·库伯认为："获得自尊和社会关系稳定感对创伤的影响有保护作用,因此,受害者需要持续的社会支持来宣泄创伤事件造成的负面影响。"(Cooper,1986：55)稳定的家庭可以重新建立受害者的信任感和安全感。在社会的包容和帮助下,受害者可以在与他人的关系中建立自尊,从而摆脱创伤,因为"抗争创伤取决于自尊和受害者获得的集体与社会归属感"(Furst,1986：36)。家庭和社区在帮助塞丝缓解创伤、释放痛苦的过程中起到了重要作用。讲述创伤,共同直面创伤,克服创伤导致的焦虑、恐惧以及不安,对于边缘群体的创伤修复至关重要。塞丝依靠家庭、黑人社区的支持讲述创伤经历,回顾创伤记忆,走出创伤阴影,面对未来生活。

记忆是创伤事件在受害者主观意识中的印记,"创伤的治疗方式在于帮助受害者回忆,但是要从回忆当中积聚力量,而不是变得更脆弱"(Furman,1998：270)。塞丝的创伤修复需要"接受自己的记忆,当受害者开始记起并意识到改变了的自我,找到自我的主体身份创伤才能复原,个体才能获得重生"(Koolish,2001：174),因此,修复过程也包括回忆。然而,在创伤修复的开始阶段,塞丝为了减轻心理负担和痛苦,拒绝回忆过去,她不愿想起她亲手杀害女儿的行为,她不愿承认,宠儿的鬼魂导致萨格斯卧床不起,导致她的两个儿子离家出走。宠儿的归来客观上迫使塞丝回忆过去,同时也使塞丝在创伤回忆中逐渐形成对创伤事件完整、正确的认识。塞丝看到宠儿,与宠儿的交谈让她恢复自信,鼓起勇气。她想起帮助她逃离"甜蜜之家"的强壮、果敢的人:"现在我又可以看东西了,因为她也在这儿一道看呢。……很有意思,你错过了看一些东西,又记住了其他的。我永远都不会忘记那个白人女孩的手。爱弥。"(Morrison,2005：201)她记住了爱弥帮助过她的手,而不是在破船上生出丹芙,自己几乎死亡的痛苦经历。记住积极的经历激活了塞丝爱的能力,但是若想摆脱痛苦记忆的缠绕,塞丝需要讲述创伤经历,重塑记忆。但是,这一切需要集体的帮助和支持,集体的回忆可以改变个人的创伤记忆。

在求助保罗·D的过程中,塞丝感到,她的负担前所未有地减轻了,因为保罗·D可以与她共同分担伤痛,但是保罗·D无法成为塞丝的恰当倾听者,因为他也饱受创伤之苦,他也需要有人倾听、分担痛苦。十八年后,宠儿的归来象征未解决的创伤,迫使塞丝回忆创伤事件。宠儿渴望倾听塞丝的故事,这促使塞丝继续回忆、讲述创伤经历。但在给宠儿讲述的过程中,塞丝变得越来越自我封闭,甚至有时威胁到她的生命。宠儿也不是恰当的倾听者,因为她是带着特殊目的回到 124 号的,"塞丝在弥补杀害宠儿的罪过,宠儿在逼她偿还"(Morrison,2005:51)。由此看来,宠儿也无法帮助塞丝恢复创伤,宠儿的目的是为了报复,是要塞丝更痛苦,要她付出更多的代价。很多评论家认为,宠儿不仅是塞丝亲手杀死的女儿,"也是蓄奴制下所有冤魂的代表。她回到现实,报复那些活着的人,同时也让人们记住蓄奴制对黑人命运的迫害"(Keenan,1998:131)。宠儿的内心独白可以证明,宠儿代表"六千万甚至更多"死去的黑人,她说:

> 现在我们不再蜷缩了,我们站着,可我的双腿好像我那死去的男人的眼睛。我不能倒下,因为没有地方,没有皮的男人们大声喧哗。我没有死,面包是海蓝色的,我饿得没有力气吃。太阳合上我的眼睛,那些能够死去的堆成一堆。(Morrison,2005:211)

这象征着从非洲运往北美的奴隶们死在船上,宠儿就是这些冤魂中的一个。因此,塞丝想要摆脱创伤,她不仅要从杀女的痛苦回忆中走出来,更要与黑人社区一起摆脱宠儿所代表的蓄奴制造成的伤害。

在辛辛那提居住的黑人都有蓄奴制创伤的经历,集体共同分担创伤使治愈创伤成为可能。塞丝一家住在辛辛那提的郊区,塞丝到达这里之后,享受到了与大家在一起的二十八天"非奴隶生活"(Morrison,2005:95)。对塞丝来说,二十八天是"痊愈、轻松和真心交谈的日子,有人为伴的日子:她知道了四五十个黑人的名字,清楚了他们的想法和习惯,知道了他们待过的地方和做过的事;感受他们共同的欢乐与悲伤,聊以抚慰自己的伤痛"(Morrison,2005:95)。因为有亲人的陪伴、黑人群体的支持,塞丝感到从未有过的轻松。她在与黑人群体共同体验创伤痛苦的同时,也慰藉了自己受伤的心灵。

但是,贝比·萨格斯举办的庆祝儿媳、孙子以及孙女团聚的宴会打破了塞丝一家与黑人群体的和睦氛围。宴会过后,黑人社区的其他人想到贝比·萨格斯一家的团聚和她的丰盛美餐就"生起气来"(Morrison,2005:137)。蓄奴制造成的创伤经历使逃跑的奴隶产生嫉妒心理。嫉妒心理是对他人经历的坏事感到快乐,对他人经历的好事感觉痛苦的情绪。他们嫉妒贝比·萨格斯的自由身份、家人团聚及特殊待遇。他们认为,贝比·萨格斯一家是高傲的、凌驾于黑人群体之上的,因为,在他们眼中,贝比·萨格斯"什么都占全了,她和她的一切总是中心"(Morrison,2005:137)。他们遭受奴隶主的身体殴打、虐待,但是贝比·萨格斯"从来没挨过一个十岁大的白崽子的皮鞭"(Morrison,2005:137);他们在奴隶主庄园辛苦劳动,却从未享用过美餐,而贝比·萨格斯"不养牛却吃到了新鲜奶油"(Morrison,2005:137);他们没有"逃脱过蓄奴制"(Morrison,2005:137),而贝比·萨格斯却获得"解放证书",并得到主人的安家费,还能够租到一幢房子。嫉妒的心理使嫉妒者产生一种凭空、无端而又发自内心的反感与仇恨。贝比·萨格斯打算借聚会将黑人团结在一起,但是,事与愿违,遭受妻离子散之苦的黑人群体认为,她们是在炫耀幸福,折射出其他人的痛苦。这使得贝比·萨格斯与黑人群体分离,而不是融入其中。没有黑人群体的支持与帮助,塞丝一家陷入孤立的困境,导致了更多的痛苦。在宴会结束后,贝比·萨格斯就感到了"浓重的非难气味在空中凝滞"(Morrison,2005:137)。

塞丝一家的团聚让黑人群体产生愤怒、嫉妒以及仇恨心理。因此,在"学校老师"追来,打算抓回逃跑的塞丝时,居然没有人通风报信,以至于在情急之下,塞丝选择结束女儿的生命来保护她。即使在塞丝杀害宠儿之后,除了佩德帮忙,"一大群黑人都聚集在门外嘀咕"(Morrison,2005:152)。不肯帮忙是因为,他们认为,塞丝"蛮不讲理、自高自大","她爬进车厢,刀锋般光洁的侧影映入欢快的蓝天。那侧影的明晰使他们震惊。她的头是否有点太高了?她的背是否有点太直了?"(Morrison,2005:152)黑人社区认为,塞丝犯下滔天罪行却丝毫不知羞耻、内疚,反而高傲无比,使得本来可以伸出援手的黑人群体望而却步。在从监狱回家以后,黑人群体仍然疏远她、孤立她,塞丝也没有努力减少她与黑人群体的隔阂。即使多年以后,贝比·萨格斯去世,举行葬礼时,她与黑人群体的关系也未好转,他们拒绝进屋看她的尸体。作为报复,塞丝也拒绝参加小镇为贝比·萨格斯举行的下葬仪式。

后来,婴儿的鬼魂出没在 124 号,这彻底割裂了塞丝与黑人群体的联系。与黑人群体分离,塞丝似乎失去了集体的滋养,她变得沉默、自闭,这加剧了塞丝的创伤。丹芙与塞丝不同,她喜欢与人相伴,她怀念与离家出走的哥哥们一起玩耍的日子,渴望听到小时候祖母讲的故事,甚至眷恋婴儿鬼魂的存在。因此,丹芙一开始很喜欢宠儿的出现,她愿意照顾她,与她交谈,与她玩耍。但当她意识到宠儿的存在对她和塞丝的生存造成威胁时,她决定"担负起责任"(Morrison,2005:243)。她意识到,塞丝、宠儿和她,三人互相依附的关系是致命的,"她看到她们几个花枝招展、刻意打扮,虚弱不堪而又饥肠辘辘,却紧锁在一种将人耗尽的爱之中"(Morrison,2005:243)。丹芙、宠儿和塞丝之间的爱让她们筋疲力尽,让她们窒息,割断了她们与外界的联系。贝比·萨格斯建议,爱要有度,"什么都靠分寸,好就好在适可而止"(Morrison,2005:87)。但是,这种爱将塞丝束缚在痛苦的过去,无法挣脱。塞丝在痛苦的深渊中越陷越深,她将自己封闭在 124 号,她认为,"外面发生的事与我无关,我的世界就在这个屋子里,这里的一切就够了,别无他求"(Morrison,2005:182)。丹芙意识到,母亲和自己正身处危险之中,她记起祖母的自强不息,想起她的忠告,她决定,"必须走出院子,迈出这个世界的边缘,把那两个人抛之脑后,去向别人求救"(Morrison,2005:243)。

丹芙决定走出这个充满伤害的世界,更重要的是,她鼓起勇气走出 124 号——逃离宠儿的纠缠。她听从祖母的忠告,记住过去,然后放下一切,勇敢面对未来。丹芙能够摆脱宠儿——蓄奴制的伤害,是因为她走出了自己封闭的过去,走向黑人群体寻求帮助,而塞丝却做不到。正如贝比·萨格斯所说,面对世界,不仅需要接受这个没给黑人一点好的世界,还需要能够给人力量的黑人群体的支持。丹芙为了拯救母亲,毅然走出家门,她的真诚打动了黑人群体。她向琼斯女士求助后,就接连不断地收到黑人邻居送来的食物,尽管他们也不富裕,但足以养活这对母女。在黑人个体遭受生活困境时,黑人社区表现出团结、友爱的氛围,她们愿意援助、拯救塞丝。

　　塞丝被鬼魂缠绕的消息迅速在黑人社区传开。虽然她们认为塞丝"傲慢、本人太复杂,不向任何人打招呼,旁若无人地生活"(Morrison,2005:256),但是,黑人女性的共同遭遇使她们对受害者充满同情心,对鬼魂充满仇恨,她们认为"救人迫在眉睫"(Morrison,2005:256)。艾拉是有过悲惨遭遇的女人,她对黑人女性遭受的任何痛苦都深恶痛绝。当她听说塞丝被一个"东西占据着,她被激怒了"(Morrison,2005:256)。她认为摆脱创伤就应该走出过去,学会忘记,分清过去、现在以及未来的界限。"未来是黄昏,过去就该留在身后。如果它不肯留在身后,那么,你只好把它踢出去。"(Morrison,2005:256)若想解救塞丝,黑人女性群体就要将她从过去的泥沼中拉出来。

　　艾拉和其他黑人女性共三十个人相约来到124号,她们祈祷、吼叫、歌唱。黑人文化特有的歌声"震撼了塞丝,她像受洗者接受洗礼那样颤抖起来"(Morrison,2005:261)。塞丝看到了外面的世界,看到了她曾经熟悉的、亲切的面孔。朱蒂斯·赫曼认为,"幸存者团体在复原过程中地位特殊。这种团体提供了幸存者在一般的社会环境中根本无法得到的支持与了解程度。和那些已经经历过类似考验的其他人碰面,可以消除幸存者的隔离感、羞愧感和屈辱感"(朱蒂斯·赫曼,1995:280)。黑人女性集体的支持和帮助使塞丝脱离了自我封闭的牢笼,融入黑人社区驱散了塞丝内心的愧疚感、孤独感以及恐惧感。塞丝将自己与宠儿封闭了太久,当她听到黑人女性熟悉的歌声,见到黑人女性时,她想要融入黑人群体。她抛下宠儿,"跑到外面熟悉的面孔中间,加入她们,又一次将宠儿孤零零地抛在身后。然后丹芙也跑了进去。离开宠儿,扎进外面的人堆"(Morrison,2005:262)。黑人社区的女性接纳了塞丝和丹芙,"团体的接纳增强了每个成员的自尊"(朱蒂斯·赫曼,1995:281)。黑人群体的凝聚力驱赶了宠儿,使塞丝重新融入黑人群体的现实生活中。

　　不仅塞丝从创伤的过去中摆脱出来,保罗·D和其他黑人也要"像忘记噩梦一样忘记她"(Morrison,2005:274)。他们都意识到自己陷入了过去的危险之中,要挣脱过去,走出阴影才能解放自己,他们曾经"拥有的昨天比谁都多",但他们更"需要一种明天"。(Morrison,2005:273)保罗·D与塞丝回忆了逃离"甜蜜之家"的经历,他决定"把自己的故事同她的放在一起"(Morrison,2005:273)。象征蓄奴制冤魂的宠儿"被人遗忘",但是这个过程是艰难而又漫长的,他们像忘记一场噩梦一样忘记了她。对于创伤受害者来说,记忆是残酷的,记忆不断地再现创伤事件,犹如在他们的内心世界中回放创伤影像。因此,受害者需要忘记,在与倾听者和集体的讲述中忘记过去、忘记创伤、忘记痛苦,才能摆脱创伤的阴影,才能拥抱未来的生活。

塞丝的创伤修复过程表明:饱经身心折磨的黑人女性需要鼓励她、分担她痛苦的倾听者。同是创伤受害者的保罗·D无法完全分担塞丝的痛苦,但是,宠儿的出现迫使塞丝回忆创伤事件,迫使黑人群体团结起来,因此代表蓄奴制伤害的宠儿也是"一种治疗经历(a kind of healing experience)。有些事件被压制,因为他们不可想象,唯一摆脱的方式是回忆并重新解决。过程的痛苦是值得的,因为最终创伤得以痊愈是主要的"(Carabi,1994:38)。无论是受伤的个体还是集体,为了存活下来,必须寻找治疗方法,治疗过程对于亲身感受过蓄奴制的恐怖和伤害的黑人女性来说尤其具有挑战性。个人的力量是微薄的,黑人女性需要在群体的团结、帮助中,通过回忆、讲述创伤经历才能复原创伤。塞丝的例子证明,将个人融入黑人群体中,借助黑人民族的集体力量,尤其是借助黑人女性的集体力量,才能走出心灵创伤。

塞丝创伤的修复说明,蓄奴制导致的母女关系创伤需要讲述创伤事件,需要倾听者的聆听,需要黑人集体的支持与帮助。与此不同,《恩惠》中的母女都有讲述创伤的渴求,但是母女分离,彼此无法倾诉。她们又都生活在奴隶主的庄园中,与失去自由之身的奴隶们生活在一起,谁也不能充当创伤故事的倾听者。她们舒缓心理压力、平复创伤只能通过个人书写、自我倾诉的方式,回忆创伤经历,去除精神枷锁。

卡茹丝认为,对创伤的认知是分阶段的,每一阶段的认知都有助于创伤的复原。将创伤的残忍与它的不可理解性结合起来,对于证词和治愈都至关重要。莫里森作品中的人物,一方面努力讲述创伤以缓解痛苦,另一方面,在讲述的过程中,要克服创伤引起的压抑感和创伤重现的再次伤害。讲述有助于创伤修复,因为只有"通过讲故事,叙述创伤经历,才能去除受害者

过去的伤痛,并且帮助受害者继续生存下去"(Foster,2000:746)。一方面,
受害者主观意识上努力回避创伤事件,但是,另一方面,创伤事件的痛苦记
忆又通过噩梦、闪回等方式侵袭受害者,使他们无法摆脱创伤的阴影。因
此,受害者需要将创伤记忆用语言表述出来,这可以使受害者的创伤得以修
复。在《创伤与叙述复原》(*Trauma and Narrative Recovery*)中,苏赛特·A.
亨克(Suzette A. Henke)指出:"尽管书写不是灵丹妙药,但是,为受害者提
供连贯的自传式证词模式来重整创伤记忆,可以缓解创伤后压力障碍的症
状。"(转引自 Sabol,2007:24)讲述和写作是创伤治疗中重要而有效的方
式。将故事讲出来或写出来是对创伤事件的见证,是将事件外化的过程,只
有当一个人可以清晰地讲述和传达事件,即可以用语言将事件传递给自己
之外的人,才能使创伤修复。

弗洛伦斯的创伤来自母亲和铁匠的无情抛弃。在与铁匠打斗之后,弗
洛伦斯忍受着被铁匠抛弃的悲伤,独自返回了雅各布的农场。她感到悲哀,
"没有怦怦的心跳没有家没有明天。我走过白天。走过黑夜"(托妮·莫里
森,2013:174)。当她失去了让她怦然心动的爱人时,她感到孤独无助,渴
望宣泄内心的痛苦。但是,无人能够倾听她的故事。母亲是与她血缘关系
最亲密的人,但又是让她受到伤害的人,并且与她天各一方,母亲不能也无
法倾听她的诉说。铁匠曾是她深爱的人,但也是再次抛弃她、让她感受痛苦
的人,铁匠不愿也不会倾听她的解释。种植园的莉娜是疼爱她、关心她的
人,但莉娜本身也是饱经创伤的受害者,她无法分担弗洛伦斯的创伤故事。
于是,她来到雅各布还未建成的房子中,手秉烛火,夜夜书写自己的创伤。
小说以弗洛伦斯的自我叙述开头,她将铁匠当作倾诉对象。但是,铁匠拒绝
倾听她的解释,而且她也不知铁匠是死是活,因此她把自己的倾诉当成"一
种忏悔(confession)"(托妮·莫里森,2013:1)。这说明,弗洛伦斯已经做好
回忆过去的心理准备,她将独自忍受回忆创伤的痛苦。她也已经有足够的
勇气来讲述她所经历的一切:她被母亲、被铁匠抛弃的创伤,她寻找铁匠的
艰辛旅程以及她对创伤事件的理解。

在被人认为闹鬼的屋子里,她整夜借着烛光将自己的创伤故事刻在墙

上,刻满屋子里的每一个角落。她希望有一天铁匠"活着或者什么时候康复了,你将不得不弯下腰来读我的诉说,在一些地方也许还得趴下"(托妮·莫里森,2013:174)。一方面,她渴望自己的故事能够被铁匠看到,读懂自己的心灵故事;另一方面,这暗示着经历创伤的弗洛伦斯已经变得坚强,她不再屈服于铁匠,她对铁匠的爱不再是丧失自由、丧失自尊的爱,她渴望一种平等的爱。她希望,有一天铁匠能够向她弯下腰,甚至是趴下,改变他俩之间不平等的关系。

尽管弗洛伦斯的叙述不会被铁匠看到,即使被他看到了,他也无法读懂,因为他"不知道怎么读"(托妮·莫里森,2013:176)。铁匠能否看到弗洛伦斯的内心独白已经无关紧要,因为她把创伤故事刻在墙上就是对内心创伤情感的一种宣泄。因此,她走出了过去创伤的阴影,自己也因此变得坚强,能够勇敢地面对新的生活。弗洛伦斯认为,那些"词句,闭合而又敞开着,它们将自己跟自己交谈"(托妮·莫里森,2013:177)。弗洛伦斯讲述和反思自己经历过的全部创伤,对自己有了全新的认识。她虽然无法摆脱蓄奴制对她身体的奴役,但是她在精神上要保持自由。她写道:"你是对的。悯哈妹也是。我变野了,可我还是佛罗伦斯。从头到脚。"(托妮·莫里森,2013:177)她"变野了"表明,她不会再受任何人的控制,她要保持自我的独立性。虽然她曾经将自己全部交给铁匠而丧失自我,但是现在她意识到,她是属于自己的,她要拥有对自己的控制权。"不被原谅。不肯原谅。不要怜悯,我的爱。决不要。听到我了吗?"(托妮·莫里森,2013:177)这表明她对过去已经没有怨言,她不再怨恨母亲,也不愿得到铁匠怜悯的爱了。"奴隶。自由。我延续着。"(托妮·莫里森,2013:177)这大声的宣言勇敢地喊出了她的渴求:即使无法摆脱蓄奴制的束缚,但精神上不愿再沦为任何人的奴隶。她鼓起生活下去的勇气,她要勇敢地面对未来的生活,这说明她的内心已经摆脱了创伤的阴影。

叙述不仅是受害者活下去的目的和手段,也是他们的创伤能够修复的重要方式。被母亲抛弃的创伤事件以噩梦的形式反复侵扰弗洛伦斯,这象征创伤事件没有得到解决,创伤延迟性影响还在发挥作用。在讲述的过程中,她"没有梦"。在讲述结束后,她说:"当诉说停止,我要怎样来对付我的那些黑夜?不会再做梦了。"(托妮·莫里森,2013:176)创伤"在受害者的噩梦中不断重复出现的时候才能到达意识层面"(Caruth,1995:4),受害者主观意识上努力理解事件,实现对创伤事件的正确判断和认识,才能解决受害者心中的困惑和不解,缓解受害者的焦虑和怨恨心理。通过回顾创伤事件,弗洛伦斯重新审视过去的经历,不仅宣泄了创伤事件造成的愤怒、嫉妒以及怨愤情绪,也达成了与过去的和解。现在弗洛伦斯不会再做同样的噩梦,意味着她摆脱了由创伤带来的痛苦,她彻底走出了创伤的阴影。

通过讲述,弗洛伦斯对于母亲和铁匠抛弃她的行为已经释怀,但是对母女分离导致的沟通失败仍然耿耿于怀。她承认,"我将保留一件伤心事。那就是一直以来我都没法知道我妈妈在对我说什么。她也没法知道我想对她说什么"(托妮·莫里森,2013:177)。弗洛伦斯还是无法推断出母亲想要迫切告诉她的话语。母女联系被割断,她没有机会与母亲交流,因此她无法理解母亲的行为。没有解决的误解不仅使弗洛伦斯无法听到母亲的叙述,而且也使她无法想象母亲能够听到她的诉说。在整部小说中,母亲和弗洛伦斯都饱受分离之苦,彼此缺少倾诉的机会,母女关系难以弥合。但是,在小说的最后一章,莫里森赋予了饱经创伤之痛的母亲诉说的机会。

悯哈妹在经历各种摧残和打击之后,仍然顽强地活在世上,"支撑她的就是内心深处的叙述欲望"(尚必武,2011:91)。她渴望讲述,渴望女儿的倾听,"听听你妈妈的话吧"(托妮·莫里森,2013:184)。在小说的结尾,母亲酣畅淋漓地向女儿倾诉了自己的悲惨遭遇以及自己的无奈选择,并且通过告诉女儿三条最重要的经验来完成履行做母亲的教育责任。女儿和母亲的叙述形式和倾诉对象不同:前者采用书写方式,后者采用口述形式;前者假想倾诉对象是铁匠,后者的倾诉对象是弗洛伦斯。但是她们讲述的内容相互交织,前后呼应。这不仅使得双方对各自过去的创伤经历有了全新的认识,也使母女关系在一定程度上达到和解。母亲希望弗洛伦斯能够变得坚强,快乐地生活,实际上,弗洛伦斯经历过生活创伤之后,"脚底板和柏树一样坚硬了"(托妮·莫里森,2013:177)。这样的比喻暗示弗洛伦斯内心已经变得坚强,她有足够的意志和耐力面对人生的挫折,可以让母亲放心和"开心了"(托妮·莫里森,2013:177)。

莫里森的圆环式叙事结构清除了母女之间沟通的障碍。小说以弗洛伦斯的视角展开创伤事件,以母亲的解释结束故事。在小说的最后一部分,莫里森赋予母女轮流倾诉的机会,这样的叙事模式意味着母女关系的和解。母亲渴望教导女儿,女儿也渴望领悟母亲的教诲。小说的结构暗示,虽然母女在空间上被迫分离,但是心灵是相通的。弗洛伦斯在经历了多重伤害之后,终于悟出母亲教导她的道理:成为一个思想自由、精神不被束缚的女儿,勇敢地生活下去。通过书写、讲述创伤,她们不仅敢于面对过去,宣泄了各自悲伤的心绪,而且还使母女关系得到和解。莫里森借助她们的叙述向读者暗示:尽管她们因为蓄奴制骨肉分离,但是她们之间的最基本的母女关系是无法割断的,从而让读者更深刻地体会到蓄奴制对黑人女性的伤害。同时,莫里森也借这部小说鼓励那些饱受精神创伤困扰的黑人女性,勇敢地面对历史、面对创伤,彼此倾诉,卸掉心灵上的枷锁,坚强地面对新的生活和新的人生。

《宠儿》和《恩惠》两部小说中的母爱都令人十分震撼,两位黑人母亲都是为了不让女儿重过自己凄惨的"女奴生活"而采取了有悖于常理的行为,但这对母亲和女儿都造成了致命的创伤,在母女关系中形成了不可逾越的鸿沟。无尽的忏悔和内疚心理导致母亲的精神几乎崩溃,同时,缺乏沟通和解释的机会致使女儿误解,并且在女儿的心里埋下了怨恨的种子。这些误解不断影响着她们成长过程中的心理健康。莫里森认为,自己"身为黑人和女性,我能进入到那些不是黑人、不是女性的人所不能进入的一个感情和感受的宽广领域"(转引自王守仁,1999:24)。莫里森深入黑人女性内心深处,展示她们心灵上最痛苦的创伤。在《宠儿》和《恩惠》两部小说中,她细腻地描绘了浓浓的母爱,但神圣的母爱因为蓄奴制的残暴变得畸形。无论是塞丝的杀女,还是悯哈妹的弃女行为,都违背人类的伦理道德,但在蓄奴制社会中,这成为母亲保护女儿的唯一选择。蓄奴制导致的母女创伤需要在他人、集体的支持和帮助下回顾过去、讲述创伤,从而使个体创伤得到修复,母女关系和解。塞丝在丹芙、保罗·D 和黑人女性的帮助下,历经痛苦,终于摆脱创伤。弗洛伦斯和母亲依靠自我书写、自我诉说来讲述创伤,实现谅解,从而坚强地面对生活。莫里森借此向世人证明:黑人女性承载了太多的种族、性别以及阶级伤害,只有通过沟通和交流才能让扭曲的母爱得以修复,儿女们才能从母爱缺失的创伤阴影中走出来,从而形成正确的自我意识和生存信心,面对未来的生活。

第三章　白人文化霸权下的
女性成长创伤

——《最蓝的眼睛》和《柏油孩子》

　　在《宠儿》和《恩惠》中,莫里森采用直接、写实的手法将黑人女性所受的非人折磨诉诸笔端,借此揭露了残酷的蓄奴制对于黑人女性直接的身心伤害。一方面,蓄奴制在经济上压榨黑人的劳动,使他们成为社会上最贫穷的人。另一方面,蓄奴制剥夺了黑人"发展自我天赋的可能性"(Eyerman,2004:108),形成无形的精神枷锁,进而禁锢黑人的心理成长。尽管蓄奴制退出了历史舞台,但是它影响了几代黑人的生活。在《最蓝的眼睛》中,莫里森揭示了这样一个事实 —— 蓄奴制废除之后,白人利用文化压迫黑人女性,给她们造成了难以弥合的精神创伤。

　　莫里森上小学时,一个女孩曾经告诉她上帝不存在,因为这个女孩向上帝祈求拥有一双蓝眼睛,但是上帝没有实现她的愿望。拥有蓝眼睛意味着变成被众人认可的美丽女孩,仅仅因为她没有实现愿望,她放弃了信仰上帝,这让莫里森第一次体味到了"美"一词的震撼力。1962年,她加入哈佛大学写作小组,在与其他作家交流时,她仍然清晰地记得当时的感受。成年后的莫里森感受到了女孩愿望中暗藏的种族自我厌恶感,但是令她不解的是:"谁告诉她的?谁让她感觉变成怪物要比自己本来的样子更好?谁见过她?谁知道她在美的标准中如此渴求美丽,力量却如此微薄?"(Morrison,1993:xi)因此,她以此为素材创作了《最蓝的眼睛》,她借这部小说引起读者对于黑人女孩悲惨命运的关注,旨在揭露白人审美标准对于黑人女孩幼小心灵的伤害。这部小说一经出版,得到美国评论界的一致赞赏:《纽约时代》的评论认为"小说中充满如此多的痛苦与惊奇,堪称一部诗篇";《豪斯顿日志》称赞道:"大胆、全新的写作手法以及超时间性,使其具有伟大的文学特征。"(Morrison,1993)

《最蓝的眼睛》的故事发生在1941年,但是小说创作于1965—1969年间。这一时期正值美国社会大动荡,经济迅速发展,社会财富不断增长,但是,这并没有改变美国黑人的命运。黑人仍然生活在社会的最底层,被白人剥夺了就业机会、受教育权以及话语权。因此,黑人仍在为了反对种族歧视、争取平等而斗争,这促使20世纪60年代大规模的民权运动达到高潮。争取黑人种族美得到认可成为民权运动的一项内容,也成为公众关注的焦点。为了抵制白人对黑人的鄙视和排斥,民权主义者提出了"黑即是美"(black is beautiful)的口号,号召黑人欣赏本民族的美,反对盲从白人的审美标准。贝尔·胡克斯认为,"黑即是美"的口号"使种族主义者改变了对黑人的固有印象,即黑是丑陋的、可怕的、不受欢迎的"(Hooks,1994:174)。但是莫里森对此并不认同,她认为"黑即是美":

> 无非是对一个白人概念的反其道而行之,而把一个白人概念翻转过来仍然是白人概念。身体美的概念作为一种美德是西方世界最不足道、最有毒害、最具破坏性的观点之一,我们应该对此不屑一顾……把问题归结于我们是否美的症结来自于衡量价值的方式,这种价值是彻头彻尾的细微末节并且完全是白人的那一套,致力于这个问题是理智上无可救药的奴隶制。(胡允桓,2005:译序)

显然,莫里森认为用身体美作为衡量标准是白人的价值观,即使把美的标准由"白即是美"(white is beautiful)变为"黑即是美",依然没有改变种族歧视的本质,而是蓄奴制的另一种体现形式——精神奴役。作为对当时黑人民权运动的回应,莫里森创作了《最蓝的眼睛》。她质疑黑人种族的美未被公众认可的原因,因此她要描写"像妖魔化的种族一样的荒诞的东西如何在社会最脆弱的个体——小女孩——心中扎根,如何在社会最容易受伤

的个体 —— 女性 —— 心中存在"(Morrison,1993:xi)。

《最蓝的眼睛》出版于1970年,讲述了年仅11岁的黑人小女孩佩科拉祈求获得一双蓝眼睛使自己变美的苦难历程。佩科拉在生活中一直受到父母的粗暴对待、同学的冷漠奚落、黑人社区的冷嘲热讽,这使她固执地认为自己的生活困境源自丑陋。她天真地相信只要拥有像白人女孩一样的蓝眼睛就可以变得漂亮,就会得到父母的怜爱、老师和同学的赞许。于是她日夜向上帝祈求得到一双最蓝的眼睛,但是残忍的现实世界让她饱受凌辱,最后神志失常。她在幻觉中感觉自己拥有了一双最蓝的眼睛,实现了变得美丽的愿望。佩科拉痴迷"白即是美"的审美标准导致了她的悲剧。她"受白人文化意识的浸染,她的家人以及社区的黑人也都认为她丑陋,因此她希望自己漂亮,有一双像电影明星秀兰·邓波儿那样的蓝眼睛。她想要变得美丽,便盼望白皮肤蓝眼睛的奇迹在自己身上发生"(张晔,王丽丽,2003:155)。蓝眼睛是白人审美标准定义的美的标志,佩科拉心中认为,拥有蓝眼睛不仅拥有了美丽,还拥有了众人的认可和赞赏。

当她渴求变美的愿望无法实现时,她的心里产生自卑和自我痛恨的情绪,最终迷失自我,陷入疯狂。莫里森借助佩科拉被忽视、被虐待的困境来揭示白人文化霸权对黑人女性的伤害。莫里森谈到创作《最蓝的眼睛》时曾提到,"我一直在书写美丽、奇迹及自我形象,书写人们彼此伤害的方式,书写一个人是否美丽"(Taylor-Guthrie,1994:40)。佩科拉、波莉甚至克劳迪娅和弗里达都饱受"白即是美"的价值标准的戕害,致使她们面临白人文化浸染时心灵扭曲、价值观念错位。

第一节　儿童成长中的心理创伤:扭曲的心灵

文化涉及社会生活的各个方面,包括宗教观念、哲学思想、价值取向、心理形态、风俗习惯等。王守仁和吴新云认为:

从本质上说(文化)并无优劣贵贱之分,不过,当两种或两种以上的文化在同一社会背景下相遇时却可因各自的经济、政治实力和影响的差异而形成强势和弱势的区别。……强势文化有更多机会向人们证明其合法性,灌输自己作统治者的天经地义。久而久之,这不平等的现象便会被接受为生活的自然秩序。被统治者不再质疑和反抗,是统治者的目的。(王守仁,吴新云,2000:124)

在美国社会,白人文化和黑人文化本来没有高低贵贱之分,但是白人是统治者,因此白人的文化处于强势地位。白人统治者利用自己的权威宣称,黑人文化是劣等文化、弱势文化。白人统治者规约了社会标准和社会规范,长此以往,黑人文化劣于白人文化的观念就成为社会生活的自然秩序,形成文化创伤。

罗恩·艾尔曼在《文化创伤:蓄奴制和非裔美国人身份的形成》(*Cultural Trauma: Slavery and the Formation of African American Iden-tity*)一文中指出:

生理创伤和心理创伤都涉及个体伤害或个体对创伤事件的情感的痛苦体验,与此不同的是,文化创伤是身份和意义的戏剧性丧失,社会结构的瓦解,并影响某个群体达到一定程度的认可。从这个意义上来看,文化创伤不是每个人的直接体验,需要时间,也必须通过某种中介或媒体再现,文化创伤的影响才会产生。因此,大众传媒以及他们对创伤历史的再现将起到重要作用。(Eyerman,2004:61)

处于统治地位的白人长期利用宗教、教育、公众传媒等手段向黑人宣扬白人的价值标准,造成黑人种族身份困惑,丧失民族文化之根,游离在白人主流社会之外。《最蓝的眼睛》的故事背景是 20 世纪 40 年代,此时白人强势文化弥漫于社会的每个角落,因此白人的审美标准、价值观念不断冲击黑人的心灵,导致每个黑人女性都难以逃脱白人文化的浸染和侵蚀。

白人统治者利用电影、广告以及消费品向黑人灌输白人的审美标准和价值观念。社会的每个角落都遍布白人影星的形象,在白人的大肆宣传下,公众普遍接受"白即是美"的标准。当时最流行的是童星秀兰·邓波儿(Shirley Temple),她成为每个儿童心中的偶像、生活中模仿的对象,而甜美的酒窝、金色的卷发和亮闪闪的蓝眼睛,也成为全国的标志性形象。邓波儿是当时片酬最高的童星,为美国经济创造了上百万美元的商业收入。她漂亮的脸蛋被印刷到唱片上、帽子上、裙子上、杯子上以及贺卡上。佩科拉的生活正是被这些形象所包围,把邓波儿当作自己崇拜、追求的偶像,因此会出现为了凝视杯子上的秀兰·邓波儿,她喝掉了"三夸脱"牛奶的情节。

"白即是美"的审美观念也通过电影广泛传播。20 世纪 30 年代的女影星珍·哈罗以"金发性感"著称,掀起了女性对淡银灰色头发的追求热潮。佩科拉的母亲波莉反复观看她的电影,梦想自己的头发和她一样,妆容也极力效仿她的模样。白人控制文化宣传方式,他们在电影中把黑人刻画成"傻子、女仆、小捣乱之类的角色"(王守仁,吴新云,2000:126),因此黑人成为大家鄙视、讨厌的对象。黑人演员无法成为影片的主角,不受观众关注,自然娱乐业和广告业中不会出现黑人女性的形象。在这一时期,生活中缺少可崇拜、可模仿的黑人形象,好莱坞白人女星、模特的光芒界定了社会中美的标准,"强化了白人虚假的优越感和黑人不应有的自卑感"(王守仁,吴新云,2000:126)。白人童星受到像佩科拉一样的黑人女孩崇拜,而白人女星则是成年黑人女性的心中偶像。

除了电影,白人统治者还利用黑人女性想变美的心理,在一些化妆品的广告中大肆宣传"白肤色美"的观念。当时的广告被白人女性或白人儿童的形象所占据,突出宣传白人的身体特征更加具有吸引力。白人统治者不仅将白人女性的形象刻在黑人女性的脑海中,使她们追求变白、变美,还运用误导性语言使黑人女性产生自卑心理。如一则广告中写道:"让你的肤色变浅,更加迷人。扔掉让你变得富有的羁绊,财富立即属于你。"(Colson,2006:31)这暗示消费者,浅肤色不仅迷人,而且意味着自由和富有。相反,深肤色就是丑陋的、贫穷的。美容业和化妆品业也设计产品,使黑人女性在外貌上更像白种人。20 世纪 20 年代,黑人女性为了模仿白人的发型,要花好几个小时把自己的头发拉直,同时,黑人女性使用皮肤增白霜可以把肤色变浅。这些产品向黑人女性灌输"白即是美"的观念,鼓励黑人女性抛弃自己的本色之美,追求白人的时尚风格。大规模的消费文化将"白即是美"的标准渗透到黑人女性的心灵,造成黑人女性对白人文化的痴迷和盲目崇拜,产生自卑感,在心里留下了难以去除的文化创伤印记。"文化创伤植根于某一事件或一系列事件,但不一定是他们的直接经验。这种经验通过报纸、广播或电视等媒介传递,在事件和创伤体验之间需要时间距离和空间距离。媒体传递的体验总是涉及选择性的建构和再现,因为媒体展现出来的是统治者根据重要性和表现方式决定的结果。"(Eyerman,2004:62)白人统治者利用各种传播媒介对黑人女性洗脑,使她们逐渐接受白人的审美标准和种族歧视观念,相信自己是丑陋的、贫穷的、劣等的。

在白人文化霸权中,弗洛伊德认为,"童年的创伤更加严重些,因为它们产生在心智发育不完整的时期,更易导致创伤"(转引自傅婵妮,2009:159)。儿童无法健康成长,因为历史遗留的和父母传递的创伤使他们缺乏安全感,心理上产生自卑感和嫉妒感。他们往往通过对同伴的攻击来宣泄内心的失落和痛苦。佩科拉是文化创伤的最大受害者,她的创伤源自白人文化的浸染、白人宗教的虚伪以及黑人父母的抛弃,使她在成长中产生了极度的自卑、自我贬低及自我憎恨心理。

在佩科拉生活的环境中,白人女孩或浅肤色的女孩受到父母宠爱、老师欢迎以及同伴羡慕。与此形成鲜明对比的是,黑色皮肤的女孩处处听到自己"丑陋"的声音,在家里妈妈把她当作丑孩子,在学校同学以她的丑为乐,在白人眼中她的丑令人不忍直视。这导致她产生扭曲的心灵,即羡慕白人的美丽,痛恨自己的肤色,痛恨自己的丑陋。她坚信"她有双美丽的眼睛的话,她本人也会不同"(托妮·莫瑞森,2005:29)。她对蓝眼睛的渴求表明:黑色的皮肤令她感到耻辱、绝望、内疚以及恐惧。她鄙视自己的肤色,更鄙视自己的眼睛,她要用一双白人的眼睛去观察周围的世界,她希望自己的身体在世界上消失。"上帝啊,让我消失吧!"(托妮·莫瑞森,2005:28)接着身体的各个部位都会消失,除了眼睛,因为"眼睛就是一切。一切尽收眼底。所有的画面,所有的人脸"(托妮·莫瑞森,2005:28)。佩科拉的思想意识被白人强势文化占据,她无法得到白人的认可,也难以摆脱"白"面孔的影响。

卡特·莫塞斯认为,《最蓝的眼睛》"描写的是一个缺乏自尊自爱的黑人群体,崇尚浅肤色、蓝眼睛的审美标准已经在每个黑人心中根深蒂固,内化了的文化观念导致这种缺失"(Moses,1999:634)。佩科拉内化了"白即是美"的审美标准,坚信如果她拥有秀兰·邓波儿或糖纸上玛丽·珍一样的可爱的蓝眼睛,周围人对待她的方式就会改变。但是她无法变成玛丽·珍,她只有通过"消费白人文化"(Schreiber,2010:68),才能有"吃了糖块就好像吃了那两只眼睛,吃了玛丽·珍,爱上了玛丽·珍,也变成了玛丽·珍"(托妮·莫瑞森,2005:32)的感觉。她来到白人雅克鲍斯基的商店买糖果,她看到雅克鲍斯基的眼光中"没有一丝对人类的认同"(托妮·莫瑞森,2005:31),这让佩科拉感到他对自己的极度厌恶之感。白人的漠视和侮辱导致了佩科拉否定自己,"破坏了佩科拉进入虚幻世界的途径,因此也损伤了她的自尊"(Doyle,2006:201)。她在所有白人的眼神中都感受过这种鄙视,她将这些厌恶归结于自己黑色的皮肤,"正是这黑皮肤引起了白人眼神里带有厌恶之感的空白"(托妮·莫瑞森,2005:31)。她认为丑陋是她得不到大家宠爱的根源,就连被视为杂草的蒲公英都"不朝她看一眼,也不回报她的爱心"(托妮·莫瑞森,2005:32)。她感到愤恨、恼怒及羞耻,她无处宣泄,也无力反抗。

遭到白人的奚落让佩科拉感到愤怒,但作为社会中最弱小的个体她又无力反抗,于是她苦苦乞求她所信任的上帝的救赎。她向上帝请求赋予她一双可以改变"丑陋命运"的蓝眼睛,"她充满激情地祈祷了整整一年"(托妮·莫瑞森,2005:30),但是上帝没有满足她的愿望。她仍然对上帝抱有希望,她认为一双蓝眼睛是最珍贵的东西,要想得到它是需要时间的。上帝不仅无法救赎幼小的佩科拉,还成为导致她悲惨命运的同谋者——当她被裘尼尔折磨时,她走出门"看见耶稣正用伤感但又极其冷静的目光看着她"(托妮·莫瑞森,2005:60)。上帝在她饱受凌辱之时无法出现来救助她,甚至对她的遭遇没有一点怜悯之心,这让她心灰意冷。

既然虚幻世界的上帝无法挽救她,她开始求助于现实世界中的牧师。在她遭到父亲奸污后,她怀孕生下了一个孩子,但是孩子没有存活,这让她备受打击。但是她仍然坚信只要自己拥有一双蓝眼睛,她的命运就会改变。她手拿皂头牧师的名片请求他帮助自己把眼睛变蓝。皂头明知这是不可能的事,却虚伪地假装答应。他让佩科拉给阳台上的狗一小包东西吃,并声明,"如果没有异常,你就知道上帝拒绝了你的请求。如果狗的举止反常,你的请求在一天之后就能满足"(托妮·莫瑞森,2005:112)。因为她相信上帝,她迫切渴望实现自己的梦想,佩科拉相信了皂头的话。但是她不知道这包东西是毒药,她也不知道皂头痛恨这条狗。佩科拉把东西喂给狗吃,狗的异常表现吓坏了她,最终导致佩科拉精神失常。

　　信仰的上帝无法实现佩科拉的愿望,身为宗教职业者的牧师借佩科拉之手实施罪恶的行为。可见,宗教披着虚伪的面纱让佩科拉变得无助,一次次使她希望破灭,让她心灰意冷,丧失生存的信心。宗教信仰是佩科拉精神世界的唯一支柱,当这个支柱垮掉,佩科拉也无法支持下去。白人统治者利用宗教束缚黑人的精神,欺骗、蒙蔽佩科拉幼小的心灵。因此,在白人统治的社会中"宗教不过是白人的宗教,上帝也是白人的上帝"(张宏薇,2009:43),佩科拉不可避免地成为白人文化创伤的受害者和牺牲品。

　　白人的消费文化和虚伪的宗教使佩科拉厌恶自己的肤色、痛恨自己的存在,她的家庭又让她丧失自尊与自信。在种族歧视和白人文化霸权社会环境中长大的父母无法给予她安全感,使她健康成长。父母在孩子自尊形成发展过程中起到重要作用,"父母能够信任并能与孩子交流,满足他们的感情需求,孩子会形成积极的自我形象。反之,如果孩子感觉被抛弃,或者父母无法照顾孩子的需求,孩子心中就会形成消极的自卑的自我形象"(Cortina and Liotti,2005:5)。佩科拉的生活陷入双重困境:一方面,白人文化无法提供形成正确的自我意识的社会环境;另一方面,家庭也无法提供给她形成积极心理意识的安全场所。作为黑人奴隶的后代,他们生活在白人统治的社会中,在白人文化的浸染中长大,心中充满恐惧与担忧。很多父母都忽视孩子的情感需求,他们为了摆脱自己承受的创伤,甚至虐待孩子。毫无疑问,他们的价值观念会阻碍孩子的健康成长。"良好的亲子关系不仅有助于引导孩子的成长,而且会修补孩子与生俱来的不足,相反,不良的家庭关系则无疑会加重孩子的心理负担。"(丁玫,2012:95)佩科拉的家庭关系紧张,父母争吵,兄弟离家出走,这无疑对佩科拉的成长造成负面影响。

佩科拉的家庭中总是弥漫着暴力、紧张及虐待的氛围,她深受其害。她的父母遭受种族歧视和文化伤害,无法承担起为人父母与教育子女的责任。佩科拉的父亲幼年及少年时的不幸遭遇使他过度"自由",没有责任感,不懂得爱情,即使孩子出生以后,也不承担做父亲的责任与义务,反而将自己的伤害转嫁到妻女身上。他甚至烧毁唯一的住处,让全家流落街头,还在喝醉之后不止一次强奸自己的女儿,造成女儿的心理创伤。父亲不能充当保护子女的角色,深受白人文化侵害的母亲也无法履行抚育子女的责任。白人文化的熏陶使佩科拉的母亲波莉认同"白即是美"的审美标准,认同女儿的丑陋,厌恶女儿的黑色。甚至在女儿被父亲强奸后向她求助时,她不仅对女儿置之不理,还质疑事情的真相。这无疑加剧了佩科拉的心理创伤。佩科拉丧失了对生活环境和周围人群的信任感,她面临危险时总是"缩着脖子",渴望躲进一个安全的空间中,她变得自闭,拒绝与任何人交流。当她再次遭到父亲强奸时,她选择沉默,不再对母亲讲,同时产生了幻觉。她开始自言自语,她将自己的遭遇讲给幻觉中出现的女孩听。

白人强势文化使佩科拉固执地认为得到爱护、得到他人认可的唯一途径就是将自己变白,而获得一双最蓝的眼睛是必要手段。黑人女性普遍接受了"白即是美"的审美标准,她们为了得到认可"必须竭尽全力让自己变白,从外貌到内心"(Dalal,2002:96)。佩科拉盲目地追求变白、变美,但是她所生活的文化环境和家庭环境都无法让她如愿以偿。她只能在自卑和自我痛恨的扭曲的心理中产生虚幻的意识,迷失自我,最终陷入疯狂。

佩科拉受白人强势文化影响产生了恐惧、自卑、自我厌恶以及自我憎恨等创伤症状,导致最终罹患心灵扭曲的极端形式——精神分裂。生活在同样文化环境中的克劳迪娅和其他黑人儿童也遭受白人文化霸权的伤害,产生了对白肤色女孩的嫉妒、对白人文化的憎恨,甚至对浅肤色女孩的报复心理。小说开篇在介绍克劳迪娅和她的姐姐时,就描写了她们对白人文化的憎恨与排斥心理。当她的邻居白人女孩罗莎玛丽·弗拉努奇坐在别克小汽车里向她们挑战时,她恨不得"把她眼光里的傲气给抠出来"(托妮·莫瑞森,2005:5)。等她从车里出来,她们就要"痛打她一顿,在她白皙的皮肤上留下红印儿"(托妮·莫瑞森,2005:5)。白人女孩罗莎玛丽的奚落让克劳迪娅愤怒,让她意识到,自己在美国白人强势文化和白人统治的社会中处于被边缘化、被贬低的地位。

克劳迪娅等黑人女孩生活的环境中充斥着白人强势文化宣传的漂亮形象,"牛奶盛在蓝白色的印有雪莉·坦布尔头像的杯子"里(托妮·莫瑞森,2005:11),相比之下,她们变得丑陋、卑微。佩科拉对此"充满爱慕之情",而克劳迪娅则是"单纯的仇恨"(托妮·莫瑞森,2005:12),她甚至仇恨所有白肤色的女孩。克劳迪娅质疑,为什么每个人看到白肤色的女孩都会发出"哇"的惊叹,连黑人女性也会将目光移向她们,"抚摸她们时也格外轻柔"(托妮·莫瑞森,2005:14),她看到这总会感到愤怒。"大人们、大女孩们、商店、杂志、报纸、橱窗——全世界都一致认为所有的女孩儿都喜爱蓝眼珠、黄头发、粉皮肤的布娃娃"(托妮·莫瑞森,2005:12—13),但是克劳迪娅唯独对此痛恨万分。因此,圣诞节她收到"最贵重、最特殊、最可爱的蓝眼珠大娃娃礼物时",她只有一个想法就是"把娃娃拆了,看它到底是用什么材料做成的,发现它的可爱之处,美丽之处,发现我不钟爱娃娃的原因"(托妮·莫瑞森,2005:12)。克劳迪娅痛恨布娃娃的美丽、可爱,她要抠掉蓝眼珠,扯断她的细手指,扭断她的头。有评论家认为,克劳迪娅肢解娃娃是"她并不盲目接受白人的审美标准,敢于提出疑问,敢于挑战现状"(章汝雯,2006:112)的表现,或是她"为了保持住个人的自尊、自信"(王守仁,吴新云,2000:128)。但是从儿童心理来看,克劳迪娅肢解娃娃的原因首先是好奇,她想知道娃娃里面是什么,发现它能出声的秘密。其次,这体现了她否认社会审美标准的逆反心理。

她看到周围的人都喜爱娃娃,都认为娃娃美,而对于她和佩科拉等黑人儿童却是不理不睬,甚至厌恶、痛恨,她心生嫉妒,从而通过暴力行为满足自己的报复欲望。克劳迪娅感觉"无法理解为什么别人瞧不上我们。我们虽然明白妒忌之心,认为妒忌之心人人有之——那就是想要得到别人所有的东西;但羡慕之情对我们来说却是一种奇特的新感觉"(托妮·莫瑞森,2005:48)。嫉妒是想破坏他人所拥有的欲望,蕴含攻击性含义,因此与羡慕有别。西蒙·克拉克在论及种族关系时提到:

> 我们认为他人拥有好东西,而我们自己没有,可以是生活方式、工作甚至是文化;我们想办法抢夺过来,但是不能全部占有,因此就出于嫉妒将其毁坏。有嫉妒心理的种族主义者要毁坏他不能拥有的他人的优点。种族主义者不能享受文化差异的快乐,就是嫉妒的表现形式;将好的变坏,毁坏他不能拥有的,因为他不能接受也不能分享。(Clarke,2003:166—167)

克劳迪娅看到白人女孩得到宠爱、赞赏,她也渴望被别人称赞和爱护,但是白人强势文化所定义的审美标准使她无法如愿,她就要将其毁坏。她要毁掉时刻提醒自己丑陋的布娃娃,也要报复人人称赞的白人女孩。"她对白人邻居女孩和布娃娃的侵略性攻击(aggressive attacks)起到保护克劳迪娅完整的、有价值的自我意识的作用。"(Schreiber,2010:67)克劳迪娅通过报复行为发泄内心的愤怒,从而使自己免受更大的伤害。

克劳迪娅通过肢解布娃娃来发泄对白肤色的嫉妒和仇恨,当她遇到浅肤色的莫丽恩·皮尔时,她就将这种愤怒转化为侵略性的攻击行为,毁坏混血儿莫丽恩的美貌,她"长长的棕色头发梳成两条抽人鞭子垂在后背"(托妮·莫瑞森,2005:39),生活得像最有钱的白人孩子一样舒适。她在经济上和外貌上都优于佩科拉和克劳迪娅,因此成为学校和黑人社区的宠儿:

> 整个学校为之倾倒。老师叫到她时总是满脸微笑以示鼓励。黑人男孩子在走廊里从不使坏将她绊倒;白人男孩子也不用石子扔她;白人女孩子被分配和她一起学习时也没有倒抽一口气;当她要用厕所间的水池时,黑人女孩子都会让到一边,用低垂的眼睛悄悄地看她。(托妮·莫瑞森,2005:40)

别人都爱慕她的美,但是克劳迪娅和姐姐嫉妒她的美,嫉妒别人对她的好,她们想方设法寻找她的缺点以发动对她的攻击。终于,她们发现她长了一颗犬牙,这让她们沾沾自喜。当她们得知,她出生时两手都长了六指,虽然现在被切掉了,但是还留有突出的部分时,她们就给她起了个外号"六指犬牙水果派"(托妮·莫瑞森,2005:40)。克劳迪娅伺机寻找她致命的缺点,并用语言攻击她,这让她们感到满足。克劳迪娅每次看到莫丽恩袜子边上的"白"就有想踢她两脚的冲动。看到她眼里的"傲慢之情",克劳迪娅情不自禁就要用"柜门砸她的手"(托妮·莫瑞森,2005:40),甚至有时会因想出一句嘲讽她的话而兴奋不已。当莫丽恩嘲笑佩科拉时,克劳迪娅终于忍无可忍,将语言的报复转化为攻击性行为,她揍了莫丽恩一拳,但是不幸却打在了佩科拉的脸上。莫丽恩边跑边奚落她们:"我就是可爱!你们就是难看!又黑又丑。我就是可爱!"(托妮·莫瑞森,2005:47)克劳迪娅除了使用咒语库里最有威力的一句——六指犬牙奶油水果派(托妮·莫瑞森,2005:47)之外,只能是无限的气恼。

通过对莫丽恩的报复,克劳迪娅终于找到了她们"丑"的原因。她回味莫丽恩的话,她认识到,如果承认莫丽恩的可爱,就是承认她们不可爱、不如她,即使她们比她善良、比她聪明,在别人心中也不如她。她可以毁坏娃娃,可以诋毁莫丽恩,但是无力"摧毁父母阿姨们、同学们、老师们对世界上所有的莫丽恩·皮尔们的甜蜜嗓音,顺从的眼神,以及赞许的目光"(托妮·莫瑞森,2005:48)。但她也意识到莫丽恩不是她们的敌人,不值得她们如此"强烈的仇恨",真正让她们害怕的是"那些让她(莫丽恩)而没让我们美丽漂亮的东西"(托妮·莫瑞森,2005:48)——已经被黑人女性内化的"白即是美"的审美标准及相关的价值观。这一标准青睐"浅棕肤色"的莫丽恩,排斥"又黑又丑"的佩科拉。莫里森通过《最蓝的眼睛》向读者揭示白人文化对黑人女孩心灵的渗透、侵蚀以及伤害。佩科拉对白人文化的全盘接受、盲目崇拜导致她丧失自我,连对白人文化心存排斥的克劳迪娅最后也不得不被同化,改变自己的信念。这表明,在白人强势文化中,黑人女孩除了忍受文化伤害,感到自卑,或是借助他人发泄愤怒之外束手无策。

白人强势文化使克劳迪娅产生对白人女孩的嫉妒心理和报复行为,对成长在白人文化家庭氛围中的裘尼尔的伤害更深。裘尼尔产生对黑人的仇恨心理,他将自己的仇视心理转嫁到同一种族的弱势群体的代表——佩科拉身上,他借助虐待佩科拉来宣泄自己的痛苦,这与他的家庭教育环境密不可分。家庭教育环境是指"父母的教养态度和教育方式"(王敏,2006:65),"父母的教养态度和教育方法直接地影响孩子的行为和心理"(林运清,2005:147),良好的家庭教育环境能够促进孩子身心健康发展,反之,将会使孩子形成变态心理和怪僻性格。

裘尼尔的母亲杰萝丹是浅棕肤色的中产阶级黑人女性,她以自己的肤色为优势,完全痴迷于白人文化标准,无论家庭装饰还是个人行为都模仿白人文化。她努力在自己身上塑造一些白人的生理特征,争取被主流文化所接纳,"她无法改变自己的种族,就设法改变自己的文化"(Douglas,2006:144)。她与黑人彻底划清界限,她跟儿子解释"有色人与黑人之间的差别"(托妮·莫瑞森,2005:56)。不仅她自己要努力融入白人文化之中,她也要教育儿子改变自己的种族归属。她让儿子穿白衬衫蓝裤子,头发也要贴着头皮剪,防止露出黑人的卷发。她盲目模仿、盲目顺从白人文化的要求,变成了一个孤立于黑人群体之外的冷漠的毫无民族内涵的女人。在抚养教育孩子方面缺乏感情投入和情感交流,割裂了与孩子之间的亲密关系,导致孩子产生仇视心理。"依恋是儿童早期生活中最重要的社会关系,也是个体社会性发展的开端和组成部分。研究表明,早期安全的依恋关系不仅有利于儿童身心的健康发展以及社会化的顺利进行,而且直接影响个体成长过程中的人格完善。"(宋海荣,陈国鹏,2003:172)裘尼尔的成长中缺乏与母亲的依恋关系,因为杰萝丹宁愿将自己的母爱投射到小猫身上也不愿和孩子"谈笑逗乐","亲吻溺爱"(托妮·莫瑞森,2005:56),这导致孩子内心上孤独、恐惧,性格上挑衅、好斗。

当裘尼尔意识到,母亲对小猫的爱胜过给自己的关爱时,他内心产生扭曲的仇视心理。他趁母亲不在家就虐待她的猫,将对母亲的仇恨转嫁到那只猫身上,并从中获得内心的快乐。他对猫的虐待以及后来对佩科拉的嫁祸都是他内心孤僻和仇视心理的外在侵略性表现。因为杰萝丹禁止裘尼尔和黑孩子玩,裘尼尔慢慢被母亲的观点同化,他觉得"他们不配和他玩儿"(托妮·莫瑞森,2005:57),心理上产生优越感。他以一种变态的心理处理他与同伴间的关系,他"越来越喜欢欺负女孩子"(托妮·莫瑞森,2005:57),他看到女孩受惊的尖叫,他感到得意、满足。但是他不敢欺负成群的黑人女孩,当他看到"丑陋"的佩科拉一人在操场上时,他决定要发泄自己内心的孤独,将佩科拉视为转嫁内心痛苦的对象。他欺骗佩科拉来到自己家里,将母亲的"大黑猫朝她脸上扔去。她惊恐地倒吸了一口气,感觉嘴里粘了几根猫毛。那只猫抓着她的脸和胸企图保持平衡,然后无力地跌到地上"(托妮·莫瑞森,2005:58)。裘尼尔看到这个场景,捧腹大笑,他将自己的快乐建立在黑人女孩的恐惧和痛苦之上。当佩科拉想逃走时,裘尼尔拦住她,把她当作自己的俘虏、战利品,将她关到房间里。佩科拉越害怕,他就越高兴,"笑得喘不上气来"(托妮·莫瑞森,2005:59)。但后来看到佩科拉安静下来,正在抚摸猫的脊背时,这立刻让他想起了母亲对猫的怜爱,激起了他心中的愤怒和仇恨。他"一把抓住猫的一条后腿,在头上转圈挥舞"(托妮·莫瑞森,2005:59),不顾佩科拉的阻拦,把猫"摔在窗上"(托妮·莫瑞森,2005:59)。杰萝丹正好回到家里,裘尼尔就把佩科拉当成自己的替罪羊,告诉母亲,一切都是佩科拉所为,这更让杰萝丹怒不可遏。裘尼尔的侮辱和嫁祸,杰萝丹的辱骂和冷漠都加剧了佩科拉的悲剧。

裘尼尔的报复心理和侵略性行为源自缺少安全的成长环境,缺少母爱,缺少与母亲的感情交流。"孩子在安全的环境中长大会发展出与同年龄孩子平等合作的关系,孩子在逃避和拒绝的依恋环境中长大通常会产生独占和控制欲,进而发展出侵略性、攻击性的倾向。"(Cortina and Liotti,2005:10)裘尼尔没有在健康的依恋环境中长大,产生的仇视心理就要通过虐待他人的方式发泄出来。裘尼尔的暴力行为是白人文化伤害的结果。他在母亲那里耳濡目染对黑人的厌恶和痛恨,在黑人群体内部继续实施种族隔离和种族虐待。

《最蓝的眼睛》表现出白人强势文化的种族主义色彩,"白即是美"的标准使儿童迷失方向。她们生活在"黑即是丑"的阴影中,产生对自我的鄙视和厌恶。由于白人强势文化的伤害,佩科拉渴望变白,渴望变美,渴望拥有一双白人的蓝眼睛来观察世界,但是白人虚伪的宗教、强权的文化和她被同化的黑人父母让她希望破灭。佩科拉产生自卑、自惭、自闭以及自我憎恨的扭曲心理,最后精神分裂。白人文化对佩科拉的伤害局限于她对自身的虐待,但是生活在这样的环境中的所有儿童都饱受伤害。克劳迪娅对白人文化排斥、痛恨,产生畸形的嫉妒心理和报复行为。裘尼尔则是最极端的例子,以自己的浅肤色凌驾于黑人儿童之上,仇视、虐待黑人女孩。母亲白人化的教养方式使他产生孤僻、变态的心理,通过施虐的侵略性行为满足自己的快乐。白人强权文化毒害儿童幼小的心灵,在这样的文化氛围中成长必定会导致价值观念的异化,这一点在小说中的成年黑人女性中表现得更为淋漓尽致。

第二节 成年女性的心理创伤:
异化的价值观念

价值观念是人们对世界上客观事物的评价,是在"人们生活经验的基础上,通过文化浸染和教育内化,逐渐生长起来的智慧之果,它以价值判断(是非、好坏、荣辱、美丑、善恶、得失、值得与否等)为主要内容,……对人们的行为起着描述、解释、预测和导向作用"(谭咏梅,王山,2008:6)。价值观念表现为价值取向、价值追求、价值尺度和准则,包括人的审美观、家庭观、消费观等。审美观体现了个体的价值取向,因为美与丑是一种价值判断,因此有什么样的价值取向,就有什么样的审美观。白人强势文化影响黑人女性的价值取向,决定了黑人女性的审美观、家庭观以及消费观。

白人文化霸权植根于种族主义者的主观意识中,通过统治地位将其内化到黑人种族心中,剥夺了黑人种族的自由和平等权利。作为阶级社会的上层建筑,白人强势文化借助宗教、教育以及大众媒体,宣传、引导白人文化和价值观念。"流行文化充斥着文雅的白人和满足的黑人形象,因为白人控制着再现创伤历史的方式,也是文化受众群的主体,实际上是对历史曲解的再现过程。"(Eyerman,2004:84)处于统治地位的白人曲解黑人民族的历史,以各种文化形式渗透到黑人女性的意识中,使黑人女性产生对白人文化的无限向往,产生对本民族文化的强烈自卑感。在白人文化的侵蚀下,黑人民族文化"被贬为奴隶的特征、卑下的符号"。黑人女性的价值观念在"白人文化的盘剥下被扭曲和同化"(谢群,1999:107),导致黑人女性产生异化的审美观和家庭观。同化(assimilation)被"用来描述外来移民融入美国白人主流文化的过程。这个词语在最初使用时,同化过程被看成是一个单向的运动过程,即外来民族摒弃自己的文化而融入主流文化之中"(乔国强,2004:140)。黑人女性被当作奴隶卖到美洲大陆,丧失了与本民族文化传统的联系,在白人强势文化的影响下,她们试图融入美国社会,融入白人文化。她们被"白化"就是被白人强势文化"同化"的过程,最终导致她们鄙视和摒弃本民族文化。

作为白人文化的内在基石,基督教是统治阶级用来束缚被统治者的精神手段,固化了信仰者的思想观念,是实行精神殖民的必要形式。作为白人统治社会道德体系的内在价值标准,基督教通过白人教育机构和社会的大众媒介给黑人女性洗脑,成为束缚黑人女性的绳索。《圣经》是传播基督信仰的重要载体,在小说中多次被提到,但是,对于黑人女性来说,它只是被白人文化同化的标志。克劳迪娅的母亲出于宗教信仰中的宽容和仁慈收留了无家可归的佩科拉,但她埋怨佩科拉一口气喝了三夸脱牛奶,埋怨佩科拉的父母把她扔到她家不管不问。她记得,"《圣经》里说既要闭目祈祷也要睁眼观察"(托妮·莫瑞森,2005:15),她把《圣经》里的教义当作抱怨的理据,说明她并不是真正地信仰基督教中的要与人为善、施舍慈爱的教义。小杂货店的博莎小姐会在阳光下阅读《圣经》,克劳迪娅家的租客亨利先生也拿《圣经》欺骗小孩。当克劳迪娅和姐姐回到家里,发现亨利先生正和两个女人鬼混时,她们询问他两个女人是谁。亨利知道她们的母亲不喜欢他把女人带到这里,他就编造谎言说:"她们和我在一个《圣经》班里,我们一起学《圣经》,所以她们今天来找我一起念《圣经》来了。"(托妮·莫瑞森,2005:51)《圣经》对于他来说只是掩盖自己放荡行为的幌子,欺骗幼稚女孩的手段。

小说中几乎每个黑人女性手里都捧着一本《圣经》,自称是虔诚的基督教徒,但是她们中没有一个人真正信仰基督教,而是把宗教视为她们接近白人文化的途径,融入白人文化的象征。对于中产阶级黑人女性来说,她们在各个方面都模仿白人,比如说,家里的装饰、个人的行为以及家庭的教育等。在装饰房间时,她们的"客厅里一定会摆放一本厚厚的《圣经》"(托妮·莫瑞森,2005:54)。当佩科拉进入杰萝丹的屋里时,果然看到"餐桌上放着一本大大的红底金字的《圣经》。……墙上挂着一幅彩色的耶稣画像,四周围了一圈漂亮的纸花"(托妮·莫瑞森,2005:58)。杰萝丹信仰基督的动机显而易见,她将《圣经》当作一个花瓶或者一件家具来装饰房间,同时也直接向其他黑人女性证明,她在宗教信仰上与白人是一样的。

　　佩科拉的母亲波莉自认为是位正直虔诚的女信徒,她把信仰基督当作摆脱孤独、进入白人社会的途径。她在教堂里可以做梦,梦想自己像白人女性一样拥有甜美的爱情、幸福的家庭;她在教堂里可以表明个性,获得认同感,享受教堂中白人女性的热情和肯定。但是她越是融入教堂,就越厌恶丈夫的堕落、孩子的丑陋。她经常和耶稣谈论丈夫,不是为了让耶稣拯救乔利,而是让他变得愈加堕落。她痛斥丈夫的恶行,把"乔利当做罪孽与失败的典范。丈夫是她的荆棘头冠,而孩子则是她的十字架"(托妮·莫瑞森,2005:81)。信仰宗教没让她变得善良、美丽,容忍丈夫、宠爱孩子,反而让她与家庭划清界限。她以自己的清高为荣,以乔利的堕落为满足,"他越堕落,越无信义,越无法无天,她以及她的使命越发崇高"(托妮·莫瑞森,2005:26)。她认为,信仰宗教使自己摆脱了黑人的肮脏和陋习,"她甚至改掉了错误的发音"(托妮·莫瑞森,2005:80)。实际上,白人宗教的伪善使得她抛弃丈夫、抛弃家庭。波莉依附白人宗教,渴求被白人社会接纳,却以牺牲自己的家庭为代价。从这个意义上来看,宗教只是波莉逃离被贬损、被伤害命运的途径,是她企图摆脱黑人之根,接近白人文化标准,得到白人社会认可的手段。

　　基督教及其所宣扬的道德使得波莉和杰萝丹等黑人女性完全接受了"白化"的文化,抛弃了黑人种族的文化传统,丧失了文化之根。基督教颠覆了黑人女性内在的价值标准,而大众传媒所宣扬的白人文化审美标准在外部异化了黑人女性的审美观。由于白人在政治上处于统治地位,他们长期控制着社会的话语权,因此,他们所宣扬的审美观是基于欧洲白人的体貌特征而言的:皮肤白皙、金发碧眼的女性形象被认定为美。而与此截然相反的皮肤黝黑、头发卷曲的黑人女性就被视为丑陋,这否定了她们与生俱来的种族美。这种观念由来已久,并且在黑人女性群体"意识上留下了难以磨灭的痕迹,成为永恒的记忆,并以无法逆转的方式改变了她们的未来命运"(Alexander,2004:1)。因此,黑人女性都努力依据白人的审美观来评判自己的外貌,评判周围人的美丑。

黑人女性通过拉直鬈发、漂白皮肤及化妆来摆脱黑人的体貌特征,从而获得白人和社会的认可。白人统治者借助经济和社会地位的优势,利用报纸、影视、广告等大众传媒向黑人传播白人文化,潜移默化中影响了黑人女性的审美观,使她们不知不觉内化了白人的审美标准,产生鄙视自我、鄙视丑陋的黑人女性的异化的审美观。佩科拉一家被公认为是最丑的,"因为他们穷,他们是黑人。……他们相信自己十分丑陋"(托妮·莫瑞森,2005:24),他们带着丑陋的面具,找不到丑陋的根源,因为"丑陋来自信念"(托妮·莫瑞森,2005:24)。白人的审美标准定义了黑人女性主观意识的美、丑观念,使她们坚信黑人生来是丑陋的,是不变的事实。"似乎有个无所不知的神秘主子给他们每人一件丑陋的外衣,而他们不加疑问便接受下来。……他们四下里瞧瞧,找不到反驳此话的证据;相反,所有的广告牌、银幕以及众人的目光都为此话提供了证据。"(托妮·莫瑞森,2005:24)宗教信仰使得黑人女性坚信自己的面貌丑陋、地位卑微、生活贫困,而大众传媒所宣扬的白人的审美标准又强化了这种信念。

佩科拉的母亲波莉对白人的审美标准无限向往,努力模仿,并将异化的审美观转移到女儿身上,造成了女儿的悲剧。在南方时,她和丈夫乔利过着恩爱的新婚生活,但是为了寻找更多的就业机会,婚后她和乔利来到北方。在这里,波莉到处都能看见白人,而且让她感觉不好相处,使她感到"无足轻重"(托妮·莫瑞森,2005:75)。孤独寂寞中,她开始寻找各种办法打发时间。她看到女人们都穿高跟鞋,她也尝试,但这使本来跛脚的她走路更一瘸一拐了,而且乔利也不喜欢。当地黑人女性取笑她的卷头发,因此,她也试图改变自己,她学她们那样化妆,买衣服打扮自己。但是收效甚微,反而招来"蔑视的目光"和"窃窃私语"(托妮·莫瑞森,2005:76),导致她和乔利争吵,让她与乔利的感情出现裂痕。她并非真的喜欢化妆,喜欢花钱买衣服,她只是想让其他女人投来"赞许的目光"(托妮·莫瑞森,2005:76)。在她初来白人的审美标准盛行的北方时,她感觉无所适从,她想融入社区,融入社会,得到其他人的接受和认可,她认为唯一的方式就是改变自己,顺从社会认可的审美标准。

为了消磨时间,排解寂寞,她来到电影院,这让她迷上了电影。"作为文化创作的一种形式,电影向观众展现了文化操控者象征性地重构过去,歪曲再现的创伤事件,并使受众者接受。"(Eyerman,2004:70)电影、电视等传媒手段是白人宣扬其强势文化的重要手段,"这些媒体虽带有娱乐和艺术的标签,但实际上却强化了白人虚假的优越感和黑人不应有的自卑感,可以说对黑人的负面影响尤其严重"(王守仁,吴新云,2000:126)。电影和电视为黑人女性构建了虚幻的梦想世界。在电影院里,波莉找到了平衡,找到了与白人平起平坐的感觉。电影的世界就是她的梦幻世界,除了幻想浪漫的爱情,她更幻想拥有电影明星一样的美貌。她完全吸收并内化了好莱坞电影所折射出来的白人的审美标准,她用"绝代美女的尺度来衡量每一张她见到的脸"(托妮·莫瑞森,2005:78)。她把白人女星珍·哈罗当作偶像,甚至模仿她的发型,改变自己的打扮。从电影中,波莉学会了能爱的一切和能恨的一切(托妮·莫瑞森,2005:78),她把"外貌与美德等同起来,使她作茧自缚,愈加自卑自贱"(托妮·莫瑞森,2005:78)。波莉从开始的被排斥、格格不入到渴望别人投来赞许的目光,表明她已经淹没在白人的主流文化中。电影投射出的文化影响让她完全屈服于白人的审美标准,心甘情愿地做了白人文化的奴仆。她以白人的审美标准衡量自己,审视丈夫,评价女儿,她发现他们真是"丑不堪言"。佩科拉出生后,她看着刚出生的女儿没有一点激动和爱怜之心,马上得出结论"我知道她长得很丑。她虽有一头秀发,可是上帝啊,她真是丑"(托妮·莫瑞森,2005:80)。异化的审美观让波莉对美丑失去了正确的判断，也影响着她对子女、对家庭的判断，又导致她产生了异化的家庭观。家庭观广义上是指个体对家庭的观点和看法，狭义上是指个体对家庭环境好坏的一种评判，体现在其对待家庭事务、家庭成员的态度和行为中。

白人文化也通过大众媒体向黑人群体展示白人在经济、文化以及生活上的优越，进一步加剧了黑人的自卑感。白人的住所总是又大又宽敞，有各种摆设和装饰物，而且物品极其丰富，橱柜里堆满的食品总也吃不完。并且白人的家庭总是幸福的，电影当中的白人家庭里，"白人男人对他们的女人真好，他们都住在整洁的大房子里，穿着讲究，澡盆和马桶在同一地方"（托妮·莫瑞森，2005：78）。这与波莉的家庭形成鲜明的对比，她越是接受这种家庭模式，越感觉自己不愿意回到家里，不愿意面对酒醉的丈夫和丑陋的子女。此外，白人文化也通过教育来渗透白人的家庭观念。在小说的开头，莫里森就用美国家喻户晓的启蒙读本《迪克和简》中关于美国家庭的描写作为引子，并且在每一章的开头都以不同的排版方式附上这段："这就是那所房子，绿白两色，有一扇红色的门，非常漂亮。这就是那一家人，母亲、父亲、迪克和珍妮就住在那所绿白两色的房子里，他们生活得很幸福。"（托妮·莫瑞森，2005：3）这是对美国典型的白人中产阶级家庭的描写，他们不但拥有漂亮的楼房，还拥有温馨和幸福的生活，"母亲和善"，父亲"又高又壮"，孩子也不缺少玩伴。这都与佩科拉的家庭形成鲜明的对照，她的家是破旧不堪的房屋，家里充满争吵、父母的打斗，缺少母爱，毫无温暖欢乐可言。一方面，读者可以感受到白人的价值观念如何通过教育方式渗透到黑人的思想中，将白人的幸福生活篆刻在他们的意识中。另一方面，佩科拉和她的母亲波莉为之追求的白人模式的幸福生活是可望而不可即的，她们的愿望被残酷的现实不断地撕裂、捣碎。她们在痴迷、模仿及追求的过程中饱受白人文化浸染，造成心灵扭曲，观念异化。

波莉异化的家庭观表现在她对爱情和子女的态度上。在初次遇到乔利时，乔利不嫌弃她的跛脚，甚至认为这是她的可爱之处，她从爱情中感到安全、知足。但是，这幸福的生活因为他们北上来到俄亥俄州的洛兰镇而发生了改变。如前所述,生活在充斥着白人文化的北方城市里,波莉慢慢被白人的价值观念同化,这使她产生强烈的自卑感。不断强化的自我憎恶和对黑人文化的背弃令她和乔利的关系由相亲相爱变成了无休止的争吵和打斗。她渴望乔利堕落,似乎他越可恶越能反衬出她的高尚。在第一家白人家里工作时,她尚且能够保持清醒的头脑。但经过电影等媒体的洗脑,她被白人文化完全同化,因此,她开始厌弃乔利。夫妻之间原本和谐美好的性关系也变得日益冷漠和程式化,最终导致两人的关系彻底破裂。

波莉渴望得到白人的认可,但是她努力的结果是成为白人忠实的奴仆,同时也牺牲了自己的子女和家庭。她把女儿取名为佩科拉,源自电影《模仿生活》中女孩子的名字。名字对于黑人女性有特殊的意义,在蓄奴制时期她们没有名字,奴隶主随便的称呼就成了她们的名字。没有名字象征着没有身份,没有与祖先的关联,也丧失了与本民族的联系,例如《宠儿》中的贝比·萨格斯,她的名字就是随着奴隶主称呼的。波莉给女儿取的名字象征她试图模仿白人文化、屈从白人文化,这是白人利用文化继续奴役黑人女性心灵的结果。在佩科拉出生以后,见到如此丑的女孩,波莉将自己的厌恶和鄙视投射到幼小的孩子身上。她对孩子不是疼爱有加、关心照顾,而是不关心、不照顾也不教育。接连不断的家庭争吵让儿子总想离家出走,让女儿生活在恐惧当中,恨不得在世界上消失。除了名字要像白人女孩之外,波莉还希望女儿的肤色像混血儿的浅肤色,这才符合白人的审美标准。

后来,波莉在一个有钱的白人家找了一份保姆的工作。白人家庭舒适的居住环境,一对漂亮的子女,和善的白人主人让波莉找到了电影中梦寐以求的归属感和自我价值。从小因为跛脚备受冷落忽视的波莉,连一个绰号都没有,但是费舍尔一家却赐给她一个可爱的昵称"波莉",这更让她为这个白人家庭尽职尽责了。同时,她愈加讨厌自己的家庭,讨厌自己的子女。她可以把主人家里收拾得干干净净、井井有条,而且不久她就"不再收拾自家房间了"(托妮·莫瑞森,2005:81)。她喜爱主人家的孩子,可以为他们付出无限的母爱,她喜欢"手指触摸柔软鬈发的感觉",再也不用梳理"又黑又硬的头发了"(托妮·莫瑞森,2005:81)。她让白人女孩称呼她"波莉",却让自己的女儿叫她"布里德洛夫太太"。她享受身为白人奴仆的生活,因为在这里她可以"享受着权利、赞许和奢侈的生活",这都是她在白人文化中体验到的幸福生活的标志。沉浸在白人生活的幻想中让她感觉到自己有价值,感觉到"生活的全部意义只存在于她的工作之中"(托妮·莫瑞森,2005:82)。她要与肮脏、丑陋的家庭划清界限,她不愿回家,让家人"充满恐惧",她认为,她工作来养活孩子就是尽了做母亲的责任。但是,她忽略了女儿更需要的是母亲的爱抚,母亲的照顾。

有一次,当佩科拉来白人家庭寻找波莉时,她不小心打破了盛着浆果馅饼的银色盘子,糖浆溅到佩科拉的腿上,而且烫得不轻。波莉看到此场景,没有表现出她的母爱,她没有关心女儿的烫伤,反而将她打倒在地。似乎打一下并不解恨,她把佩科拉搜起来,还一边打一边骂:"傻瓜……我的地板,一团糟……滚出去……我的地啊!"(托妮·莫瑞森,2005:70)在波莉看来,女儿受伤与否无关紧要,重要的是,女儿打破果酱瓶子,弄脏了整洁干净的地板。小说中"将白人中产阶级价值观内在化的黑人角色终日为保持洁净而奔忙。这种对洁净的偏执延伸到这些女性的道德与情感生活中,然而,对洁净环境的过分强调却导致了她们的残忍与冷漠"(Ward,2009:42)。洁净与"白"同义,黑人女性无法融入白人文化,就在自己的生活环境中努力营造"白"的氛围,任何破坏洁净环境的人都要受到惩罚。佩科拉破坏了母亲在白人家庭保持的洁净,惹怒了母亲,遭到母亲冷漠和残忍的对待。看到主人家的小女孩因为惊吓哭起来,波莉百般呵护,用甜蜜的嗓音哄着小女孩"别哭,乖乖,别哭。到这里来。噢,上帝啊,看看你的裙子。别哭了,波莉给你换"(托妮·莫瑞森,2005:70)。对待两个孩子截然相反的态度反映出波莉在被白人文化同化的过程中扭曲的心灵和异化的家庭观念。

波莉对白人家庭的忠心耿耿、尽职尽责不是因为她想做一位优秀的工人,而是因为她痴迷、追逐白人的文化价值观。这是她远离"黑人的丑",融入"白人的美"的最佳渠道。对黑的极度厌恶和对白的极度崇尚,实际上是抛弃黑人的文化之根,接受白人文化伤害的体现。白人强势文化的宗教信仰麻木了黑人女性的道德思想,大众传媒宣扬的价值观念使最底层的黑人女性迷失在白人文化霸权中,形成异化的审美观和家庭观,酿成个人生活的悲剧。中产阶级女性因为肤色和经济上的优势,有机会接受白人的教育,很容易被白人文化完全同化。《最蓝的眼睛》中的杰萝丹和莫里森的第四部小说《柏油孩子》中的雅丹都深受白人教育之害,她们陷入在黑白两种文化冲突的困惑和痛苦中难以自拔。

杰萝丹接受过公立师范学校的教育,在这里她学会了如何尽善尽美地为白人服务。学习为白人做饭,学习教育自己的孩子顺从,学习音乐为的是解除白人的疲劳,学习如何装饰白人的房间,同时还要培养白人的道德标准,抛弃自己的道德本色。从她的学习内容来看,白人的教育是完全为白人的文化统治服务的。白人教育要求学习者抛弃自己的文化之根,"简朴的本色从哪里冒头,她们都会把它扫除一清"(托妮·莫瑞森,2005:54),从个人的行为举止到家庭的生活方式都要完全符合白人教育灌输思想的标准。她们"笑声过于响亮,发音不够清晰,举止不够文雅都需纠正,她们紧缩臀部生怕扭动太大"(托妮·莫瑞森,2005:54)。接受这种教育的杰萝丹崇尚白、崇尚洁净几乎达到疯狂的程度,甚至她与丈夫做爱时都要考虑别与他产生身体接触,别弄乱自己的头发。她厌恶黑人的肮脏吵闹,因此禁止孩子与黑人孩子玩,对孩子并没有感情投入,她可以满足孩子除了溺爱以外的任何物质要求。当她看到佩科拉时,对黑人女孩的厌恶感涌上心头,她想到黑人女孩的丑陋外貌、不雅举止以及肮脏的居住环境,这让她感觉黑人女孩犹如"苍蝇一样成群结队地飞行,像苍蝇一样散落下来"(托妮·莫瑞森,2005:60)。佩科拉就是这些苍蝇中的一只,她的出现惹怒了杰萝丹,因为她打破了她的洁净,侵入了她的领地。杰萝丹要"这讨厌的小黑丫头,从我家滚出去"(托妮·莫瑞森,2005:60)。杰萝丹接受教育的结果是完全被白人的文化同化,却又不能真正融入白人社会。黑人女性在白人强势文化的熏陶下,既无法"融进'主流文化'里,又无法回到原本的民族信仰中",挣扎在两种文化冲突的夹缝中,"变成了什么都不是的边缘人"(乔国强,2004:141)。脱离了黑人的民族传统,摆脱了黑人的生活习惯,她自认为拥有白人一样的生活方式和道德准则,但实际上她被白人强势文化蒙蔽了淳朴的心灵,在黑白文化冲突的夹缝中难以存活。

《最蓝的眼睛》的故事发生在20世纪40年代,当时社会的各个角落弥漫着白人文化霸权,黑人女性在被同化的过程中无法摆脱被歧视的命运。在这部小说中,莫里森强调白人文化对黑人心灵的伤害,她认为,黑人应该固守传统文化之根,排斥白人文化霸权。在20世纪60年代的民权运动之后,黑人获得了一定的权利。创作于20世纪80年代的《柏油孩子》虽然同样揭示了白人文化对黑人女性的影响,但是莫里森"已经从狭隘的民族情结中跳出来了,并以宽阔的胸襟承认了这样一个事实:在保持本民族文化的同时,民族间的相互依存同样重要"(章汝雯,2006:162—163)。《柏油孩子》讲述了认同白人强势文化价值观的黑人女性如何实现个人成功、自由以及幸福的梦想的故事,但是事业成功并未给黑人女性带来幸福和快乐,反而造成困惑。在这部小说中,莫里森反映了白人教育使中产阶级女性产生异化的价值观念,同时也在探索黑人女性在黑人文化和白人文化冲突中重塑个人种族身份和文化身份的途径。

《柏油孩子》中的雅丹从小父母双亡,跟着叔叔婶婶一起生活。她的叔叔婶婶是白人瓦利连的忠实仆人,她自幼与白人生活在一起,耳濡目染之下,她不但接受了白人文化的各种观念,还在白人的资助下完成了学业,可以说雅丹是白人文化熏陶的产物。她凭借自己的美貌在白人世界中占有一席之地,她学会如何在白人世界中运筹帷幄,因为她清楚地知道白人的喜好。她知道,在与白人打交道的世界里"规则就更简单了。她只消装聋作哑,让他们相信她不像他们那样机灵能干。要说显而易见的道理,要问愚蠢的问题,要恣意大笑,要做出感兴趣的样子,如果他们表现出有辱人格,也要笑脸依旧"(托妮·莫瑞森,2005:109)。她深谙在白人世界成功的秘诀,她拿到大学学位,又成为优秀的模特,甚至她的照片可以登在著名杂志《她》(ELLE)的封面上。她在白人世界里享受优越的物质条件,同时她也因自己能被白人接受和认可而感到自豪,她以为自己在白人世界里找到了安全感和归属感。但是,光鲜的外表掩盖不了她内心的孤独感和不自信。因此,当白人男人要娶她时,她怀疑到底他"要娶的人是我或者仅仅是个黑人姑娘"

（托妮·莫瑞森，2005：41）。她的自我意识建立在不属于她的种族文化基础之上，她远离黑人文化传统，她的文化身份和文化价值犹如无根之木，无法拥有稳定的根基。雅丹被白人强势文化同化的过程就是"'身体'和'灵魂'的分裂，而这将是一种可怕、痛苦的精神历程"（乔国强，2004：147）。

雅丹成长在白人强势文化中，丧失了黑人民族文化的归属感，接受了白人的文化价值观，她"已经从一个黑人女孩异化为白人文化熏陶下的主流社会一员，简单地说她已经被白人同化了"（毛信德，2006：75）。她"心安理得地接受白人价值"（王守仁，吴新云，2001：56），她对资助她的白人心存感激，"他们让我受教育。为我的旅游、我的住宿、我的衣服、我的学校付款。……瓦利连为我做的事情是别人口头都没提出过的"（托妮·莫瑞森，2005：102）。雅丹拥有美貌，艺术修养极高，有众多追求爱慕者，在白人世界也堪称是一位成功的女性。她成长在伊甸园般的加勒比海的骑士岛上，后来在巴黎这样的现代化大都市中接受白人的文化教育。但是，她对骑士岛的过去以及黑人群体的生活困境一无所知，对黑人的文化和历史负担也不感兴趣。她"喜欢《圣母玛利亚》胜过福音音乐"（托妮·莫瑞森，2005：63），她认为"毕加索比伊图玛面具要强"（托妮·莫瑞森，2005：63）。这些对艺术的评论显示了白人强势文化严重影响黑人女性审美观的形成。雅丹对黑人文化的鄙视，甚至有点病态的反应，证明了白人文化传统的虚伪性，这实质上是一种种族主义的思维方式。

白人文化改变了雅丹对待黑人和黑人文化的判断标准，改变了她的价值观。她依据白人的标准审视和判断黑人，当她第一次与黑人森见面后，她称他为"猩猩"、"黑鬼"、"光脚的丑狒狒"（托妮·莫瑞森，2005：104），她讨厌他的气味，甚至怀疑他会偷窃、强奸或谋杀。白人教育使她形成讨厌黑人、怀疑黑人、鄙视黑人的价值判断。同时，白人文化又使她无限迷恋物质生活，她沉浸在白人世界的物质文化中，在岛上天气很热，但是她还要反复试穿男友送来的海豹皮大衣，"天气虽然热，但海豹皮的感觉实在太好，她舍不得脱掉了"（托妮·莫瑞森，2005：77）。她生活的主要内容就是购物，她穿着"金带拖鞋"（托妮·莫瑞森，2005：104），"玛德拉牌裙子"（托妮·莫瑞森,2005:105)。雅丹的言行举止都像白人一样,因此,森将她与白人小姑娘相提并论。但是,雅丹会因此愤怒,这说明,内心和头脑已经被白人文化漂白的雅丹,内心还残存着黑人民族意识,她因为森否认了自己的种族身份而愤怒。但是,雅丹的价值观已经浸润了白人的历史文化,她的观念与非洲文化传统格格不入。因此,当她遇上象征黑人文化传统的森时,两种文化的冲突逐渐凸显出来,加剧了她的痛苦。

一位在超市里购物的黑人女性让雅丹首次体验到了两种文化矛盾的困惑和焦虑。当她沉浸在成功的喜悦中,准备庆功宴的食品时,她在超市里遇到了拥有柏油似的皮肤的穿金丝雀黄色连衣裙的女人(托妮·莫瑞森,2005:39),她感觉这个女人的美让她透不过气了(托妮·莫瑞森,2005:39),尤其当这个女人对她表示不屑时,她异常震惊,她渴望得到那个女人的"喜欢和尊重"(托妮·莫瑞森,2005:40)。莫里森在接受访问时曾经说过"这位穿黄裙的黑人妇女代表着拥有文化之根的真实,是'真正原本的自我 —— 这个在我们说谎时会流露出来的自我,这个总在那里的自我'"(转引自王守仁,吴新云,2001:57)。穿黄裙子的女人象征雅丹内心中的另一个自我 —— 残存黑人种族文化意识的自我。这打破了沉浸在白人世界中的雅丹的生活,引发她思考自己的身份,思考自己的文化之根。尤其当她遇到森以后,这种文化撞击表现得更为明显。

两种文化的冲突首先体现在两人对大城市生活的不同态度上,森是体格健硕、皮肤黝黑的黑人传统文化的坚守者,但是大都市的文化生活让他茫然,让他无所适从,纽约市给他造成哀伤(托妮·莫瑞森,2005:190)。但是,对于雅丹来说,纽约让她感到舒适,让她"觉得想笑……纽约给她的关节加了润滑油,她走起路来就如同加了油。在这里,她的腿显得更长了……她怀着一种孤儿的喜悦想着,这里是家"(托妮·莫瑞森,2005:193)。回到纽约让雅丹找到了自我,找到了归属感。两人对于城市的感受不同,对待家庭、职业的观念也截然相反。森希望雅丹可以像黑人女性一样待在家里相夫教子,而他出去工作,养家糊口。但是接受过白人教育的雅丹却有着自己的人生计划,她要和森一起过大都市的生活,她带他会见她的朋友,她继续从事模特表演挣钱。她要求森去读书,拿个法律学位;或者到纽约等大城市经商,取得经济上的成功。森在整个城市都找不到一份工作,他只能偶尔做些短期的童工的活或成人的零活,而且还饱受白人的怀疑和歧视。在纽约的生活中,雅丹与森的矛盾激化,即白人与黑人的价值观念的冲突加剧。雅丹崇尚金钱利益,追求物质享受,而森渴望淳朴、淡泊的生活,他渴望回归家园。两人对待白人的观念也迥然不同,雅丹认为白人善良、友好,她鄙视黑人的丑陋、肮脏和贫穷。森认为白人嚣张,黑人的面孔让他更有亲切感。因此,森坚持要回到他的故乡埃罗。

在经历长途跋涉到达埃罗后,森找回了自己的归属感,找到了根,在这里他可以生活得如鱼得水。埃罗象征黑人的民族文化之根,但雅丹却无法忍受埃罗的闭塞、肮脏以及落后,更无法接受这里的生活观念。她不懂这里的语言,无法融入黑人的生活圈;她被禁止与森住在一起,她产生强烈的无助感和不安全感;她又受到穿黄色衣裙的黑人女人的噩梦干扰,这里的生活让她"精神紧张","无法摆脱"(托妮·莫瑞森,2005:227),她感觉埃罗腐朽、烦人。雅丹感觉这里的生活让她忍无可忍,最后,她选择离开埃罗,回到纽约。她内心纠结,既对白人文化恋恋不舍,又无法摆脱黑人文化传统的影响。她的内心陷入极度的矛盾之中:如果她选择了白人世界,她这辈子都会因背叛黑人民族而受到良心的谴责,她的民族意识会让她寝食难安;如果她选择回归黑人民族,她就会失去她在白人世界的既得利益。

接受过白人教育的雅丹与代表黑人文化传统的森拥有不同的价值观和生活态度。森接受的是黑人的传统文化观念,他对待工作、金钱以及家庭的观念与雅丹格格不入。因此,当他进入白人强势文化中,他感到失落、缺乏归属感,他既无法融入白人社会,也拒绝被白人同化。雅丹则是被白人文化同化的中产阶级黑人女性代表,她接受白人文化灌输的价值观念,寄希望于白人提供的机会来改变自身的生存状态和社会地位。森不愿意生活在白人世界里,雅丹也不愿意抛弃在白人世界里取得的成就,回归自己的民族之林。他们的结局势必是分道扬镳。"他们的问题根源不是男女不同角色的矛盾,而是文化差异。"(Taylor-Guthrie,1994:147)正如莫里森在小说中的评论:"一个人有过去,另一个有将来,每个人都承担着文化的责任在其手中拯救自己的民族。被妈妈宠坏了的黑种男人,你愿意和我一起成熟吗?传承文化的黑种女人,你传承的是谁的文化?"(托妮·莫瑞森,2005:236)莫里森向生活在现代社会的黑人群体提出问题:当哺育黑人成长的传统文化遭受白人现代文化冲击时,黑人女性是固守文化之根,还是寻求融合之路?对于文明和传统传承者的黑人女性又该何去何从,是抛弃民族文化融入白人社会文明还是在两种文化中不断成熟,充当现代黑人文化的传承者呢?

黑人女性在经历过蓄奴制的身体奴役之后,还要饱受白人强势文化的精神奴役之苦。白人统治的美国社会通过宗教、教育以及大众媒体等手段宣扬白人的宗教思想、审美观念以及家庭观念。成长在白人强势文化中的黑人女性从小对白人文化耳濡目染,由于家庭和社会的影响,她们幼小的心灵开始扭曲,产生自卑、自惭、嫉妒以及仇恨的畸形心理,要么在痴迷白人文化中疯狂,要么在拒斥白人文化中产生暴力行为。伴随病态心理长大的成年女性被白人强势文化洗脑,产生异化的审美观、爱情观以及家庭观,并且试图通过全盘接受白人文明达到融入美国社会的目的。但是艾尔曼认为:"在美国社会,黑人是寄居者,没有归属感,流离失所,只有通过拒绝白人强加于他们的文化遗产才能获得重生。"(Eyerman,2004:109)莫里森在早期的作品中痛斥白人强势文化对黑人女性的身心伤害,与艾尔曼持有相同观点,但是经过民权运动之后,她也在思考黑人女性获得解放之路。黑人女性无法改变白人政治统治的现状,无法颠覆白人强权的话语权,她们要么生存在幻想的内心世界中,要么逃避黑人文化迷失在白人世界中,似乎逃避是文化创伤修复的有效途径之一。

第三节　文化创伤修复:逃避

《最蓝的眼睛》揭示了蓄奴制废除之后黑人女性所遭受的文化创伤,"作为文化建构,创伤与集体身份和集体记忆密切相关。创伤不是来自蓄奴制本身,而是通过植根于集体身份中的集体记忆形成的"(Eyerman,2004:

60)。作为创伤受害者的个体无法改变社会成员已经形成的集体记忆和价值判断,修复的方式"在于集体身份与集体记忆的结合,个人故事通过集体再现的方式融入到集体历史中"(Eyerman,2004:74)。对于个体创伤有多种治疗方式,因为"创伤症状都是复杂的异常症,需要复杂的治疗方法"(朱蒂斯·赫曼,1995:204)。根据朱蒂斯·赫曼的研究,创伤修复大致分为三个阶段,"第一阶段最重要的工作是建立安全感,第二阶段最重要的工作是追忆与哀悼,第三阶段最重要的工作是与正常生活再度联系"(朱蒂斯·赫曼,1995:202)。分阶段的治疗是为了帮助受害者复原一系列的创伤症状。

创伤令受害者失去安全感,感觉对自己的身体、情绪以及思考能力都失去了控制,同时存在人际交往上的不安全感。创伤修复的首要任务是"建立幸存者的安全感"(朱蒂斯·赫曼,1995:208)。根据赫曼在临床治疗创伤幸存者的经验中得知,要建立受害者的安全感,首先要创造安全的生活环境、稳定的经济状况和涉及受害者日常生活所有范围的保护系统。同时要帮助受害者建立稳定的支持系统,这里需要家人、爱人、朋友以及社会的共同协助,使受害者有可信任的倾诉对象,讲述或见证受害者的创伤事件,分享创伤经历。经历三个阶段漫长而痛苦的治疗之后,受害者"会更改创伤记忆的非正常处理过程,并且随着记忆的变化,创伤后应激障碍的主要症状会得到缓解,由恐惧造成的躯体性神经机能症可以通过语言明显得到扭转"(Herman,1992:83)。创伤治疗过程是帮助受害者在安全的环境中回忆创伤,讲述创伤,从而缓解创伤导致的恐惧和孤独等创伤症状。在倾听创伤故事的过程中,倾听者如果能够支持并帮助受害者讲述创伤故事,实现创伤外化,使受害者重新审视和判断创伤事件,那么将有助于创伤受害者重新建构创伤记忆、形成积极的自我价值观念,从而逐渐治愈创伤。

因此,创伤修复需要三个基本条件:首先,帮助受害者建立安全的生活环境,使他心理上产生安全感;其次,要建立稳定可靠的人际关系,使受害者对周围的人产生信任感,从而可以有讲述创伤经历的勇气;最后,社会对创伤事件的反应以及对创伤受害者的态度也至关重要。

生活环境广义上包括个体生活的自然环境和社会环境,本书所指的是个体生活的社会环境和家庭环境。弥漫着白人文化的社会环境使佩科拉一家生活在社会的边缘,被白人的审美标准定义为丑陋的一家。社会的边缘化和歧视让佩科拉一家产生恐惧、无助以及自卑的心理。落魄的经济状况加剧了生活窘境,使全家在社会中的地位岌岌可危。社会环境无法成为滋养佩科拉健康成长的土壤,因为白人强势文化扭曲了黑人儿童的成长心理,使他们在缺乏安全感和归属感的环境中长大。在被社会隔离的家庭中长大的父母也无法为佩科拉营造安全、舒适、温暖的家庭氛围。

赫曼认为,"与照顾者的联系所产生的安全感,是个体人格发展的基础。当这种联系粉碎时,受害者就会丧失基本的自我感"(Herman,1992:52)。佩科拉的家庭充满暴力,她的父母本身就是种族创伤、文化创伤的受害者,因此他们无法提供给佩科拉人格健康发展的安全的家庭环境。家庭暴力和父母虐待使佩科拉产生恐惧心理,她表现出创伤后应激障碍的症状。当父母争吵时,她"不禁收紧腹肌,不敢大声出气"(托妮·莫瑞森,2005:25)。直接的暴力威胁让她沉默,除了恐惧,她还试图逃避面对伤害。"幸存者除了表示她们害怕暴力外,也一致地表示她们有压倒性的无助感。……因为她们无法找出避开被虐待的方法,所以采取了绝对的投降态度。"(朱蒂斯·赫曼,1995:131)面对父母无休止的争吵和打斗,佩科拉的哥哥会骂上一会儿或是离家出走,而佩科拉"只能试着用各种办法忍受这一切。尽管方法不同,感受的痛楚是深刻与长久的。她常在两种愿望之间徘徊,或是父母其中一人被对方打死,或她自己死了算了"(托妮·莫瑞森,2005:27)。她对待创伤的态度是逃避、忍受,甚至是希望自己消失或死亡。每次乔利和波莉打斗激烈时,她就幻想自己消失在这个世界上,"当受虐儿童注意到危险的讯号时,她们会企图回避或安抚虐待者以保护自己"(朱蒂斯·赫曼,1995:133)。父母的争吵让佩科拉感到恐惧,她"用被子蒙上头,呼吸平缓了些。……'上帝啊,'她喃喃地对着手心说,'让我消失吧!'她紧闭双眼。身体的某些部位消失了。有时慢,有时快,此刻速度又慢了"(托妮·莫瑞森,2005:28)。佩科拉无法安抚父母,只能逃避以摆脱暴力的伤害。

家庭暴力使佩科拉丧失了安全感,她对待伤害采取回避的态度。当乔利把房子烧毁,使得佩科拉无家可归时,她暂时住在克劳迪娅的家里。她因为痴迷秀兰·邓波儿的美貌而使用印有其头像的杯子喝了三夸脱牛奶后,遭到克劳迪娅母亲的责骂,她用"手指摸着膝盖上的疤痕,头歪向一边"(托妮·莫瑞森,2005:14)。她受到委屈采取不争辩、不解释、默默承受的态度。当学校里肤色较浅的女孩莫丽恩嘲笑她的丑陋以及散播她被父亲强奸的谣言时,她"缩起脖子 —— 既滑稽,又可怜,一副无能无助的样子。她高耸双肩,收回脖子,好像她想把耳朵给遮盖起来"(托妮·莫瑞森,2005:47)。她默认别人对她的奚落,语言上、行为上都不反抗,缩起脖子意味着她躲在自己的世界中才能感到安全、才能摆脱伤害。受虐儿童在遭到伤害时,"保持蜷曲或缩成一团的姿态,或者保持面无表情的样子"(朱蒂斯·赫曼,1995:133),这是他们获得一点安全感的唯一途径。

佩科拉的一味回避并没有改变自己被虐待的命运。"如果回避企图失败的话,受虐儿童则会试图表现主动的顺从以安抚她们的虐待者。"(朱蒂斯·赫曼,1995:134)长期生活在暴力受虐环境中的佩科拉"产生明显的无助感,相信抵抗是没有用的。因此,许多儿童遂发展出一种信念,认为她们的虐待者有绝对的,甚至是超自然的权力"(朱蒂斯·赫曼,1995:134)。佩科拉不小心碰倒波莉工作的白人家庭中的果酱瓶,她没有获得母亲波莉的关爱,反而遭到她的咒骂和毒打,并亲眼见证母亲对白人女孩的怜爱。佩科拉已经习惯了母亲的虐待行为,她默默接受了母亲对待她的方式,为了取悦母亲,她唯有无条件地服从,因此她"抱起沉沉的一袋湿衣服","快步走出了厨房门"(托妮·莫瑞森,2005:70)。她不与母亲发生冲突,渴求通过自己的顺从以及乖巧讨得母亲欢心,获得母亲怜爱。同样,在遭到酒醉的父亲乔利强奸时,作为弱小的儿童,她无力反抗,"震惊之下,她的身体变得僵硬,嗓子发不出声来"(托妮·莫瑞森,2005:104)。她晕倒在地,当醒过来时,发现自己躺在厨房的地上,忍受身体疼痛的同时,还要承受母亲误解的伤痛。她的顺从没有换来父母的关注,反而造成更大的伤害。社会环境和家庭环境让佩科拉缺乏安全感,对待来自各方面的伤害只能采取逃避、顺从以及投降的态度。同样,她也缺乏稳定可靠的人际关系,缺乏可以信任的倾诉对象,这都剥夺了她讲述自己创伤经历的机会和勇气。

佩科拉曾经试图寻找可信任的人倾诉,建立稳定的人际关系,但是她始终无法找到可以帮助她、鼓励她面对创伤,倾诉过去的人。住在佩科拉家楼上的三个妓女是拒绝被白人文化同化的黑人女性代表,她们痛恨那些屈从于白人社会的黑人女性,尊重像佩科拉一样的无辜弱者,她们是唯一向佩科拉表达关爱和同情的黑人女性。因此,每次在经历父母争吵打斗后,佩科拉都会来到住在她家楼上的三个妓女的家,"佩科拉喜欢她们,常去那儿,还替她们跑腿。她们也不嫌弃她"(托妮·莫瑞森,2005:33)。在这里她获得暂时的安全感,倾听她们的经历让佩科拉感觉有人听她讲述。"身体得到控制之后,安全感的需求渐渐进展到对于环境的控制。急性受创的人需要一个安全的庇护所。"(朱蒂斯·赫曼,1995:211)在这里,三个妓女给佩科拉提供了一个安全的环境,一个安全的避难所。不像白人商店的店主拒绝看她,拒绝和她说话,在这里,佩科拉可以友好地和她们交谈,了解她们的过去。跟她们在一起,佩科拉感到安全、满足、更有自信。她甚至想宣布"她愿和她们一样地生活"(托妮·莫瑞森,2005:37)。可悲的是,天真单纯的小女孩只有在以出卖身体为生的妓女生活的地方才能找到一点快乐。对于创伤幸存者来说,首先想逃离受害场所,寻找避难所,当找到安全的新环境之后,试图在人际关系中建立安全感,这时"家庭成员、爱人和密友的帮助是无法衡量的"(朱蒂斯·赫曼,1995:211)。与她们交往可以使佩科拉躲开创伤场所,起到暂时缓解痛苦的作用。

同样,克劳迪娅一家让佩科拉感受到了家庭的温暖、母亲的疼爱以及朋友的关怀,这有利于治疗她的创伤。和克劳迪娅一家生活的日子里,她有朋友相伴,不再感到孤独,她从朋友那里获得支持和安全感。克劳迪娅和她的姐姐出自真心来关爱佩科拉,她们与她一起玩耍,一起谈论秀兰·邓波儿,这让佩科拉感到放松和愉快。"佩科拉住在我们家的那几天很愉快。弗里达和我也不打架了,我们的精力都集中在这位客人身上,想方设法不让她感到她无家可归。"(托妮·莫瑞森,2005:11)她们也会谈到佩科拉家里的暴力事件,尽管让她讲出创伤经历是痛苦的,但从某种程度上来说,这会缓解创伤压力。面对白人强势文化的伤害,弱小的克劳迪娅和她的姐姐也无能为力改变任何现状,她们能做的也仅仅是与佩科拉一起讨论家庭、讨论白人文化。

佩科拉在这里不但体验到了珍贵的友情,也感受到了从自己母亲身上未体会到的母爱。克劳迪娅的母亲麦克迪亚太太与波莉不同,她是一位勤劳、负责的母亲,虽然有时会唠叨,但她会竭尽全力给女儿关爱和保护。佩科拉第一次来月经,波莉不在她的身边,年幼的孩子充满恐惧,克劳迪娅和她的姐姐也不知所措。麦克迪亚太太被告知她们在干坏事,她责备并打了克劳迪娅的姐姐弗里达。但当她得知事情真相后,她尽心安慰并照顾佩科拉,"她把她们俩搂住,她们的头挨着她的肚子。她的眼里充满了歉意"(托妮·莫瑞森,2005:20)。接着她帮佩科拉洗衣服、洗澡,这让佩科拉体验到了在自己的母亲身上从未得到过的关爱和温馨。

住在克劳迪娅家里的日子让佩科拉暂时忘记了家庭和父母对她的伤害,她的隔离感被亲人间的亲切感所代替。"复原只能在人际关系的情境中发生,无法在隔离的情境中发生。在幸存者与他人的更新关系中,她重建了被创伤经验损伤或扭曲的心理机能。"(朱蒂斯·赫曼,1995:176)这些能力在她与自己家人的关系中被损伤,因此需要在重建家人关系中获得。在与克劳迪娅一家建立关系的过程中,佩科拉重新获得了信任感、自主能力、创造能力、语言能力以及亲密能力。她喜欢居住在这里的生活,她和她们一起度过圣诞节,她看到克劳迪娅的父母如何保护自己的女儿免受租客的侵扰,她感受到家庭的温暖和浓浓的母爱。在这个小家庭中,佩科拉潜意识里的确忘记了伤痛,但是,克劳迪娅一家所能给予她的只是暂时的支持、关爱及帮助,克劳迪娅的家只是一个暂时的避风港。当她回到自己的家里,还要继续面对父母的虐待和家庭的冷漠。

佩科拉在家里没有可信任的倾听者,与家庭成员间没有亲密的,互相信任、互相依赖的关系。她试图将乔利强奸她的事告诉自己的母亲波莉,第一次发生时,"我告诉她,她根本不相信我"(托妮·莫瑞森,2005:129)。"幸存者在奋力地克服羞愧并对她的作为做公正诠释时,是需要他人协助的。

此时,至亲之人的态度相当重要。真实的评价会减轻屈辱感和罪恶感;相对地,尖刻的批评或轻率、盲目的接受,都会大大地加深幸存者的自责和孤立感。"(朱蒂斯·赫曼,1995:89—90)。第一次受到伤害时,佩科拉向自己的至亲之人——母亲倾诉,但是母亲的不信任让她退缩。母亲的置之不理和误解不但加大了佩科拉的心理压力,而且使她丧失了对母亲的信任感和依赖感。朱蒂斯·赫曼认为:

> 从孩子的观点而言,不知情的母亲(或父亲)应该知道;如果她
> 够在乎孩子的话,她早该发现才对。因为胁迫而袖手的母亲应该
> 干涉虐待事件;如果她够在乎孩子的话,她应该为孩子抗争。孩子
> 觉得自己被弃之不顾,这种弃之不顾比虐待本身更令受害者痛恨。
>
> (朱蒂斯·赫曼,1995:135)

所以,第二次再发生时,佩科拉认为,母亲仍然不会相信她,她根本不会告诉母亲。家庭关系疏离,母亲的虐待和不信任都导致佩科拉丧失安全感和对他人的信任感,导致佩科拉对待创伤欲诉不能,欲言又止。家庭的暴力环境,母亲的忽视虐待,父亲的乱伦行为都加剧了佩科拉内心的创伤。

社会和家庭是佩科拉创伤的施虐者,黑人社区对待佩科拉和乔利乱伦事件的态度和反应,最终导致佩科拉精神分裂,产生幻觉,沉浸在虚幻的精神世界中对她来说未尝不是一种解脱。"幸存者团体在复原过程中地位特殊。这种团体提供了幸存者在一般的社会环境中根本无法得到的支持与了解程度。"(朱蒂斯·赫曼,1995:280)黑人社区对待创伤事件和创伤受害者的态度直接影响受害者复原的程度。与《宠儿》中塞丝所处的黑人社区不同,佩科拉一家是黑人社区所排斥的对象,也是大家非议的话题,"布里德洛夫一家个个都有毛病。男孩儿老是离家出走,女孩儿傻乎乎的"(托妮·莫瑞森,2005:119)。乱伦事件发生之后,黑人社区无人同情、可怜佩科拉,反而有人认为,年幼的小女孩也有责任。克劳迪娅从大人们的议论中得知佩科拉被父亲强奸,并被母亲误解遭到毒打。黑人社区的人们受到白人文化的价值观念和审美标准侵蚀,他们鄙视佩科拉的丑陋,加上父亲乔利丑陋的行为,他们认定这个孩子如果生下来"一定会是世界上最丑的孩子"(托

妮·莫瑞森,2005:120)。克劳迪娅对这件事感到惊讶,对佩科拉充满同情,感到难堪和痛苦,但让她失望的是,除了她和姐姐弗里达以外,无人有同样的感觉。"我们希望听到人们说'可怜的孩子'或是'可怜的宝贝',可是大家只是摇摇头而已。我们希望看见人们皱起眉头表示关怀,可看到的脸都毫无表情。"(托妮·莫瑞森,2005:120)黑人社区的冷漠无情让克劳迪娅痛心,同时也让她对自己的无能为力感到惭愧、羞耻。

佩科拉不仅是白人文化戕害的牺牲品,更是心灵遭受白人文化侵蚀的黑人群体的替罪羊。

> 废弃之物我们倾倒给她,由她吸收;美好之物原先属于她,她却给了我们。所有认识她的人通过与她相比感到完整,与她的丑陋相比感到美丽。她的单纯点缀着我们,她的罪过使我们感到圣洁,她的痛苦显示我们的健康与活力,她的笨拙使我们自感幽默,她不善言辞使我们自信能言善辩,她的贫困让我们慷慨。我们甚至用她的白日幻想来抵消自己的噩梦。因为她允许我们把她作为参照,她受到的鄙视也是应得的。(托妮·莫瑞森,2005:133)

这是小说最后一段克劳迪娅的叙述,这段独白表明,佩科拉成为黑人转嫁痛苦的对象。黑人社区依靠践踏最孤立无援的佩科拉来缓解社会和文化对自身的伤害,将自身的缺点和恐惧都倾倒在她一人身上。正是因为有佩科拉这个牺牲品的陪衬,其他黑人女性才会感到自己的美丽、圣洁以及快乐。"白人们要以黑人的贫穷,丑陋来陪衬自己的富贵和欢乐;忘了本的黑人也要用本民族的可怜人来显示自己的健康和优越。"(王守仁,吴新云,2000:129)同为创伤受害者的黑人群体依靠践踏同种族的弱势女性排解痛苦,衬托自己的快乐和美丽。

佩科拉是白人强势文化的最大受害者。首先,"白即是美"的审美标准使黑肤色的佩科拉在社会中无立足之地,是白人眼中的"盲点"。其次,深受白人文化浸染伤害的父母使她在家庭中不被接纳,成为父母宣泄的对象。同时,被白人文化同化的黑人群体嘲弄她的遭遇,使她成为黑人女性伤害的替罪羊。作为社会最边缘、最弱势的小女孩,除了躲避在自己幻想建造的虚幻意识中来减轻伤害之外别无他法。"描述某人受过创伤，就是说他们躲进了某种具有保护性质的信封，一个沉默的、痛苦的、孤独的场所。"(Erikson，1995：186)"'保护性质的信封'，实际上也就是自我心理空间形成的'秘穴'(crypt)，将失去的、想象的个体埋藏起来，使自我对创伤或损失处于茫然无知的状态。"(转引自丁玫，2012：74)缺乏安全感和倾诉对象，又遭到黑人社区的无情唾弃，佩科拉只有将自己封存在疯狂的幻想中才能摆脱社会、文化以及家庭带给她的创伤。佩科拉的疯狂看似是小说悲剧性的结尾，但实际上是她创伤修复的唯一途径——逃离现实世界，躲避在虚幻世界中。在得到一双最蓝的眼睛的幻觉中，她找到了安全感，创造了另一个自我。她可以与另一个想象中的自我自由交谈，讲述她不能述说的经历，实现消极意义上的创伤修复。

佩科拉逃避现实、摆脱创伤，而她的母亲波莉也通过逃避家庭责任、逃避黑人文化困扰与自己的家庭隔离，从而缓解白人文化导致的创伤。为了缓解创伤痛苦，波莉沉浸在白人强势文化的虚幻生活中。波莉两岁时因为意外造成跛足，从此她发现别人对她的态度不同，她没有绰号，没人与她开玩笑，没人关心她，这导致她丧失了归属感，使她产生隔离感和自卑感。她将自己封闭在个人的世界里，培养一些"安详的个人志趣，自得其乐"(托妮·莫瑞森，2005：71)。她不与其他黑人女性来往，享受着个人世界的安静与快乐。在认识乔利之前，一个人沉浸在对未来生活的幻想中，遇到乔利让她感觉自己的梦想成真。在与乔利的生活中，她找到了家庭归属感，她对生活感到满足。但是随着乔利迁移到北方，残酷的经济状况和生活困境让她再次陷入孤独的失落感中，"那是我这辈子感到最孤单的日子"(托妮·莫瑞森，2005：75)。料理家务已经无法填补她内心的空虚，北方城市遍布白人和饱受白人文化浸染的黑人女性，这让她无法融入其中，无所适从。当她从丈夫那里无法寻求安慰和快乐时，她开始效仿白人的生活方式，但是却遭到其他女性的嘲笑。这让她彻底失去信心，在社会生活中感到茫然，找不到自己的位置，她开始逃避在电影的梦幻世界中。在昏暗的电影院里，白与黑没有了明显的界限，她不再因为自己的黑色肤色而感到自卑，她感觉可以与白人融为一体。她沉浸在白人电影文化所创造的虚幻的幸福生活中无法自拔,在电影中她得到满足,找到归宿。离开电影回到自己的现实生活中,对比之下,她厌恶自己肮脏的生活环境,鄙视自己无能的丈夫,嫌弃自己丑陋的子女。她无法忍受这些,因为残酷的现实生活每天都提示着她的不幸。她再次选择了逃避,她推卸自己对家庭、对孩子的责任,让自己全身心地投入到为白人家庭的服务中。

她把主人的家收拾得总是干干净净,而自己的家却从不打扫;她在主人家恭敬、礼貌,而对待自己的丈夫总是脾气暴躁,无休止地与其争吵;她对主人的孩子总是疼爱有加,而对待自己的孩子总是无尽地惩罚。她躲避在白人主人的世界中,在这里她找到了虚伪的安全感和满足感,逃避自己身为黑人女性、身为母亲的责任。当受惊的白人女孩询问被她殴打的女孩是谁时,她没有承认那就是自己的女儿。因为她要生活在虚幻的白人世界中,只有否认自己与黑人女孩的关系,她才能成为白人认可的文化中的一分子,而不是白人阶级社会歧视的丑陋的黑人女性。波莉无法给予女儿关爱与照顾,因为"她的父母、丈夫、黑人群体以及白人统治的社会剥夺了她的爱"(Umeh,1987:38)。波莉被白人文化异化的"悲剧在于对她作为母亲角色的影响上。她的感情分裂了,她把关爱倾注在主人的孩子身上,却将暴力和厌恶倾倒在自己的孩子身上"(Willis,1993:265)。虽然是失败的妻子、失败的母亲,波莉也是文化创伤的受害者,没有父母、丈夫、朋友的关爱和帮助,没有稳定的生活环境和社会关系,她也只能逃避在白人世界的幻想中寻求解脱。

《最蓝的眼睛》中的佩科拉和波莉选择逃避来缓解心理创伤,《柏油孩子》中的雅丹同样在面对白人强势文化侵蚀时,选择逃离文化冲突的空间以摆脱痛苦。雅丹受白人强势文化价值观的吸引,一直试图摆脱黑人传统文化观念的束缚。她享受自己在巴黎富足的物质生活和优越的社会地位,她从未意识到自己的黑人文化之根,直到她在超市遇到穿黄裙子的黑人女性。在这个女人身上她看到了黑人本民族自然的美,这使她意识到,西方白人文化崇尚的审美标准并不属于她,在那里她找不到归属感。黄裙子女性象征黑人民族传统文化,完全被白人强势文化同化的雅丹难以接受文化冲突对她造成的困扰,"那女人让她在某种程度上感到孤独。孤独又不自信"(托妮·莫瑞森,2005:41)。黑白文化的矛盾使雅丹的民族意识觉醒,同时也形成了民族归属困扰,形成难以摆脱的噩梦,困扰雅丹的生活。"创伤以异常的形式被编入记忆中,自主性地在意识中冒出,在醒着的时候突然闪现,在睡梦中则成为创伤性恶梦。"(朱蒂斯·赫曼,1995:53)黑人民族意识的觉醒使雅丹产生困扰,受到伤害,受创的场景总是以噩梦的形式浮现。当雅丹面对两种文化的矛盾,感到彷徨时,她选择了逃避。她"跑了"(托妮·莫瑞森,2005:41),她回到瓦利连在骑士岛的别墅,在这里她可以摆脱白人都市的喧嚣和穿黄裙子女人的噩梦。她逃离了创伤事件发生的空间,但却无法摆脱心理上的阴影。

她希望自己可以安静思考,做出选择,但是"微小、看起来无关紧要的线索也能激起这些记忆,而且往往像原始事件一样鲜明,情绪的震撼也一样强烈"(朱蒂斯·赫曼,1995:53)。尽管她离开了激起民族意识的场所,但是任何象征黑人文化的情景都会使雅丹感到痛苦,感到茫然。黑人男子森的出现再次激起她心中的文化矛盾造成的痛苦。她和森一同外出,在树林里,她陷入沼泽无法摆脱。当她陷入沼泽时,她再次看到了一群黑人女人,这象征黑人文化冲击的创伤再次浮现。当雅丹无法忍受内心矛盾的煎熬时,她极力挣脱,但是她看到"在树上吊着的女人们现在安静了,却很傲慢"(托妮·莫瑞森,2005:157)。树林象征黑人文化的家园,陷入沼泽意味着黑人文化强烈地吸引雅丹,但是她面对祖先的呼唤竭力摆脱。她越是挣脱,陷得越深,最后当她与树"像恋人般地紧紧抱在一起。像夫妻似的紧贴着。缠住你的伙伴,拖着他,绝不让他走掉"(托妮·莫瑞森,2005:157)时,她从沼泽中抽身而出。这一场景再现了雅丹内心的矛盾,黑人文化对她有强烈的吸引力,但是她的价值观念已经被白人文化同化,她又极力拒斥黑人文化。结果当她拥抱自己的文化之根,回到黑人民族的怀抱时,她解救了自己。莫里森通过雅丹的内心独白展示她面对两种文化的纠结心理。她借此促使读者思考黑人种族未来发展的问题,即美国黑人为了拥抱"美国梦"——生活、自由以及追求幸福的权利 —— 是否一定要背离创伤累累的历史文化。

黑白文化的矛盾交织纠缠着雅丹,她的头脑已经被"白化",但是她的黑人文化身份总是以"鲜明的感觉和形象"(朱蒂斯·赫曼,1995:54)反复出现,使她感到困扰。当两种文化冲突再次出现时,雅丹总会出于本能地选择逃避。她和森一起回到他的故乡埃罗时,创伤的噩梦再次浮现,梦中总是出现被一群女人包围的情景。这些女人象征黑人民族文化的母亲,她们盯着她看,让她无所遁形,这让她害怕、精神紧张、无法摆脱。埃罗是充满黑人文化、黑人民族传统的地方,她来到这里,感觉那些女人"全力以赴地要得到她,捆绑她,束缚她。抓住她尽心竭力要成为的那样一个人,并用她们又软又松的奶头来闷死她的追求"(托妮·莫瑞森,2005:230)。在埃罗,黑人文化成为强势文化,迫使雅丹思考自己的文化身份及民族归属,但是已经形成的价值观念和文化观念与这些又彼此矛盾,无法融合,因此她感到困惑、彷徨、不知所措。她不愿意放弃固有的观念,接受"落后"的黑人文化,当她无法解决这些矛盾,摆脱黑人文化困扰时,她再次选择逃离埃罗,回到白人文化之中。

于是她孤身离开埃罗回到纽约,虽然她躲开了黑人文化干扰的场所,但是她难以摆脱内心纠结的痛苦。她孤零零地待在纽约的公寓里,并没有如她料想的平静、安逸,她的内心"又有了那种孤儿的感觉了"(托妮·莫瑞森,2005:228)。她又渴望森能回来,她既希望自己深爱的人能够来到她的身边安慰她,分担她的痛苦,又希望森能像她一样抛弃黑人文化,融入白人世界。但是森是黑人文化的代表,他回来之后使雅丹再次遭受两种文化冲突的痛苦。他们激烈地争吵、打斗,辩证黑白文化的不同观点,这象征两种文化激烈的碰撞。森鄙视雅丹接受白人瓦利连的资助、接受白人教育,认为她是白人文化的寄生虫、白人生活的奴仆。雅丹认为,黑人文化是落后、腐朽的,她也不肯放弃自己的价值观念,她拒绝和"一个文化倒退的人过日子……埃罗。绝不可能"(托妮·莫瑞森,2005:241)。雅丹无法承受,只有选择逃脱束缚,坚决与黑人文化决裂。她离开了象征黑人文化传统的森,但是她内心的黑人民族意识已经觉醒,她感到纽约"毕竟不是她的家",只能是她的"避难所"（托妮·莫瑞森，2005：253）。

她渴望回到家人身边，渴望找到自己的精神家园。她自幼成为孤儿，在白人瓦利连的供养和资助下长大，她认为"他们相识已久，简直像一家人了，何况他们还给予了她这么多呢"（托妮·莫瑞森，2005：78）。所以，当她感到痛苦时，她返回了她在骑士岛的"家"，但这是一个充满白人需求、白人观念的家。瓦利连可以提供给雅丹物质生活保障，但是他的帮助和白人观念潜移默化地使雅丹失去了黑人本色。"那双眼睛像镜子似的可以清楚地映像，一间又一间屋，一条又一条走廊，都在镜中映现出来，而每一个映像又在对面的镜中成像，如此反复下去，镜中有像，像中又有镜，直到最后有色的东西也完全变成无色的了。"（托妮·莫瑞森，2005：62--63）正如《最蓝的眼睛》中的佩科拉渴求一双蓝眼睛，其实质是希望用白人的视角观察世界。瓦利连灌输雅丹白人的文化观念，使得雅丹内心被同化。为了逃脱黑人文化冲突导致的创伤，雅丹躲避在白人生活的幻想中。受过白人教育和白人文化浸染的黑人女性不愿意抛弃白人的价值观念，接受黑人传统文化。文化冲突导致她们纠结、困扰，她们通过逃避来缓解内心矛盾的痛苦，但是，这无法从根本上解决问题。小说的结局表明，黑人女性只有勇敢直视两种文化的差异，寻求两种文化相融之路，才是根本解决之道。不断经历过文化冲突后，雅丹终于鼓足勇气面对矛盾，她要"与那个穿黄衣裙的女人纠缠——与她和所有那些看着她的夜间女人纠缠。再没有肩膀和无垠的胸膛。再没有安全的梦境。……一个长大的女人不需要安全或安全的梦境。她自己就是她渴望的安全"（托妮·莫瑞森，2005：255）。雅丹的成熟和独立意味着黑人文化必须摆脱白人的支持才能保持本色，并且不断发展。黑人女性依赖白人的支持，正如孤儿必须依赖别人的施舍，终究无法摆脱白人文化形成的创伤。黑人民族必须走出封闭的传统，寻找黑人文化传承发展之路，才能摆脱白人强势文化的压迫和奴役，才能发展黑人文化。

在弥漫白人强势文化的美国社会中，无论是年幼的小女孩、成长中的青春女性，还是为人妻、为人母的成年女性，都难以抵制白人文化的伤害。她们在社会中没有归属感，在家庭中没有安全感，在黑人社区中无法建立稳定、可信赖的人际关系,她们的文化创伤无法通过讲述治愈,只能通过逃避来缓解内心的痛苦。受虐儿童佩科拉只有无条件地屈服、顺从,痴迷在疯狂的幻觉中才获得解脱;她的母亲波莉通过逃避家庭责任,转嫁自身痛苦来缓解创伤;而雅丹依靠逃离黑白文化冲突的空间,躲避在虚伪的白人世界中来减轻文化身份和民族归属困惑。

　　白人强势文化对黑人女性造成的身心创伤淋漓尽致地表现在《最蓝的眼睛》和《柏油孩子》两部小说中。蓄奴制对黑人女性的伤害是直接的、显性的、惨烈的,而蓄奴制废除之后,蓄奴制延续的创伤体现在白人强势文化对黑人女性的精神奴役上,这种伤害则是间接的、隐性的、潜移默化的。莫里森创作这两部小说一方面痛斥了白人强势文化对黑人女性心灵的侵蚀,另一方面她也在帮助黑人女性寻找解决文化冲突困扰,摆脱白人文化伤害的途径。她引发世人思考黑人女性文化创伤的解决之道,小说人物逃避伤害可以缓解痛苦,但是根本的解决办法是完全抵抗白人文化侵蚀还是寻求两种文化的相融之路呢? 在她的早期作品《最蓝的眼睛》中,她认为,黑人女性的文化创伤的解决之路在于,固守黑人民族文化传统,抵制白人文化诱惑。但是,随着黑人种族的斗争和发展,在她的后期作品《柏油孩子》中,她认为,黑人女性需要不断成熟,摆脱对白人文化的依赖,在传承发展黑人民族文化的同时,力图融合两种文化,这才是解决文化创伤的根本途径。

第四章　男权社会中的
女性关系创伤

——《秀拉》和《爱》

　　莫里森在《最蓝的眼睛》中刻画了深受种族和文化创伤的黑人女性群体,同时也揭示了黑人女性的友谊对于抵制白人文化侵蚀的作用。但是,作为幼小的儿童,克劳迪娅与佩科拉的力量是微不足道的,无法改变任何社会现实。因此,在莫里森创作的第二部小说《秀拉》中,她要展现"克劳迪娅和弗里达两个活跃的女孩长大成人后的样子"(Stepto,1994:20)。在这部小说里,莫里森更深层次地探讨了成年女性遭受的个体感情创伤。《秀拉》中的女性在遭受白人文化创伤的同时,又都经历死亡、被抛弃以及家庭解体的感情创伤。生活在底层的黑人女性各自承受多种创伤,她们的"痛苦隐藏在眼睑背后,隐藏在揉皱、戴烂的帽子底下的脑袋里面,隐藏在手掌上,隐藏在磨损的上衣翻领后面,隐藏在肌腱的弧线里"(托妮·莫瑞森,2005:138)。黑人女性的创伤来自多个方面,遍布生活的各个角落,折射出生活在男权社会中的黑人女性的悲惨命运。

　　莫里森创作《秀拉》之时,正值女权主义运动第二次浪潮的发展时期,处于边缘地位的黑人女性联合起来,争取黑人女性权利和男女平等。"妇女解放委员会"创始人弗朗西斯·贝勒伊这样描述黑人女性的生活:"作为黑人,她们遭受着所有黑色皮肤的人所共同受到的歧视和虐待,作为女性,她们还担负其他重担——应对白人男性和黑人男性。"(Beale,1979:90—100)。黑人女权主义者意识到,黑人女性处于种族、阶级以及性别压迫的最底层,因为一方面,黑人男性是种族和阶级压迫的牺牲者,但另一方面,性别歧视使他们成为黑人女性的剥削者和压迫者。在这种背景下,黑人男性一方面内化了白人文化的夫权制和父权制的价值观念和社会规范,同时另一方面,作为种族压迫的受害者,在对黑人女性实施性别压迫的同时,将自己丧失的权力和男性气概以暴力的形式施加在黑人女性身上。压迫黑人女性是他们感到自己是个男人的唯一方式。

莫里森创作《秀拉》一部分是为了"借助刻画不受社会约束的秀拉形象来表达她对20世纪60年代到70年代间性别解放和摆脱社会压迫以获得自由的意识观念的支持"(Bouson,2000:47)。在《秀拉》中,她更多地关注黑人女性作为女儿、妻子以及母亲的不同角色在男权社会中所承受的个体创伤。为了摆脱压迫,修复黑人女性创伤,女权主义者号召黑人女性团结起来,"停止彼此间的敌对、嫉妒及竞争"(Allan,1995:88),彼此之间建立深厚的友谊,"通过团结或者友谊,女性可以生存并且获得自由。极端的痛苦和创伤会将女性受害者推向疯狂的边缘"(Nanemeka,1997:19)。女性的团结和友谊是支持黑人女性摆脱压迫和缓解创伤的动力。

莫里森的两部小说《秀拉》和《爱》都是以女性情谊为主题的,但是男权社会的性别压迫使得女性在遭受各自创伤的同时,基本的家庭关系和社会关系也难以维持。《秀拉》中的女性都缺少稳定的婚姻关系,在结婚几年后就遭到丈夫抛弃,独自一人承担抚养子女长大的责任,其中的艰辛痛苦不言而喻。而在父爱缺失环境中长大的黑人女孩也无法形成正确健康的人生观、婚姻观以及性观念,这使得秀拉和她的母亲对待性采取自由、随意的态度。甚至秀拉与最好的朋友奈尔的丈夫上床之后,她都没有意识到,这一行为对奈尔来说是致命的伤害,这也导致两人亲密关系的破裂。《秀拉》中的男性人物软弱无能、不负责任,将自己遭受的种族压迫痛苦转嫁到黑人女性身上,导致黑人女性承受性别歧视之苦。

莫里森借《秀拉》抨击了夫权社会的婚姻观念和家庭观念。时隔三十年后,她创作了同样主题的小说《爱》,阐释了父权专制导致黑人女性友情破裂、命运坎坷。在《爱》中,莫里森刻画了主宰黑人女性命运的父权制家长比尔·柯西,他凭借自己的财富和权威掌控梅、克里斯廷以及希德三位女性的命运。由于柯西的专制独裁和一意孤行,三位女性在饱受父权专制导致的被抛弃之苦、父爱缺失之苦的同时,又遭受姐妹关系破裂的伤痛。

黑人女性在家庭中的角色是女儿、妻子以及母亲,但是,黑人女性在不同阶段都承受夫权制的家庭观念和婚姻观念导致的感情创伤。黑人男性的无情抛弃导致身为妻子的女性独自承受婚姻失败的痛苦,身为女儿的女性饱尝父爱缺失的苦果,身为母亲的女性独自面对抚养子女的巨大压力。面对家庭关系破裂,感情寄托丧失,黑人女性依赖女性间纯真的友谊来慰藉受伤的心灵,但是父权社会中男性的独权专制又对姐妹关系具有强大的破坏力。一方面,父爱缺失导致孤独的黑人女性为争夺父爱而彼此争斗,彼此伤害;另一方面,父亲的独断专行又严重伤害了女性间的亲密感情。因此,生活在男权社会中的黑人女性,既要忍受家庭关系破裂的伤害,又要承受社会关系断裂的痛苦。经历各种创伤的女性产生孤独和怨恨的心理,同时也影响下一代黑人女性的成长,导致她们产生恐惧感与被抛弃感,并且形成错误的爱情观和婚姻观。男权社会导致的黑人女性个体感情创伤和女性关系创伤的复原在于女性间彼此倾诉,共同见证创伤经历,解除彼此间的误解,彼此原谅,消除怨恨和仇视心理。

第一节　夫权社会中女性家庭
关系创伤:被抛弃之痛

在夫权社会的家庭关系中,作为丈夫的男性拥有至高无上的权利与地位,他们是一家之主。黑人男性通过劳动赚取金钱,承担抚养妻儿的责任,但是,在美国社会,他们被剥夺了获得体面工作的权利,只能从事社会上最累、最苦而报酬最低的工作,这使他们无法履行养家糊口的男性责任,使得他们内心失落、丧失自尊。黑人男性生活在理想的男子气概与现实的无奈的两难困境中,他们为了消解自身的痛苦,或者通过暴力征服黑人女性,或者将自身的挫败感全部倾泻到黑人女性身上,或者一走了之,推卸自己的家庭责任。在这种夫权制的社会中,黑人女性处于被统治、被压迫的地位。女性没有工作的权利,没有经济收入,她们的角色就是要充当贤妻良母,男人的附庸。她们被排除在社会生活之外,一旦被丈夫抛弃,她们除了要忍受感情伤害以外,还要承担家庭压力,过着艰苦的生活,承受多重痛苦。

与黑人男性相比,黑人女性的生活更为痛苦,除了面对种族压迫之外,还要面对来自男性,尤其是黑人男性的压迫。正如凯恩(Cain)所说:"有色女人至少在两方面被主流文化所边缘化,一是作为被边缘化的少数有色人种;一是作为被男性文化边缘化的女性。"(转引自杨绍梁,刘霞敏,2012:67)她们常被丈夫抛弃而被迫承担家庭重担。《秀拉》中的夏娃、奈尔以及秀拉都经历了被丈夫抛弃的伤痛。因为黑人男性缺乏责任感和男子气概,在种族歧视和贫困生活中都选择了逃避,变成懦夫和逃兵,抛妻弃子,离家出走。

秀拉的外祖母夏娃经历过失败的婚姻的痛苦,她嫁给了波依波依(Boy-Boy),并生下三个孩子,但是这段"失望伤心的婚后生活"(托妮·莫瑞森,2005:158)只维持了五年,随着波依波依的离家出走而结束。正如他的名字所示,波依波依是个不成熟的男性,对家庭不负责任,对夏娃不忠诚,他"经常和别的女人姘居,不怎么回家。只要他喜欢干那些可以办得到的事情,他就无所不为。他第一好色,第二贪杯,第三才轮到欺侮夏娃"(托妮·莫瑞森,2005:158)。波依波依缺乏责任感,并且把自己的痛苦转嫁到夏娃身上,加剧了夏娃的创伤。波依波依离开时,家里一贫如洗,除了三个嗷嗷待哺的孩子,只有"一块六毛五分钱、五只鸡蛋、三棵甜菜"(托妮·莫瑞森,2005:158)。夏娃没有工作,没有经济来源,年幼的孩子又使她无法离开家去寻找生存之道。她先是依靠左邻右舍的帮助维持了一段时间,但是,夏娃意识到,靠他人接济不是长久之计,她毅然选择将子女抛下留给邻居照顾,自己一人出去寻找出路。

在白人统治的社会中,黑人男性都难以找到谋生的工作,更别提黑人女性了。面临如此窘境,夏娃没有向命运低头,既要忍受被丈夫抛弃的痛苦,又要靠牺牲自己以换得自己和孩子的生存机会。十八个月后,夏娃带着一条腿回到底层,据说她为了换取保险金而牺牲了自己的一条腿。由于遭到丈夫抛弃,黑人女性心里产生对他人的不信任感和绝望感。但是,夏娃通过残忍的自残方式换得子女的生存,她的行为显示了黑人女性坚强的品格和不屈不挠的抗争精神。两年之后,波依波依再次回到夏娃的家,这激起了夏娃被丈夫抛弃的痛苦记忆。

卡茹丝对创伤的定义中强调了创伤延迟性的特点,即创伤发生时没有被完全领会,持续地影响受害者。夏娃被丈夫抛弃之时无暇顾及自己的创伤,因为亟待解决的问题是她和孩子如何存活下去。因此,当时她并没有表现出强烈的创伤症状。但是,当波依波依再次返回拜访时,她产生愤怒、彷徨、矛盾以及仇恨的消极心理。"李子"三岁时,夏娃的丈夫波依波依回到镇上拜访她,揭开了她久埋在心底的伤疤。她心里充满矛盾,不知自己该如何对待他,"她会不会哭? 会不会掐他的脖子? 会不会要求他同她睡觉?"(托妮·莫瑞森,2005:160)在客气地一阵寒暄过后,波依波依离开时,她看到这个穿着闪闪发光的衣服,散发着新钞票和懒散气味,麻木不仁的花花公子,"一股憎恨的激流在她胸中涌起"(托妮·莫瑞森,2005:161)。她决定终生痛恨他,这让她感到放松,让她"产生一种安全感、一种激动之情和坚持到底的精神,并且能将其保持到她需要用来加强自身或保护自身不受日常琐事纠缠的时刻"(托妮·莫瑞森,2005:161)。夏娃把自己的愤怒和痛恨投射到波依波依身上,她体验到了想象中的满足。

夏娃被丈夫抛弃的创伤缺少治疗和修复的机会,她的痛苦渗透并外化在日常言行中,这使她的女儿和外孙女间接体验了创伤,既影响她们之间的亲密关系,又阻碍她们形成健康的心理。夏娃的创伤经历使她脾气暴躁,独自承担抚养子女的责任又使她疏于与子女沟通,导致儿子性格懦弱,女儿行为自由、放纵。汉娜嫁给了个喜欢说说笑笑的丈夫,不幸的是,在女儿秀拉三岁时,她的丈夫去世了。她与夏娃居住在一起,共同过着孤儿寡妇的生活。汉娜忍受不了内心的空虚和孤寂,她随意与其他男人发生性关系,这影响了她的女儿秀拉的性格塑造和家庭观念的形成。

在外祖母夏娃和母亲的影响下,秀拉变得孤傲和叛逆,她反对夫权社会的家庭观念,她不结婚生子,不愿意沦为男性的附庸,当夏娃建议她结婚生子时,她说"我不想造就什么人。我只想造就我自己"(托妮·莫瑞森,2005:199)。秀拉从来没有一个固定的男朋友,她将与男性的关系看得随便。但是,当她遇到自己的心上人时,她也全心投入,付出全部感情,结果却逃脱不掉被男性压迫、抛弃的厄运。她与阿杰克斯曾经有过一段恋爱关系,度过一段快乐的时光,"她的真正愉快却是因为他跟她谈话。他们进行过地道的谈话"(托妮·莫瑞森,2005:225)。但是,阿杰克斯同波依波依一样,为了追求自己的男性尊严,实现自己开飞机的梦想,他不负责任地抛弃了秀拉。对于秀拉来说,被抛弃的创伤是致命的。阿杰克斯离开之后,她就一病不起,直至孤单地死去。

在夫权社会中,被爱人、丈夫抛弃是黑人女性普遍遭受的感情创伤。夫权社会对于女性的定义只有两种:一种是视男性的权威和利益高于一切,屈服于男性、服务于男性的好女人;另一种是挑战男性权威,抵抗夫权社会对女性定位的坏女人。毫无疑问,秀拉的随便、反叛以及放纵的行为被夫权社会贴上坏女人的标签,她的悲惨结局不可避免。但是,即使是回归家庭、听从丈夫的好女人奈尔也难以逃脱被丈夫抛弃的命运。

奈尔被母亲管教成夫权制的好女人,她墨守成规,遵从父母意志结婚生子,但是,她一样遭到丈夫抛弃,独自承担痛苦。奈尔的母亲海伦娜与《最蓝的眼睛》中的杰萝丹一样是中产阶级女性的代表,她完全被白人强势文化同化,因此在生活和行为上都模仿白人生活,与黑人文化隔离。在教育子女方面,她要求奈尔中规中矩,将女儿教育得"既听话又懂礼,小奈尔所表现出来的任何热情都被作母亲的平息下去了,到后来,母亲终于把女儿的想像力驱赶到了地下"(托妮·莫瑞森,2005:148)。她的母亲按照夫权制社会的标准要求女儿成为好女孩、好妻子、好母亲。在母亲严格的管教之下,奈尔遵循夫权制社会对女性的要求,伺候丈夫,照顾家庭,成为人们心中典型的好女人。但是,她的丈夫与其他黑人男性一样,将自己遭受的种族主义创伤转嫁到奈尔身上,使他的婚姻成为夫权制的产物,使他的妻子成为夫权制的牺牲品。

奈尔的丈夫裘德是《秀拉》中另一个懦弱无能的黑人男性代表。种族主义和美国社会的种族隔离政策剥夺了黑人男性的工作权利,导致他不能获得一份体面的工作,满足他男性的虚荣心。"他在梅德林旅馆当招待,这个工作对他的父母和七个弟妹已经是值得庆幸的了,但是要养活一个老婆却还不大够格。"(托妮·莫瑞森,2005:193)终于有一天,镇里传出白人要雇用工人修路的消息,裘德认为这是一份"干着带劲儿"的活(托妮·莫瑞森,2005:194)。他兴致勃勃地去报名,接连六天排队等待被雇用的机会,但是,他看到"细胳膊瘦腿的白人、脖子粗壮的希腊人和意大利人"(托妮·莫瑞森,2005:194)都被工头挑走,然而身体健康强壮的黑人男性只有无尽的等待,无尽的失望,每天等到最后就是"今天没活儿啦。明儿再来吧"(托妮·莫瑞森,2005:194)。种族歧视剥夺了黑人男性的工作权利,这不仅使他们失去经济来源,无法承担家庭的经济责任,更严重的是,击溃了他们作为男人理应具备的雄心抱负,伤害了他们的男性自尊。

种族隔离主义将黑人男性排除在劳动力队伍之外,裘德自然成为种族主义的牺牲品。遭到拒绝让裘德的自信和心情跌入谷底,因为他获得工作的梦想完全破灭了。裘德非常渴望得到这份工作,"他想抢动铁镐,跪在地上定准绳或是用铁锨铲沙石。他的两条臂膀闲得生疼,想使唤一下比托盘更沉的家伙,想干点比削水果更脏的活计;他想穿一穿笨重的工作靴,而不是旅馆所要求的薄底黑皮鞋。而最主要的,他渴望筑路工之间的友谊和忠诚"(托妮·莫瑞森,2005:194)。修路的工作让他感觉更有男子气概,而侍应生的工作让他感受不到自豪和责任感。如塞德里克·盖尔·布赖恩特所说:"对于像裘德一样的黑人男性,男性气概和自我价值与有意义的工作密不可分,男性间的关系比钱的意义更重大。"(Bryant,1990:735)梦想自己能加入筑路的行列,他感到自豪,这"比起在餐厅里靠脏盘子的数量和垃圾箱的重量来评定一天的工作要带劲多啦!……人们会从此以往踏着他的汗水前进"(托妮·莫瑞森,2005:194)。黑人男性渴望工作的机会,不仅是为了解决经济困境,更重要的是实现自己的男性价值。

失去工作机会不仅影响裘德个人的物质生活,而且影响他的家庭生活和感情生活。种族主义对黑人男性工作权利的否决诋毁了他的自尊,损伤了他的自信,因此他要在夫权制的婚姻中寻求解脱,他希望通过婚姻成为"一家之长",建立自己的权威,从而恢复男子气概。他失去工作机会后"狂怒、盛怒和无论如何要扮演一个男子汉的角色的决心驱使他对奈尔施加压力"(托妮·莫瑞森,2005:194),要赶紧结婚。裘德结婚的目的不是出于对奈尔纯真的爱情,而是要借助奈尔、借助夫权制对丈夫的定义让他重获自信,摆脱种族主义社会对他男性自尊造成的伤害。"对自己的男人气概有所承认,但更主要的,他需要有个人来护理他的伤痛,深深地疼爱他,……有了她,他就是一家之主。"(托妮·莫瑞森,2005:194)他之所以会在众多女性中选择奈尔为妻,是因为奈尔的贤妻良母形象让他获得安全感,能够给予他所需的关爱和照顾,让他重拾自尊。阿贝尔认为,"裘德在准备结婚之前需要选择特殊的新娘,奈尔正好满足他实现男人权威的需求"(Abel,1981:428)。奈尔愿意承担帮助裘德的责任,她接受了他的求婚,"当奈尔发现了他的痛苦时,……她实际上是想帮助他(她),安慰他"(托妮·莫瑞森,2005:195)。奈尔给予裘德无限关爱和支持,她把婚姻看得比友情更重要。奈尔对裘德的一贯屈从和纵容致使裘德背叛她,抛弃她。表面上看,这是他们婚姻失败的直接原因,但从更深层次看,夫权制的种族压迫和性别压迫使奈尔成为婚姻的受害者,夫权制的牺牲品。奈尔的婚姻毫无感情、平等而言,因此她注定会遭到被丈夫抛弃的厄运。

奈尔承受的是双重创伤,因为她不仅遭到丈夫的抛弃,还遭到好友的背叛。当奈尔目睹裘德和好友秀拉一起躺在床上时,她惊呆了,她"不知道如何迈步移动或者是如何集中目光或者干些别的什么"(托妮·莫瑞森,2005:210)。她呆呆地等着他们的解释,但是他们没说一句话就相继离开,裘德再也没有回来,秀拉也断绝了与她的来往。裘德的抛弃已经让她身心遭受重创,而秀拉的背叛更加重了她的创伤,"裘德把她的心撕碎了,是他们俩把她弄到了无腿无心的地步,只剩头脑中的一团乱麻松松地散开了"(托妮·莫瑞森,2005:213)。裘德和秀拉离开后,她心中无限的愤怒和痛苦无法排解,以前,她可以找秀拉倾诉,但这次背叛她的是自己至亲的两个人,她欲哭无泪,苦不堪言。

在《秀拉》和《爱》中,莫里森特别关注女性在夫权制婚姻——男权社会的性别压迫机制——中所受到的伤害。一方面,黑人男性在婚姻中把妻子当作创伤宣泄的对象,自己创伤修复的途径,这让女性承受了双重创伤,即种族歧视创伤和性别压迫创伤。另一方面,夫权制婚姻对男性和女性在家庭角色中的定位使女性失去了话语权,在经济和感情上沦为男性的附庸。夫权制社会中的黑人男性懦弱无能、不负责任,使黑人女性普遍遭受被丈夫抛弃、感情破裂、家庭破碎的创伤。无论是像秀拉一样极力反抗夫权制对女性规约的坏女人,还是像奈尔一样屈服于夫权制男性权威的好女人,都难以逃脱被懦弱、不负责任的黑人男性抛弃的厄运。承受种族和文化创伤的同时,黑人女性还承担抚养子女的责任,背负家庭的重担,忍受精神的孤寂。面对多重创伤,她们或者像夏娃一样通过自我残害的方式获得经济来源以保证子女生存,但内心充斥着怨恨和绝望;或者像秀拉一样孤傲地独自承担痛苦,无法舒缓,孤独死去;或者像奈尔一样默默忍受,历尽艰难扛起家庭重担。黑人男性将婚姻当成实现自己"一家之主"和"男性气概"梦想的手段,夫权制使黑人女性无法拥有完美的爱情、幸福的婚姻以及完整的家庭,丈夫抛妻弃子的行为又使年幼的子女在成长过程中饱受父爱缺失之苦,形成扭曲的婚姻观和性观念。

心理学家的研究表明,完整的家庭和亲密的父子或父女关系有助于孩子身心健康发展。反之,会导致儿童在发育过程中产生异常的思维和行为,并造成难以复原的创伤。家庭中父爱的作用尤为重要,很多社会学家和心理学家的研究表明,"父爱缺失的孩子心里常常产生困惑感、恐惧感以及被遗弃感,感情上容易愤怒、受伤和孤独,并把父母分离的责任归罪于自己,这些心理和感情伤害严重影响了孩子的生理和心理健康"(Wong et al,2002:691)。澳大利亚学者针对九名父爱缺失的女性的研究结果表明,"在父爱缺失的家庭环境中长大的女性通常会产生对他人消极的态度,感到被父亲抛弃和失望会导致女性对异性产生消极的态度和感情,包括不信任感、缺乏尊重,不相信会与男性发展稳定、有爱的亲密关系"(East et al. ,2007:17)。

父母是孩子成长的榜样,是孩子获得关爱和保护的直接来源。但是在黑人女性家庭中,父亲或者抛弃妻子逃避责任,或者过早去世,导致孩子在生活中缺少直接的男性榜样,男孩往往会有暴力倾向,缺乏男子气概,女孩缺乏安全感和自我保护能力,因此在与男性交往时会表现出焦虑不安、无所适从,并且对爱情和家庭缺乏信心。同时,父爱缺失也会增加"女孩过早的性行为和性观念混乱的风险"(转引自章洁帆,2012:45)。

蓄奴制的历史致使黑人家庭处于社会最底层,同时,经济困境导致黑人不稳定的家庭生活。20世纪60年代的种族隔离政策使黑人男性丧失工作机会,加重了黑人女性的负担,同时家庭破裂的数字明显上升。"种族主义使白人和黑人不可能获得均等的机会,生活在父爱缺失家庭中的黑人孩子是白人孩子的3倍,从1960年至1988年,失去父爱的黑人孩子比例从27.7%迅速增长到58.4%。"(Davidson,1990:40)这说明黑人女性缺失父爱、缺失家庭温暖的普遍性。破碎的家庭直接影响孩子的身心健康。莫里森曾说:"父亲与母亲对孩子的影响同等重要,父母一方不在身边,孩子的心智发展就不健全……只有男性力量与女性力量的平衡才能产生人格完整的人。"(转引自曹小菁,2012:122)莫里森的两部小说《秀拉》和《爱》中的人物都饱尝父爱缺失的痛苦。在小说《秀拉》中,夏娃的儿子"李子"因为缺少父爱,从战场上归来后终日消沉;她的女儿汉娜年轻丧夫,不但自己无法正确处理与男性的关系,而且导致女儿秀拉产生混乱的爱情观和性观念,对待两性关系茫然不知所措,无法正确处理。在《爱》中,克里斯廷、希德以及朱妮尔幼年缺少父爱,她们为了争夺柯西的爱互相仇恨,相互争斗,彼此伤害,导致维系女性关系的友谊破裂。

《秀拉》中的波依波依抛弃年幼的子女,使他们缺失父爱,形成了儿童幼年情感依恋创伤。"对世界的安全感或基本信任,是从早年生活中与第一位照顾者的关系中获得的"(朱蒂斯·赫曼,1995:73),三个年幼的孩子没有得到父亲的关爱,也没有得到母亲的照顾。父亲的抛弃导致家庭破碎,动荡的家庭关系无法提供给孩子健康成长所需的"亲近感,…… 安全感 …… 和成长所需的稳定基础"(Siegel,2003:37)。夏娃的三个孩子因为父爱缺失形成懦弱、怪异、偏执的性格,产生焦虑、抑郁、任性等心理障碍,导致堕落、偏激的行为。

"珍珠"十四岁出嫁后搬到了密歇根州的弗林特再无音信,彻底切断了与亲人的感情联系,割断了与家庭的关系。由于缺乏父亲的榜样教育,夏娃的儿子"李子"产生异常的恋母情结,心理和感情上依赖母亲。成年之后,他缺乏男性的坚强独立和责任感。他参军为白人战斗,但从战场上回来之后就精神恍惚,染上了毒品。他回到家乡找不到自己生存的位置,他依恋母亲,要像婴儿一样重新回到母亲的怀抱,需要母亲安慰、治疗他的创伤,但是夏娃无法忍受儿子的懦弱,不能满足儿子的需求。在父爱缺失的环境中长大的"李子"形成了懦弱的性格、脆弱的心理,战争的恐惧彻底击垮了他。战争创伤导致他无法像男子汉一样摆脱创伤,坚强地生存下去,只能终日蜷缩在母亲的羽翼下寻求保护。与其让他苟且偷生,不如让他"死得像个男子汉"(托妮·莫瑞森,2005:187),于是夏娃亲手烧死"李子"让他解脱。

因为缺失父爱,汉娜性格多疑,没有安全感。在得知母亲杀害"李子"之后,她质疑母亲对他们的爱,于是质问夏娃:"你是不是爱过我们?"(托妮·莫瑞森,2005:183)这让夏娃愤怒,"我要是没疼爱过你们,你脑袋上那两只大眼睛早就成了长满蛆的大洞啦"(托妮·莫瑞森,2005:184)。她认为,自己为了能够让三个子女生存下来,不惜牺牲一条腿,辛苦把他们养大,却得不到女儿的理解。但是,对于子女来说,她们需要的不仅是保障自己身体成长的物质需求,更重要的是维持心理健康发展的感情依恋。汉娜责备夏娃在她们小时候没有和她们一块玩耍,而夏娃责备女儿无法理解自己被丈夫抛弃后独自抚养子女长大的痛苦。母女之间的误解也加剧了汉娜的心理创伤,她无法理解母亲的爱。夏娃亲手烧死"李子"的行为让汉娜对母爱心生怀疑,对母亲心生恐惧,心理创伤无法解决,导致她点火自焚寻求解脱。

夏娃的孩子在父爱缺失的家庭环境中长大,他们无法形成健康的心理和健全的人格,缺乏与父母感情依恋的汉娜成为母亲之后也不懂得如何照顾女儿、关爱女儿,这又导致了秀拉的悲剧。在抚养秀拉的过程中,汉娜缺少感情投入、心灵沟通。她甚至公然说"根本就不喜欢"(托妮·莫瑞森,

2005：175）秀拉，这严重伤害了秀拉幼小的心灵。秀拉"感到稀里糊涂，站在窗口前用手指摆弄着窗帘的边缘，觉得眼中有一种刺痛感"（托妮·莫瑞森，2005：176）。这让本来就缺失父爱的秀拉感到被母亲抛弃的痛苦。

汉娜的言语使秀拉体验到了丧失父母感情依恋的痛苦，她放纵的行为又使秀拉形成了错误的爱情观和性观念。成长在缺乏男性的家庭环境中，"匹斯家的女人钟情于所有的男人"（托妮·莫瑞森，2005：164）。汉娜没有男人的青睐就活不了，她把朋友或邻居的丈夫当作情人，而她随便的两性行为影响了正在成长的秀拉。汉娜的行为让秀拉认为"性是令人愉快和可以随时进行的，此外也没什么可大惊小怪的"（托妮·莫瑞森，2005：166）。父爱缺失和母亲的言谈举止使秀拉在处理两性关系上走向两个极端。一方面，她像汉娜一样随心所欲地与男性发展性关系，甚至不顾及伤害好友奈尔的感情与裘德上床。她从母亲那里认识到，性是无足轻重、常规的行为，秀拉通过与男性随便的性关系摆脱内心孤寂的痛苦。但是，后来她意识到"床第上是她能够得到她所寻求的东西的惟一之处：不幸和深深体味到的伤感。她并非始终明了她所向往的竟是哀伤"（托妮·莫瑞森，2005：221）。性对秀拉来说是缓解悲伤的方式，是对父爱缺失的创伤的言说。另一方面，当她遇上真心相爱、兴趣相投的阿杰克斯时，她产生独占心理，导致爱人离开，自己备受伤害，陷入极度悲伤。

秀拉在阿杰克斯身上找到了她一直缺失的爱，为了拥有这份爱情，她产生了强烈的占有欲。当秀拉坠入爱河之后，她变得和其他女人一样，为了迎合阿杰克斯的喜爱注意打扮自己。她日夜期盼阿杰克斯的到来，她"开始懂得什么叫占有了。也许那不是爱，但那是占有或起码是想要占有的欲望"（托妮·莫瑞森，2005：227）。但是，占有式的爱导致阿杰克斯害怕被秀拉、被婚姻束缚，他毫不犹豫地抛弃了秀拉。

遭到阿杰克斯的抛弃，秀拉除了"感到晕眩的空虚之外"，"他什么都没有留下。这种缺乏如此明显，如此强烈，使她实在难以理解当初她怎么会容忍那显赫的存在，而居然既没有拼死抵抗，也没有尽量耗费"（托妮·莫瑞森，2005：229）。她在阿杰克斯留在家里的驾驶执照上发现，他的名字是阿尔伯特·杰克斯,而不是阿杰克斯,她感到茫然、空虚,她大声地自言自语:"我甚至连他的名字都不知道。而如果我不知道他的名字,那我就什么都不知道,从来就毫无所知;既然我想要的那件事就是知道他的名字,而他也不过在和一个连他名字都不知道的女人寻欢作乐,那他当然只有离开我了。"(托妮·莫瑞森,2005:231)曾经以为自己深爱的男人却连名字都没搞清楚,这让秀拉意识到,她与阿杰克斯的关系不是纯真的爱情。她只不过是男人寻欢作乐的对象,毫无真挚感情可言。缺乏父爱使秀拉极度渴望得到男性的关爱,当她与阿杰克斯发展恋爱关系时,她心里茫然,不知如何处理两人之间的关系。她认为,爱就是占有,但是没有意识到,她的爱让阿杰克斯窒息、绝望。阿杰克斯的抛弃彻底击垮了秀拉对爱情的憧憬,对婚姻和家庭的信心,也让她对这个世界彻底绝望。她将失去阿杰克斯的伤害比喻成儿时的掉了头的纸娃娃,"我遇到他时并没有死死捧住脑袋,所以就像我的那些娃娃一样掉了脑袋"(托妮·莫瑞森,2005:231)。从此秀拉就一蹶不振,被抛弃的创伤变成"蓝色的梦"一直缠绕着她,无法摆脱。

父爱缺失导致女性在成长过程中形成了错误的爱情观和性观念,也会离间女性间的亲密关系,导致女性友谊破裂,为了争夺父爱,甚至反目成仇,彼此伤害。小说《爱》中,克里斯廷、希德以及朱妮尔三个女人都是在父爱缺失的家庭中长大,她们为了争夺柯西的父爱彼此背叛,彼此争斗。莫里森在序言中写道:

> 克里斯廷、希德和朱妮尔失去了太多东西,她们不仅失去了单纯和信仰,还失去了父亲和母亲,或者更确切地说,失去了父爱和母爱。她们在情感上得不到成年人的保护,便把自己交给她们认识的最强有力的人 —— 这个人的身影在她们的想象中比在真实生活中还要强大。(Morrison,2003:xii)

《爱》主要围绕比尔·柯西家的女人的"爱"为主题,以克里斯廷和希德的矛盾冲突为主线,讲述了黑人女性为追求"父爱"和可以依靠的"好男人"的痛苦经历。"她们背后都有悲伤的故事:太多关注,太少关注,最不幸的关注。故事里有恐怖的爸爸,虚伪的男人,或是伤害她们的刻薄的妈妈和朋友。"(托妮·莫里森,2013:3)《爱》讲述的是黑人女性渴望爱、争夺爱而彼此伤害的痛苦经历。

克里斯廷 5 岁时,父亲去世,这对于年幼的她来说是沉痛的打击。她感到恐惧和悲伤,她躲在 L 的床下,这是她记忆中第一次体味到孤独,感受到被抛弃的苦楚。大人都顾着安慰丧子的柯西、丧夫的梅,却没有人注意到克里斯廷受到的伤害。父亲去世之后,母亲一心专注于照顾柯西家的酒店,疏于对克里斯廷的关心和照顾。祖父柯西在克里斯廷眼中没有慈爱,只有专制,并且一手破坏了她与希德的友谊。缺少父亲的呵护使克里斯廷产生独占的心理,她与希德争夺柯西的遗产,因为柯西的遗嘱中写道"莫纳克街的房子还有剩下的所有钱都留给'我心爱的柯西孩子'"(托妮·莫里森,2013:94)。她与希德争夺的不仅是柯西留下的财产,更重要的是争做柯西的孩子,获得父爱。父爱缺失也使克里斯廷的感情生活混乱,无法正确处理与异性的关系。自幼失去父亲使克里斯廷渴望父爱,渴望男性的呵护,但是她的祖父柯西一次又一次抛弃她,因此她选择做 60 岁老头的情妇,尽管他"又老、又自私、又好色"(托妮·莫里森,2013:203)。

希德与克里斯廷都是缺失父爱的女孩,她们为争夺柯西的爱而生存。希德的父亲虽然活着,但对她没有一点关爱,他把仅仅 11 岁的希德当作商品卖给像她爷爷一样高龄的柯西。因此希德和柯西之间的爱不是两性之爱,而是父女之爱。缺失父爱使希德心中充满恐惧感,缺乏安全感,因此她称柯西为"爸爸",她渴望得到"爸爸"的保护。她对柯西感激于心,当克里斯廷和梅奚落她、嘲笑她时,柯西可以保护她。并且她认为,柯西使她摆脱了贫困的生活,教她如何管理酒店,她认为自己才是"柯西心爱的孩子"。柯西像父亲一样与她玩耍,教育她成长。她珍惜与柯西初婚的那段日子,"因为刚结婚的时候,他就是在这把椅子上教她怎么修手指甲和脚指甲,怎么让他的指甲一直保持完美"(托妮·莫里森,2013:133)。这段时光使希德感受到父爱的可贵、婚姻的幸福以及家庭的温暖。她称自己的丈夫为"爸爸",因为是他照顾她长大,教育她成熟。当别人对她的婚姻诸多说辞,鄙视她的贫困和家庭教育不好时,她从柯西那里找到了自我认同和自我价值感。"只有'爸爸'了解她,他从所有可选对象中挑了她。他知道她没上过学,没什么本领,也没什么教养,但还是选择了她。……她很聪明 —— 这一点除了'爸爸'之外谁都不觉得。"(托妮·莫里森,2013:75—77)柯西让希德获得安全感,"他在的时候,大家都会收敛。他一次次地让大家明白,他们得尊重她"(托妮·莫里森,2013:137)。

柯西为失去父爱的希德提供了亲生父母所不能给予的家庭温暖和父母疼爱,使被家庭抛弃的希德获得暂时的安全感和满足感。但是,她与柯西异常的两性关系也让希德失去了追求完美婚姻幸福的机会。而且在柯西去世之后,她生活在终日与克里斯廷争夺父爱的斗争中。

希德雇用了朱妮尔来帮助她一起与克里斯廷争夺柯西的财产和他的父爱。但是朱妮尔也是缺少父爱的女性,她同样渴望父爱,渴望保护,因此当她看到柯西的画像时就被他深深地吸引,她产生了占有柯西的幻想,同时卷入了希德和克里斯廷的争斗。朱妮尔的名字是父亲给起的,但从小到大她从未见过父亲,只知道"他打仗死了。在越南"(托妮·莫里森,2013:140)。没有父亲的呵护和疼爱,她"渴望见到父亲",她"一直在寻找那个高大、英俊的男人,他用自己的名字给她命名,为了让她知道他有多在乎她。她必须等他"(托妮·莫里森,2013:56)。她看到柯西的画像,立刻感觉到他与她幻想中一直在等待、一直在寻找的可以保护她的父亲形象完全相符,"她看到那张陌生画像的一瞬就知道,她回家了"(托妮·莫里森,2013:61)。被亲生父亲抛弃、被舅舅虐待、被劳教所所长性侵犯的创伤经历使她急需一个好父亲、好男人,可以保护她、疼爱她,而这个男人就是柯西。

朱妮尔与克里斯廷和希德不同,她自从出生就从未见过父亲,一刻也没体会过父亲的关爱,父亲的形象也完全是她自己想象出来的。过去的经历让她产生恐惧感,她渴望有一个英俊坚强的父亲在她遇到危险时可以保护她。劳教所的生活让朱妮尔饱受折磨,心中留下阴影,过去的经历经常以噩梦的形式出现在她的头脑中。"创伤性的梦也不同于一般的梦。在形式上,这种梦和具有我们清醒时的创伤记忆有许多共同的不寻常特征:这些梦往往包括创伤事件的准确片断,而几乎没有形象的衍生;完全一样的梦境时常重复发生;往往具有骇人的紧迫性,好像发生在现在一样。"(朱蒂斯·赫曼,1995:55)朱妮尔饱受这些创伤噩梦的折磨,但是当朱妮尔见过柯西的画像以后,她认定柯西可以保护她,因此在她的梦里出现了救星,她甚至不害怕噩梦,为了看清那个人,她愿意重复同样的梦。

> 那些恐怖的夜里,长着小脚的蛇直立地埋伏着,伸出绿色的舌头渴求她下树来。有时树下会有一个人站在蛇旁边,看不清是谁,但她知道是来救她的。…… 一定是因为她的新老板床头挂着的那张面孔。英俊的男人,大兵式的下巴,坚定的微笑让你相信永远会有热气腾腾的可口饭食,慈爱的眼睛承诺把女孩稳稳地扛在肩上,让她从最高的树枝上摘苹果。(托妮·莫里森,2013:31)

在她到达莫纳克街之前,她没遇到过一个好男人,到达这里之后听了希德的讲述,看了柯西的画像,她断定,柯西就是自己想象中的父亲。她照顾希德是为了多看上柯西的画像几眼,也是为了取悦他,因为她认为,他会喜欢看到自己照顾他的老婆。当她与罗门恋爱后,她要征求他的意见,她问他"你喜欢我的男朋友吗?他很漂亮对吧?"(托妮·莫里森,2013:170)在得知克里斯廷和希德为争夺柯西的财产而斗争时,她对柯西的占有欲让她加入两个人的争斗,"我得确保输的不是我"(托妮·莫里森,2013:171)。为了赢得与克里斯廷的争夺,希德带她一起回酒店寻找柯西最后的遗嘱,但是因为克里斯廷尾随赶到,希德惊吓之中失足跌下楼梯,生命垂危。朱妮尔意识到,这是她除掉两个女人的最佳时机,因此她抛弃两人全然不顾,她要立刻回到莫纳克街一号"找到他,和他分享她的兴奋与机智。……在留心的床前微笑着迎接她。她的好男人"(托妮·莫里森,2013:193)。朱妮尔以为将希德和克里斯廷扔在无人理会的酒店废墟中,彼此痛恨的两个老太太必死无疑,她就可以实现独占柯西的愿望。父爱缺失的三个女人为了争夺柯西的爱而备受伤害,最终希德坠楼意外身亡,克里斯廷独自生活在空寂的莫纳克街一号,而朱妮尔也未能独占她梦寐以求的父爱。

《爱》中描述的不是黑人女性间的关爱,而是"背叛,爱是风暴,而背叛是既将爱劈开,又将爱揭示的闪电"(Morrison,2003:x)。黑人女性间的彼此背叛、彼此伤害都可归结于男权社会的男性专制、男性懦弱以及性别歧视。夫权制的婚姻关系中,黑人女性始终处于屈从、沉默的地位,她们遭受丈夫抛弃的痛苦,失去经济支柱的女性耗尽一生心血养大子女,承受生理和心理创伤。与此同时,成长在父爱缺失的家庭环境中的黑人子女,身心的健康成长受到威胁。缺失父爱使像"李子"一样的黑人男性缺少坚强面对生活的勇气,缺乏男子汉气概;使像汉娜和秀拉一样的女性在处理与男性的关系上缺乏指导,产生错误的爱情观和性观念;使像克里斯廷、希德以及朱妮尔一样的女孩缺乏安全感,产生错误的独占欲望,彼此伤害。男权社会使黑人女性成为夫权制婚姻的牺牲品,使其饱受被抛弃的痛苦,也使黑人女性的社会关系断裂,使她们遭受姐妹背叛之苦和黑人社区孤立之痛。

第二节　父权社会中女性社会
关系创伤:背叛孤立之痛

女性的社会身份是母亲、妻子及女儿,从蓄奴制社会到资本主义社会,她们一直被剥夺参与社会事务的权利和宣称自己合理要求的话语权。在女权运动中,女权主义者号召黑人女性团结起来,共同反抗种族歧视和性别压迫。黑人女权主义者胡克斯强调黑人女性之间的姐妹情谊在抵制压迫和争取平等斗争中的重要性,她指出:"作为受性压迫最严重的群体,只有学会在团结中生活和工作,才能使得女权运动持久地进行下去。"(转引自赵思奇,2010:113)黑人女性遭受多重压迫的共同经历使她们团结起来,彼此之间深厚的姐妹情谊不仅可以增加她们共同反抗父权制压迫的力量,而且可以安慰彼此,减轻伤痛。莫里森通过《秀拉》和《爱》两部小说既揭露了父权社会对姐妹情谊的破坏作用,也呼吁黑人女性团结起来,见证创伤,讲述创伤,共同去除创伤的记忆,从而更好地面对生活。

秀拉和奈尔在童年时代结下了深厚的友谊,两个小女孩因为"都和母亲相去甚远,于父亲又都毫不了解(……),于是就在彼此的眼睛中发现了她们正在追求的亲密感情"(托妮·莫瑞森,2005:172)。秀拉和奈尔在不同的家庭环境中长大,两人的性格互为补充,同样孤寂的家庭生活使两人走到一起,结成亲密的伙伴。奈尔的家庭环境让她感到压抑和拘束,只有与秀拉在一起时,她才感到放松,她的品格"才能自由驰骋,不过她俩太亲密无间了,连她们自己也难于分清到底是谁的想法"(托妮·莫瑞森,2005:195)。她俩不分彼此,无话不谈,感情上互相依赖,精神上互相支持。奈尔安慰受到母亲伤害的秀拉,而秀拉也可以为了保护奈尔不受白人男孩欺侮,用刀割破自己的手指。

两人的家庭生活环境和教育观念的不同导致了两人的婚姻观念、性观念以及家庭观念出现分歧。奈尔在母亲的影响下选择了传统女性的生活。在她遇到裘德并决定与他结婚时,她就选择了家庭、丈夫以及孩子,她认为这"要比对秀拉的友情重大得多了"(托妮·莫瑞森,2005:195)。由外婆和母亲抚养长大的秀拉性格孤傲、叛逆,不受社会规范束缚。在母亲的影响下,秀拉把性关系看得随便,当作自己宣泄痛苦的方式,甚至当她与奈尔的丈夫裘德上床时,她也没有意识到这会伤害到奈尔。但是,受夫权制婚姻观念影响的奈尔把丈夫、婚姻以及家庭看得比友情重要。因此,当她发现裘德和秀拉苟合之时,她难以承受好友和丈夫的背叛。奈尔把一切罪责都归结在秀拉的背叛上,她认为是秀拉勾引裘德,"全是因为秀拉,他才离开她的呀"(托妮·莫瑞森,2005:213)。"当创伤事件与重要关系的背叛有关时,对幸存者的信心和社会感所造成的伤害特别严重。这些创伤事件的印象时常会集中在某个背叛的时刻——正是这种信任感的破坏使干扰性印象产生强烈的情感力量。"(朱蒂斯·赫曼,1995:77)秀拉和裘德的背叛这一创伤事件使奈尔丧失了信心和信任感,她的思想始终集中在目睹他们赤裸地躺在一起的场景上,这形成挥之不去的"灰团"烙在奈尔的深层记忆中。在爱情和友情的破灭过程中,奈尔经历了最深切的痛苦、最难以表达的苦楚。

夫权制婚姻观致使秀拉和奈尔对女性社会角色和社会价值产生分歧。奈尔在母亲的影响下内化了夫权制对女性社会角色和社会价值的定义,即作为女性的价值在于服从男性、服务男性。她的母亲培养她具备作为母亲、妻子的传统女性的优点:举止文雅、个性顺从、任劳任怨地履行女性的职责。

在婚姻生活中,奈尔视裘德为自己生活的唯一中心,她抚慰裘德因种族歧视产生的羞辱和愤怒。她将裘德的需求看得高于一切,在裘德与秀拉比较的天平中,奈尔倾向了裘德。因此,当她发现裘德与秀拉苟合之时,她没有责怪丈夫的不忠和不负责任,而是将全部罪责归结于秀拉,她认为是秀拉背叛了她们之间的友谊,因此断绝了与秀拉的交往。遭受性别歧视的黑人女性在种族社会中被剥夺了政治权利和经济地位,在家庭中又被剥夺了自主权利和话语权利。在反抗压迫、争取自由平等的过程中,黑人女性的友谊弥足珍贵,但是难以与强大的男权制度相抗衡,深厚的姐妹情谊因为夫权制的婚姻观念而终结。男权社会里,丈夫主宰婚姻生活中妻子的一切,父亲决定家庭生活中子女的一切,男性的专制是导致黑人女性失去自由、失去平等的主要原因,也是破坏女性友谊的主要因素。

小说《爱》中,克里斯廷与希德的友情破裂归结于父权制社会的男性家长制。专制的柯西使得《爱》中的每个黑人女性伤痕累累,命运坎坷。柯西是掌控家庭、拥有家长权威的祖父、父亲以及丈夫,他的威严、独断、专制迫使众多女性为他服务,甚至成为他的奴隶。柯西掌控每个人的命运,因为"柯西是王族,……其他人都为博得王子一笑而互相争斗"(Morrison,2003:37)。他疼爱儿子,但是在他的呵护下,儿子永远长不大,"凡事都听父亲的"(托妮·莫里森,2013:111),选择妻子也要由柯西决定。梅被柯西选作儿媳是因为她"清楚高高在上的男人需要什么"(托妮·莫里森,2013:111),连 L 都认为"梅就是那里的奴隶"(托妮·莫里森,2013:111)。她为了打理柯西酒店可以不顾自己的需求,不顾女儿的情感依恋,"三个月就给宝宝断奶"(托妮·莫里森,2013:150)。但是,她的一味顺从和努力并没获得柯西的认可。梅感到:"让她拼命操劳的人忽视她,满脑子怪想法的女儿抛弃她,邻居们取笑她。她无处容身,一无所有。"(托妮·莫里森,2013:108)这概括了梅一生所经历的创伤,辛苦劳动却遭到柯西的漠视、女儿的敌视以及邻居的鄙视。因为命运被柯西操纵,梅最后落得无家可归、精神崩溃的下场。

父权专制的代表柯西压制了黑人女性的声音,剥夺了女性的权利,践踏了黑人女性间的姐妹情谊。柯西不仅造成儿媳梅的悲惨结局,还令他的孙女克里斯廷饱受被家庭抛弃、爱情失败以及姐妹背叛之苦。如本章第一节论述过的,克里斯廷幼年丧父,使她体验了父爱缺失的痛苦。同时,母亲梅在柯西的操控下忽略了对女儿的关心和照顾,这又使克里斯廷感受到被母亲抛弃的痛苦。孤独落寞中克里斯廷寻找到了知心的玩伴希德,减轻了她的痛苦,让她在体会了拥有友情的快乐的同时,也减轻了被家庭抛弃造成的痛苦。她和希德的感情如同秀拉和奈尔的友谊一样深厚,"她们一起笑到肚子疼,一起发明一种秘密的语言,一起睡觉,知道彼此做着同样的梦"(托妮·莫里森,2013:144)。两个孤独的女孩终于找到可以一起分享、一起玩耍的情同姐妹的玩伴。尽管克里斯廷的母亲极力阻挠,她还是顶住压力,坚持和希德在一起。她永远不会忘记如何为了保护希德与母亲抗争,她偷偷从家里给她拿各种衣服:裙子、短裤、泳衣、拖鞋,还单独和她在海边野餐。(托妮·莫里森,2013:144)母亲没有分开两个家庭背景完全不同的女孩,但是柯西的一意孤行却拆散了两个亲密的伙伴。

克里斯廷和希德美好又快乐的童年时光随着祖父柯西的介入而终结,因为他宣布要娶年仅11岁的希德为妻,这使得两人的关系发生了本质上的改变。曾经是无话不谈的姐妹关系变成了尊卑有序的祖母与孙女的关系。柯西强娶希德对于两个女孩都是创伤事件,因为这"破坏了存在于家庭、友情、爱情和社会中的相互依存,粉碎了得以与他人形成关系和维持关系的自我架构"(朱蒂斯·赫曼,1995:72)。柯西的介入破坏了家庭中的亲人关系,损害了克里斯廷与希德的友谊。但是,无人能够反对柯西的决定,因为"他是大人物(Big Man),没人能阻止他,他可以满不在乎,为所欲为"(托妮·莫里森,2013:144)。这一事件导致克里斯廷和希德的姐妹关系破裂,使两人在彼此仇恨和争斗中生活了长达数十年。

柯西不仅操纵他身边女性的命运,还蔑视女性的价值,他凭借自己的经济优势将女人当作可以随意购买的商品。柯西与希德的婚姻是买卖交易的产物,他给希德的弟弟付了葬礼钱,给了她母亲一份礼物,就使他的父亲喜笑颜开地把希德嫁给了他。从"父权"到"夫权",女性如同物品一样在男性之间交换流通。女性类似待选的"羔羊",遵从"父母之言",完全丧失自我言说的权利。希德与柯西的婚姻是父权专制的结果,对于年幼的希德来说,她无权选择自己的命运,只能听从父亲的安排将自己"卖"给柯西。而柯西也凭借自己的地位和钱财无视小女孩和孙女的意愿,仅仅为了满足自己冲动的欲望而强娶希德为妻。

因此,婚后柯西并不珍惜希德,甚至在新婚之夜柯西就去找妓女西莱秀鬼混,并且一直与她保持关系。这使希德承受婚姻失败的创伤,但这段婚姻造成的最大伤害是破坏了她和克里斯廷之间的纯真的友谊。年幼无知的希德嫁给柯西,一方面是因为她被父权制的专制剥夺了选择权和决定权,她只有屈从父母安排;另一方面,她幼小的心里天真地认为这样可以和自己的好朋友克里斯廷距离更近,更好相处。但是,出乎意料的是,这场婚姻导致了克里斯廷对她的冷漠与仇恨,并招致克里斯廷的侮辱以及两人余生的争斗。在与柯西度蜜月时,希德"迫不及待地想回去,把一切都告诉克里斯廷"(托妮·莫里森,2013:139),她渴望与好友分享快乐。但是,当她要把一肚子故事"讲给克里斯廷听"时(托妮·莫里森,2013:137),她"遇到的不仅是梅的鄙夷,还有克里斯廷的愠怒"(托妮·莫里森,2013:137)。遭到梅的侮辱之后,她向克里斯廷求助,但是"她的朋友的眼睛是冷漠的,仿佛是留心背叛了她,而不是她背叛了留心"(托妮·莫里森,2013:138)。这使希德意识到,两人的关系出现裂痕,"克里斯廷的态度让她很伤心,于是她只把故事藏在心里"(托妮·莫里森,2013:139)。"创伤迫使人们从亲密关系中退却,却又不遗余力地找寻它们。基本信任感的崩溃,普遍的羞愧感、罪恶感和自卑感,和避免在社会生活中遇到创伤线索,都促成了亲密关系的退却。"(朱蒂斯·赫曼,1995:78)希德渴望保持与克里斯廷的伙伴关系,但是她努力过,却遭到克里斯廷的侮辱,这使她丧失了对好友的信任感,为了避免再次遭到羞辱,她只能选择远离克里斯廷。

虽然第一次努力使她受到伤害,但是希德还是尝试与克里斯廷和好,为了讨好克里斯廷,她让克里斯廷试试自己的结婚戒指,结果"整个厨房都爆了"(托妮·莫里森,2013:139)。幼小的希德还没有准备好接受自己在柯西家的身份和角色,她只是单纯地认为,她来到这个家庭可以尽情地与克里斯廷玩耍,拉近两人的距离,但是她完全不明白父权社会家庭中的老幼尊卑。她也没有意识到,嫁给柯西彻底改变了她与克里斯廷的关系,也没想到造成了克里斯廷对自己的误解。克里斯廷用两人之间的暗语侮辱希德:"他用一年的租金还有一块糖就把你买下了!"(托妮·莫里森,2013:140)愤怒之下克里斯廷离家出走,结果被治安官带回来,还被梅打了一个耳光。克里斯廷将自己的愤怒和挨打都归结于希德,这使两人的关系更加疏远,更加紧张。当克里斯廷满 16 岁从枫林谷寄宿学校回来庆祝生日时,两人间的战争再次爆发。克里斯廷回来之前也打算对希德礼貌、客气,但当她见到希德就不禁嘲笑她的语法错误。希德感到自己受到羞辱,便向柯西求救,出乎意料,这一次柯西没有维护她,却当众打了她。这让她怀恨在心,回家后居然烧了克里斯廷的床。两人的关系彻底决裂,彼此之间只有仇恨,甚至在柯西的葬礼上大打出手。在柯西死后,两人又为争夺柯西的遗产和柯西"心爱的孩子"称号而斗争数年,直到希德离世。

根据 L 的叙述,克里斯廷与希德之间的感情是"孩子选择的第一份爱",超越了种族、阶级、贫富等社会已有的障碍,是纯真的感情,没有任何条件的友谊。通过这种姐妹情谊,两人彼此找到安全感和信任感,因此柯西介入她们的关系将会对她们造成致命的伤害,这毁灭了两个天真的女孩间纯真的友谊,深厚的感情,同时也使两个女孩陷入痛苦的深渊。这对希德的伤害是让她饱受婚姻痛苦的同时还遭受与朋友反目成仇、斗争一生的创伤;对克里斯廷的伤害是让她一生都摆脱不掉被家庭抛弃、被朋友背叛的创伤,同时导致她爱情、婚姻的失败,最后沦为落魄、无家可归的孤女。当克里斯廷看着希德与祖父坐车离开去度蜜月时,她"浑身僵硬,满心恐惧,还有被抛弃的苦楚"(托妮·莫里森,2013:183)。她认为希德背叛了自己,背叛了她们的友情,她向朱妮尔讲述了自己感觉被背叛的痛苦:

　　我们那时候是最好的朋友。前一天我们还在海滩上堆沙堡,第二天我爷爷就把她抱在腿上了。前一天我们还在一床被子下面过家家,第二天她就睡在我爷爷床上了。前一天我们还在玩抓子

游戏,第二天她就操起我爷爷了。……前一天这房子还是我的,
第二天就成她的了。(托妮·莫里森,2013:143)

从克里斯廷叙述的语气中明显感觉到她的愤怒、无奈,她无法原谅希德,因为她感觉"真正的背叛却来自她的朋友"(托妮·莫里森,2013:145)。她认为希德贪图金钱,贪图富贵,她们之间是"有企图的友谊"(托妮·莫里森,2013:182),希德利用自己接近柯西,不择手段抢占了祖父对自己的爱和留给自己的遗产。

同时,她也痛恨祖父柯西。但是,他是家里的绝对权威,她没有胆量也没有能力向他挑战。令她更为恼怒的是,在她遇到不公正对待时,母亲梅为了迎合祖父总是选择放弃她,让她离开。这使幼小的克里斯廷心里产生被家庭抛弃的阴影,"我永远是最不重要的那个。永远是被赶走的那个,滚蛋的那个"(托妮·莫里森,2013:102)。在希德刚刚嫁给柯西时,梅安排克里斯廷住到其他房间,愤怒之下她第一次离家出走,并且遭到梅的打骂,这使她产生对母亲的恐惧和痛恨,她曾经痛恨妈妈将她赶出自己的房间,"被打之后,她在 L 的床下躲了整整两天"(托妮·莫里森,2013:103)。然后她就被送到枫林谷寄宿学校,她认为自己被彻底地赶出了家门。过了几年煎熬的寄宿生活之后,她年满 16 岁毕业回家,她以为可以找回家中"属于自己的位置"(托妮·莫里森,2013:145)。但是,当她与希德发生争执之后,祖父和母亲再次决定让她离开。她彻底对家庭、对母亲和祖父心灰意冷,心中充满痛恨。别了,疯子们。老头子,穿上你的鞋好好再看我一眼吧,因为你将再也见不到我了(托妮·莫里森,2013:147)。她认为,希德占据了自己在祖父心中的位置,抢占了自己在家中的地位,导致自己被母亲抛弃,被祖父赶出家门。这使她不仅痛恨母亲为迎合柯西委曲求全的行为,痛恨祖父对希德的偏心祖护,更痛恨希德占据了自己在家中的位置。

克里斯廷可以离开专制的柯西,但她永远逃脱不掉父权制度的束缚。男权社会的专制注定了她在爱情、婚姻中无法获得与男性平等的地位和权利,结果难逃被抛弃的厄运。克里斯廷的感情创伤是父权制的代表柯西一手造成的。柯西的专制独权使她失去了父爱和母爱,柯西的为所欲为使她

失去了最好的朋友,柯西对希德的偏袒使她被迫离家出走,饱受生活和婚姻之苦。

《秀拉》和《爱》这两部小说揭示了男权社会对黑人女性友谊的破坏作用:秀拉和奈尔的友情被夫权制无情的婚姻制度和社会规范所瓦解;克里斯廷与希德的姐妹情谊也被专制的柯西所代表的父权制彻底粉碎。男权社会消解了黑人女性团结起来反抗性别压迫的力量,导致黑人女性遭受姐妹背叛的创伤,丧失对女性同伴的信任感,产生仇恨心理。背离男权社会婚姻观念和家庭观念的黑人女性不仅无法得到同伴的理解,还会遭到黑人群体的孤立、排挤以及仇视。

长期生活在男性压迫下的黑人女性群体内化了父权社会的男性价值观,视男性利益高于一切。她们认为,无论是在社会还是在家庭中,男性拥有至上的权威,拥有话语权,女性就该任劳任怨地服从男性,承担家务,照顾子女,女性不能宣称自己的需求和欲望。凡是背离男权社会对女性定位的行为都被视为罪恶,凡是反抗父权社会压迫的女性都被当作坏女人。父权社会中,女性在婚姻和家庭中的作用和价值就是结婚生子,照顾丈夫,照顾一家老小。但是,秀拉强烈抗拒这种传统的女性生活。首先,她像男性一样离开底层,独自谋求发展的道路,获得与男性同等的受教育的机会。其次,她拒绝与男性建立稳定的两性关系,成立家庭,承担女性的家庭责任。最后,她推脱赡养祖母的义务,将外祖母夏娃送进了养老院。她的种种行为与底层社区居民的观念格格不入,因此秀拉离经叛道的行为举止被黑人群体视作罪恶的象征,她遭到黑人群体的排斥和孤立。

秀拉独自离开底层社区在外求学十年,但是,对于底层社区来说,伴随她归来的是"一场知更鸟的灾害"(托妮·莫瑞森,2005:197),这预示着她归来后的悲惨命运和凄凉结局。她回到底层,首先因为婚姻问题与夏娃产生冲突。夏娃认为承担家庭责任、结婚生子是黑人女性最终的归宿。因此,秀拉回来后,她劝秀拉找个男人,生个孩子,但秀拉坚决反对,她要独立生活。夏娃认为秀拉"自私",因为黑人社区中"还没有哪个女人到处游逛、无事可干而没有男人"(托妮·莫瑞森,2005:199)。这是父权制社会传统观念对女性的定位,女性要依附于男性,听命于男性,成为男性的生育工具,为家庭传宗接代,反之就不被社会所接受。但是,这是秀拉极力抗拒的,也激化了她与外祖母夏娃之间的矛盾。听闻舅舅"李子"被外祖母夏娃亲手烧死,目睹母亲汉娜被火焚烧致死,夏娃却袖手旁观,这些创伤事件让秀拉在恐惧中长大,使她害怕夏娃、痛恨夏娃。她回来之后的第一件事就是将夏娃送进了养老院。这激起了黑人社区对秀拉的反感,"人们纷纷摇头,并且说秀拉是个'蟑螂'"(托妮·莫瑞森,2005:214)。"对于底层社区的居民来说,不知羞耻、遭人鄙视的秀拉是令人羞愧和痛恨的对象。"(Bouson,2000:67)秀拉遗传了外祖母和母亲孤傲的性格,也承受了她们传递的创伤,她通过叛逆反抗的行为消解内心的伤痛。她将唯一的亲人——外祖母夏娃——抛至养老院不管不顾,这是对亲人无情;她又与最亲密的好友奈尔的丈夫苟合,背叛了友情,这是对朋友无义。因此,在底层社区居民看来,秀拉是集万恶于一身,集众罪于一体。

当她与奈尔的丈夫裘德上床的消息传开后,底层社区的男女老少都开始对她"评头品足"。人们辱骂她"婊子",甚至污蔑她与白种男人睡觉,这是不可饶恕的罪,"人们不会理解,不会原谅,也不会同情"(托妮·莫瑞森,2005:214)。与白种男人有染是所有黑人无法容忍的,"跨种族的性行为被认为是禁忌,有过这样行为的人被当作种族的叛徒,一些黑人认为跨越肤色界限的性行为是肮脏的、有悖常理的"(Hernton,1992:xvi)。底层社区的居民"固执地认为一切白种男人和黑种女人之间的交媾全都是强奸"(托妮·莫瑞森,2005:214),虽然底层社区的黑人群体没有亲眼见证秀拉有过这种行为,但是基于秀拉与男性随便的性行为,他们想象她"显然是能够做出这种事的"(托妮·莫瑞森,2005:214)。对于黑人女性来说,一旦与白种男人有染就是沾染上了"永远无法洗刷干净"的污点。底层社区的黑人群体因为秀拉的行为而愤怒,"在这种情绪下,老太婆们咬紧了嘴唇,小孩子们由于羞耻之心而远远地望着她,年轻的男人们煞费苦心地折磨她——当他们看到她时,就使劲在嘴里咽唾沫"(托妮·莫瑞森,2005:214)。他们对秀拉感到恶心、厌恶,开始孤立、隔离她,将一切罪恶归于她,将一切灾难归咎于她,以秀拉的恶衬托他们的美好。

依据父权社会的传统道德观念评判秀拉,她就是一个十恶不赦的有罪之人。她亲眼见证母亲被大火烧死而暗自高兴,她逃避家庭责任把年老的外祖母送进养老院,这是不孝;她诱惑社区的男人们,与他们发生一次关系后就"把他们一脚踢开"(托妮·莫瑞森,2005:216),甚至连最亲密的好友的丈夫都不放过,这是不忠;她上教堂时不穿内裤,亵渎宗教信仰,这是不敬。秀拉的种种反叛行为都使底层居民把秀拉当作邪恶的化身,对她避而远之。于是,底层居民就像要逃离灾星一样断绝与秀拉的交往,"他们在夜间把扫帚交叉着堵住大门,还在廊子的台阶上撒盐"(托妮·莫瑞森,2005:215)。底层的居民不但躲避秀拉,还把秀拉当作一切罪恶的根源,甚至把一些意外事故都诬陷给秀拉。五岁的小男孩"茶壶"去秀拉家收瓶子,转身下台阶时不小心摔倒了,正在秀拉上前扶他时,他的妈妈看见了,对他从来不管不问的妈妈顿时勃然大怒,逢人便讲是秀拉推倒了她的儿子。芬雷先生吃鸡骨头,十三年来从未发生意外,这次却因为看了秀拉一眼就导致鸡骨头卡在喉咙里断了气。镇上的妇女传言,仅仅因为自己看见秀拉和夏德拉克擦肩而过眼睛就发炎了。底层社区的黑人女性对秀拉更是恨之入骨,"因为她只和她们的男人睡上一次就再也不理睬了"(托妮·莫瑞森,2005:216)。

底层社区的居民以秀拉为镜,以她的恶衬托他们的善,挖掘自己内心深处美好的东西。为了"反对他们中间的那个害群之马",原本松散的社区居民团结起来,"秀拉的邪恶已经确证无疑,这就大大地改变了居民们的生活,然而其变化方式却是神奇的"(托妮·莫瑞森,2005:218)。与秀拉强烈对比之后,"妻子开始疼爱丈夫,丈夫开始眷恋妻子,父母开始保护他们的子女"(托妮·莫瑞森,2005:218)。社区居民的家庭关系因为秀拉得以改善,但是秀拉却饱尝孤独之苦。"孤独感是创伤的一种具体表现形式,是一种个人的心灵体验。孤独感令人深切意识到被孤立,难以被他人接纳,进而感觉无法找到自己的社会归属。孤独感带来的痛苦是一种渴望被人理解,却无法得到理解的状态。"(丁玫,2012:109—110)创伤导致受害者内心孤独无助,无法倾诉,无法外化心理痛苦,这将进一步加剧受害者的伤害。秀拉被黑人社区孤立,变得无依无靠,丧失了归属感。

　　莫里森将秀拉塑造成一位充满活力,见解独特,富有想象力,追求个性解放,强调自我的黑人女性主义先验者。她忍受着孤独,但她为自己的孤独感到自豪,"我的孤单是我自己的。而别人的孤单却是别人的,…… 一种二手货的孤单"(托妮·莫瑞森,2005:236)。她容忍黑人社区的离弃和孤立,但是好友的误解让秀拉"感到震惊,更感到伤心"(托妮·莫瑞森,2005:220)。她珍视与奈尔的友情,从某种意义上来说,她十年之后再次返回梅德林镇的一部分原因是因为奈尔,但是令她失望的是,曾经与自己心灵相通的好友奈尔变得和其他黑人女性一样,成为男性的奴仆。当秀拉被黑人社区所有人误解排斥时,她意外地发现奈尔"成了她们当中的一员,…… 奈尔的表现与其他女人一模一样"(托妮·莫瑞森,2005:219—220)。"幸存者一旦经历过完全孤立的感觉,便会强烈地警觉到面对危险时,所有人际关系都不可恃。"(朱蒂斯·赫曼,1995:84)朋友的背叛和黑人社区的孤立使秀拉丧失了与他人交往的信心和勇气。在遭到众人离弃之后,秀拉反思自己一生经历的创伤,她因为母亲"不喜欢她"的话语受到伤害,在河边玩耍又意外导致"小鸡"溺水身亡,"前一次经历教育她世上没有可指望的人;后一次经历则使她相信连自己也靠不住"(托妮·莫瑞森,2005:219)。她与人交往的信心彻底被击碎,丧失了对他人基本的信任感,因此当她返回底层时,她"无法和别人交谈"(托妮·莫瑞森,2005:221),无法与他人沟通交流也导致了底层居民对她的误解和孤立。

　　秀拉的叛逆和"恶行"彻底颠覆了父权社会对黑人女性的定义,违背了社区中的传统价值和行为规范。她以自己放纵的性行为反抗父权社会的两性规范,她"尽量多地和男人睡觉"(托妮·莫瑞森,2005:221),之后将其抛弃。她生病之后奈尔来探望她,责怪她应该找个男人来照顾她,但秀拉认为,用自己的生命保住一个男人是不值得的。从表面上看,秀拉因为受到家庭影响产生扭曲的两性观念,通过性爱达到自己摆脱创伤、宣泄悲情的目的。但从根本上来说,她的行为颠覆了男权权威,她不为取悦哪名男子而压抑自己的欲望,她在与男性的关系上拥有决定权,使自己摆脱社会世俗的制约和束缚。但是这种"实验性"的生活势必使她付出昂贵的代价,秀拉遭到亲人遗弃、爱人抛弃、姐妹离弃的创伤之后,带着彻底的孤单(托妮·莫瑞森,2005:240)离开了这个世界。她的死讯变成了底层居民"自从被获准在隧道中干活儿以来……听到的最好的消息了"(托妮·莫瑞森,2005:241)。黑人社区中无人关心秀拉的死活,只有奈尔还对她存留一丝同情,她打电话给医院,由白人安葬了秀拉。秀拉的悲剧是社区孤立的结果,秀拉本人更是父权社会的牺牲品。

父权社会中的黑人女性将偏离社会规范的行为当作恶行。秀拉活着的时候,她们把秀拉当作替罪羊,一切罪责、灾难都归结于秀拉出格的品行。但是她们没有意识到,秀拉的反叛是推翻父权社会男性权威的尝试,正是她的先验行为衬托出她们的传统、保守以及故步自封。秀拉并没有为自己的悲惨遭遇感到难过和后悔,她坚信自己的生命是有价值的,其他的黑人女性固守父权社会的道德和规范,犹如"树桩一样等死",而她则"像一株红杉"那样确实在世界上生活过。在秀拉的"恶"行面前,底层居民极力展现自己的"善"。在秀拉去世之前,她断言"他们会好好地爱我的。这需要一段时间,不过他们会爱我的"(托妮·莫瑞森,2005:238)。果然,在她去世后不久,底层居民就都恢复了以前的不良习惯。首先是"茶壶"的妈妈,秀拉使她"扮演了她本来毫无兴致充当的角色:母爱"(托妮·莫瑞森,2005:215),秀拉死后,她就因为儿子拒绝吃早餐而将他痛打一顿;其他母亲为了保护孩子不受秀拉伤害,她们保护孩子,疼爱孩子,秀拉死后,她们放弃了努力;曾经鄙视秀拉将夏娃送进养老院的儿媳们任劳任怨地伺候公婆,秀拉死后,她们把老人当作负担;曾经娇宠丈夫的妻子们对家庭细心照顾,秀拉死后,她们没必要助长他们的虚荣心了。可见,秀拉的"恶行""消解了传统模式的黑人女性形象,颠覆了男权统治,解构了黑人社区底层的种种法规,唤醒了黑人社区向'善'的群体意识,激发了女性主体意识的觉醒"(郭棲庆,郝运慧,2011:60)。秀拉是黑人女性反叛父权社会的先驱,她的行为不被黑人社区接受,她独自承受黑人群体的孤立之苦,但是她的牺牲对黑人女性反抗男性权威,争取女性的社会地位起到积极作用。

　　父权社会将黑人女性定义为他者,在家庭中,男性权威对女性身体造成的束缚与凌辱是显性的,而情感和心理上的创伤则是隐性的。父权社会以潜移默化的规训,剥夺了女性作为独立个体生活和选择的能力,使她们内化了男性价值观念,成为男性的附庸。《秀拉》中的奈尔与秀拉由于对夫权社会婚姻观念不同导致友情破裂,饱受姐妹背叛之苦。《爱》中作为父权制代表的"大男人"柯西为所欲为,为满足自身欲望不惜伤害孙女的纯真友情,导致克里斯廷和希德终生彼此痛恨,彼此争斗。父权制不仅破坏了黑人女性之间的姐妹关系,还隔断了女性与黑人群体的社会关系。秀拉因为违背父权制社会的家庭观念和道德规范而受到底层居民的排斥和孤立,最后郁郁而终。女性关系遭到破坏,女性感情受到伤害,女性关系创伤的修复需要女性间彼此倾诉、共同见证创伤才能实现彼此谅解,排解抑郁。

第三节　女性关系创伤修复:哀悼与见证

　　黑人女性间亲密的姐妹情谊因为夫权制的婚姻和父权制家长的专制而破裂。黑人女性的家庭关系和社会关系瓦解,她们忍受孤独、隔离之苦。创伤难以化解,痛苦难以消散,关系无法修复。秀拉和奈尔的关系破裂导致两人深刻地体验了个人感情创伤的痛苦。遭受创伤之后,两人都在努力寻找倾听者以宣泄心中的苦闷。但是,秀拉的性格和叛逆的行为导致她无法寻求他人的帮助和倾听,最后郁郁而终。在秀拉去世多年之后,奈尔哀悼过去、哀悼创伤,终于摆脱感情伤害的阴影。克里斯廷和希德在危难时刻一起回忆创伤经历,共同讲述创伤体验,实现彼此谅解,最终姐妹情谊得以恢复,创伤得以复原。因此,哀悼和见证是治愈女性感情创伤,恢复女性关系的有效方法。

　　赫曼认为,"创伤不可避免地会造成损失。即使那些身体上毫发无伤、幸运逃脱的人,也会丧失牢固地依附在他人身上的内在自我心理结构"(朱蒂斯·赫曼,1995:244)。经历过创伤的受害者因为失去亲人、朋友或社会关系而感到空虚。创伤导致人与人之间、代与代之间正常的联系断裂,因此,受害者在诉说创伤故事时会陷入深沉的哀痛之中。哀悼是创伤修复阶段必要的步骤,在哀悼过程中,受害者会产生报复、宽恕以及补偿幻想。哀悼是一个永无止境的过程,让人心生畏惧。"重建创伤需要投入到过去凝结时光的经验中;而陷入哀悼的感觉好像是一种永无止境的泪水的投降。"(朱蒂斯·赫曼,1995:253)哭泣是哀悼的方式,哀悼需要受害者鼓起勇气回忆过去,重新见证创伤事件。

痛哭和发泄都是释放悲情、哀悼过去的重要方式。当奈尔遭受秀拉和裘德背叛的巨大感情伤害之后,她想到了"小鸡"葬礼上的黑人女性们。

> 那些在棺材上和墓穴边上尖声哭号的女人。这种从那时起一直被她认为是不得体的举止现在似乎对她再恰当不过了;有人一死上帝就背转身去,她们就冲着上帝那巨大的颈项、宽阔的后脑勺号哭。……身体应该前仰后合,眼珠应该转动,双手应该一刻不停,喉咙里应该把伴随着丧失了愚蠢而来的一切渴望、欲望和愤怒全部释放出来。(托妮·莫瑞森,2005:211)

奈尔意识到死亡对于任何人来说都是最悲伤的事,女人们通过大声号哭哀悼死者,宣泄哀伤。但对于奈尔来说,此刻她感受到了难以承受的痛苦,"她等待着那最古老的哭喊。这种尖号不是为了别人,……而是为了一个人自身痛楚而从内心深处发出的个人的哭喊"(托妮·莫瑞森,2005:211)。她想用痛哭宣泄内心的难过,"可是那哭喊还是没有来"(托妮·莫瑞森,2005:212),因为自幼奈尔的妈妈就教育她控制内心情感,压制冲动的情绪,使她最终无法像那些黑人女性一样痛哭来缓解失去姐妹和丈夫的创伤。奈尔想要讲述她的创伤,但是缺乏恰当的倾听者,她的创伤变成"一个灰色的球体就在那地方旋转。……无声无息的,灰蒙蒙的,脏兮兮的。是一只沾满泥污的线团,可是没有重量,一副蓬松的凶相,让人害怕"(托妮·莫瑞森,2005:212)。这个"灰团"象征奈尔经历的创伤事件,它深深印在她的记忆之中,直到创伤修复才得以消除。

秀拉去世25年后,底层社区发生了翻天覆地的变化:种族隔离制度在多数城市已经取消,黑人得到就业机会,镇里又盖了一家养老院。时过境

迁,如今的底层已经"瓦解",已经被白人占据,在奈尔看来,这些变化"令人
伤心"(托妮·莫瑞森,2005:252)。奈尔已经将孩子抚养长大,但是没有秀
拉的日子,她过得也不快乐。25年来,她一直将自己"关在一个狭小的生活
圈子里",她也试图再结婚,寻找可以依靠的人。但是,一方面,自己"带着
三个孩子,没人肯要她"(托妮·莫瑞森,2005:251);另一方面,她虽然与几
个男人保持过一段时间的关系,但是男权社会中,黑人女性总是充当两性关
系的牺牲品,她终究难逃再次被抛弃的命运。因此,她也一直过着孤独寂寞
的痛苦生活。

为了排解内心的空虚和落寞,她开始信仰基督教。有一次,奈尔按照教
堂的轮流任务去新建成的养老院探望老人,意想不到的是,她看到了秀拉的
外祖母夏娃。奈尔看到夏娃一改往日高大威严的形象,这让她感到悲哀,
"想大哭一场"(托妮·莫瑞森,2005:253)。夏娃直接质问奈尔"你是怎么
杀害那个小男孩的"(托妮·莫瑞森,2005:254)。这勾起了奈尔对过去的
回忆,揭开了封存内心已久的伤疤,因为"真相是如此地难以面对,所以幸存
者在重建她们的故事时,时常会感到踌躇。否认真相逼她们疯狂,但是,接
受真相又似乎超越任何人所能够承受的程度"(朱蒂斯·赫曼,1995:235)。
奈尔不愿面对,不愿回忆过去,但是夏娃的质问迫使她承认自己的过失。秀
拉和奈尔在玩耍时失手,导致小男孩"小鸡"意外溺水身亡,这是秀拉和奈尔
共同经历的创伤事件。一直以来,奈尔都不能接受自己也造成"小鸡"死亡
的事实,她极力否认自己的责任,她强调是"秀拉干的"(托妮·莫瑞森,
2005:254)。夏娃似乎知晓整个事件的过程,她指责奈尔:"你也罢,秀拉也
罢。又有什么区别?你当时在场。你眼瞅着发生了那件事,对不对?"(托
妮·莫瑞森,2005:254)这迫使奈尔重新回忆过去,多年以来她一直不能直面
创伤,她一直认为自己只是一个旁观者,秀拉才是罪魁祸首。她无法忍受夏
娃指出了事实真相,当她匆匆走出探视房间时,"她的脑子出现了一片空白,
往日的记忆渗了进来"(托妮·莫瑞森,2005:255)。自从"小鸡"死后,她和
秀拉对这件事闭口不谈,这是埋藏在两人心底多年的秘密,而如今夏娃的话
让她重新审视过去的创伤事件。她记得"'小鸡'的手滑脱时她所具有的那

种美好的感觉",但是她责问自己"为什么没感到不好呢?"(托妮·莫瑞森,2005:255)奈尔的记忆因为她否认对"小鸡"死亡时的感受而被淹没了,现在经夏娃旧事重提,迫使奈尔面对"小鸡"溺水身亡的创伤记忆,这标志着她开始勇于回忆创伤事件,勇于接受创伤经历,勇于重整创伤记忆的碎片,也标志着创伤修复的开始。

在夏娃的斥责之下,她开始回忆、哀悼过去的创伤。她回忆起当时秀拉的反应和她的感觉,还有她们求助于夏德拉克的经过。过去创伤的记忆犹如电影一样一幕幕清晰地出现在奈尔的脑海里。她来到秀拉一家的墓前,回忆起"小鸡"的死、秀拉的死、秀拉的葬礼以及秀拉去世以后的生活。在奈尔发现裘德和秀拉有染以来,她就"摆脱不掉那个灰团,毛茸茸的线团总是在她周围的光亮中飘来荡去,但是她看不见"(托妮·莫瑞森,2005:212)。奈尔的感情"创伤从来没有完全解决,也从来没有完全地复原。创伤事件所造成的冲击,会在幸存者的整个生命中继续回荡着"(朱蒂斯·赫曼,1995:275)。这个"灰团"从未离开过奈尔,一直萦绕在她的记忆之中,折磨她的生活,她宁肯选择死亡也不愿意生活在灰团的阴影中。因为回忆童年的痛苦经历和秀拉、裘德的背叛之痛都让奈尔不堪忍受,让她恐惧万分,她深深体会到面对创伤就意味着让创伤重现,再次经历难以忍受的痛苦。

当过去创伤的记忆在奈尔的头脑中再现之后,她看到秀拉一家的墓碑,碑上的字连起来就像一首赞美诗:匹斯(peace)1895—1921,匹斯 1890—1923,匹斯 1910—1940,匹斯 1892—1959(托妮·莫瑞森,2005:256)。"匹斯"一词的重复不仅是奈尔对秀拉一家姓氏的反复诵读,更暗示奈尔的心里已经平静下来,她准备好了回忆创伤经历。她回忆了秀拉在世时如何对待夏娃,她想起了她如何处理夏娃的后事。回忆完一切,她感觉"树叶在震颤;泥土在移动;空气中有一股熟透了的绿色植物的气味。一个松软的毛球爆裂了,四散开来,就像微风中的蒲公英"(托妮·莫瑞森,2005:258)。当毛球爆裂后,奈尔大哭,她才意识到"'这么长时间,这么长时间,我以为我在想念裘德。'一阵失意感压迫在她胸间,继而上升到她的喉咙。'我们是在一起的女孩,'她自言自语,似乎在解释着什么"(托妮·莫瑞森,2005:

258）。奈尔的记忆回到"过去凝结时光的经验中"（朱蒂斯·赫曼，1995：253），她重新见证了创伤事件，重建了创伤记忆。小说以奈尔的大哭结尾，她"放声大哭了好长时间——这哭声无尽无休，那是一阵又一阵的痛苦"（托妮·莫瑞森，2005：258）。奈尔实现了对过去创伤的哀悼，"哀悼所得到的收获，是幸存者愿意放弃她邪恶、污秽的认同，并且敢于对她不再有所隐藏的新关系抱着希望"（朱蒂斯·赫曼，1995：252）。痛快淋漓地痛哭和倾诉之后，奈尔明白了，失去与秀拉的友情对她是致命的打击，这导致她生活在痛苦中将近30年。所有的回忆让她明白不该指责秀拉，她放弃了怨恨秀拉的想法。

"只有在哀悼过病患所丧失的一切以后，她才能发现牢不可破的内在生命。"（朱蒂斯·赫曼，1995：245）哀悼过后，奈尔意识到，她和秀拉彼此需要，是彼此的倾听者，是彼此生存下来的希望。莫里森使用反复叙事和象征的手法表现奈尔的创伤记忆和创伤修复。奈尔遭到抛弃时的痛苦如同球一样深深压在奈尔心中，最终创伤得以宣泄，创伤犹如球爆裂一样破碎四散，不再侵扰奈尔的生活。"当'叙说故事的行为'终结时，创伤经验真正已成了过去。"（朱蒂斯·赫曼，1995：254）奈尔真正走出了过去创伤的阴影，可以平静地面对生活。

黑人女性通过哭泣、哀悼来宣泄悲伤，回忆创伤经历，将创伤记忆零散的碎片整合成完整的事件，完成个体感情创伤的治愈过程。但是，黑人女性之间友情关系的修复在于通过"见证（testimony）将创伤记忆（traumatic memory）转化为叙述记忆（narrative memory）"（Jacobi，2009：122），即通过创伤受害者共同回忆创伤事件，讲述创伤经历，将创伤外化，进而摆脱创伤的阴影的过程。见证是指断裂的记忆片段通过可信赖、支持的倾听者重建创伤故事的过程。苏珊娜·费尔曼和德瑞·劳在研究大屠杀的证词的基础上界定了见证的定义以及对受害者创伤修复的作用。他们认为，见证在形式上是破碎和断裂的，"见证由记忆的碎片组成，记忆被未理解和回想事件所淹没"（Felman and Laub，1992：5）。同时，他们强调，见证代表一个共同的过程或事件，只有当一个富有同情心的听众在场时才会发生。创伤事件的突然性使受害者无法全部理解，但是会在记忆中留下痕迹，因此对于创伤事件的记忆是片段式的、零散的。当倾听者采用鼓励、支持的态度聆听时，受害者主观意识通过回忆创伤事件的片段，将零碎的记忆场景重新拼接、整合为完整的叙述，从而完成对整个事件的认识。

德瑞·劳也明确指出倾听者在幸存者复原过程中的重要作用：

> 为了摆脱未知的、无法讲述但是只能重复的命运的困扰，需要治疗过程，这一过程是指创建叙述或是重建历史，基本上是创伤事件的再次具体化。只有当受害者能够讲述并将故事传递出去，逐字逐句地将故事传递给另一个置身事外的倾听者时，创伤事件才能具体化，才能起到治疗作用。（Laub，1992：69）

他指出，幸存者必须建构一种叙述，或者讲述自己的创伤经历，并且要将故事传递给一个倾听者。作为心理学家，德瑞·劳在倾听了众多大屠杀幸存者的证词之后，对倾听者的作用和见证的本质提出自己的独到见解。德瑞·劳强调，见证总是"包括倾听者"，倾听者是幸存者复原过程中必不可少的治疗者，倾听者"可以倾听幸存者记忆中的痛苦，因此可以确定证词的真实性"（Laub，1992：68）。朱蒂斯·赫曼也认为，"复原只能在人际关系的情境中发生，无法在隔离的情境中发生"（朱蒂斯·赫曼，1995：176）。德瑞·劳和赫曼都肯定了讲述对于创伤幸存者复原的重要性，然而倾听者的支持也同样重要。

在德瑞·劳的治疗模式中，仅仅有倾听者的存在无法使受害者讲述，倾听者必须具备并采用某种技巧使受害者讲述。"倾听者需要专注于幸存者的语言以及沉默，同样重要的是，倾听者不能判断、评估或质疑幸存者的讲述。"（Laub，1992：61）如果倾听者质疑幸存者的叙述或强调倾听创伤故事的反应，倾听者就会阻碍"意想不到的信息出现"（Laub，1992：62）。倾听者在整个创伤事件讲述中需要保持客观的态度，并能容忍受害者的情绪变化。本书作者在第一章中论述了讲述创伤的重要性，塞丝的创伤得以修复在于有支持她、倾听她的家人和黑人群体。但是，对于承受感情创伤的秀拉来说，除了奈尔，她没有亲人，也没有朋友可以倾诉。她生活的底层社区中，每个人都拥有不同的个体创伤记忆和创伤经历,她们彼此无法承受和接纳他人的创伤故事,也无法实现彼此疗伤的作用。

秀拉没有一个理想的倾听者,正如菲利普·佩奇所说:"小说世界中强调成对人物,秀拉无法存活,因为她找不到任何与她关系持久的人物。"(Page,1995:200)秀拉经历创伤事件之后,她也试图寻找倾诉对象和宣泄创伤的途径。童年时代,她和奈尔彼此分担家庭和社会造成的痛苦。秀拉和奈尔的深厚友谊是缓解家庭创伤的有效方法,也使两个女孩成为彼此的依靠。奈尔的妈妈教育女儿顺从,她的家庭也收拾得井然有序,而秀拉的妈妈过着自由、开放的生活,家里总是脏乱不堪。虽然家庭背景和家庭环境迥然不同,但是两个女孩都"感到十分孤寂,孤寂得使她们陶醉,使她们跌进色彩绚丽的幻象之中,在这种幻象中总还有另一个人存在,和梦幻者十分相像,共同分享着她梦中的欢乐"(托妮·莫瑞森,2005:171)。每次奈尔做梦时,"总有一对笑眯眯的同情的眼睛和她一起观察着,总有一个人和她一样兴致勃勃地从一处看到另一处"(托妮·莫瑞森,2005:172)。在两人的友谊中,有一个充满同情心的旁观者伴随着梦幻者,一言不发地默默支持奈尔。她们渴望倾诉,渴望有人聆听她们讲述心中的苦痛。

当两个女孩真正相遇时,她们"马上就感到了旧友重逢时那种惬意和舒畅"(托妮·莫瑞森,2005:172)。秀拉和奈尔享受彼此间亲密的关系,"只要她俩在一起,就有了安全港,她们就能对别人不屑一顾,而专心致志地去干她们自己感受到的事情"(托妮·莫瑞森,2005:174)。但是,她们意外导致邻居小男孩"小鸡"溺水身亡,在这之后"她们中间隔开一段距离"(托妮·莫瑞森,2005:181)。目睹"小鸡"溺水成为两个女孩共同经历的创伤事件,但是,两个女孩没有试图倾诉来解决创伤造成的影响,而在彼此心中留下阴影。因此,这使她们产生恐慌的心理,丧失了对人际关系的信任感。带着恐惧、内疚的心理参加完"小鸡"的葬礼,两个女孩"手紧紧攥着站在那里。等到踏上归途,她们的心情慢慢放松了,手指只是互相交织着,松松地拉着,就像随便哪两个女友在夏天里一边沿大路蹦蹦跳跳地走着,一边寻思着到了冬天蝴蝶会怎么样"(托妮·莫瑞森,2005:182)。两人虽然牵手走在一起,但是,两人的关系已经出现裂痕。后来,奈尔与裘德结婚,秀拉独自离开去求学,空间分离致使两人之间的距离更大了。

十年之后,当秀拉返回底层时,两人的关系似乎能够恢复。见到秀拉,奈尔感觉"她曾和秀拉一起度过了过去的岁月,如今又可以和秀拉不断分享所见所闻了"(托妮·莫瑞森,2005:201)。但是,秀拉与奈尔的丈夫裘德有染的创伤事件彻底击垮了奈尔,也彻底击溃了两人之间的关系。在关系决裂之后,两个女孩都试图寻找恰当的倾听者讲述自己经历的创伤,但是,秀拉和奈尔的努力是徒劳的,两人破裂的友情关系最终也未修复。

秀拉的行为遭到奈尔和底层居民的厌恶和痛恨,"但是,想要经由恨或爱驱除创伤是不可能的事"(朱蒂斯·赫曼,1995:246)。秀拉清楚自己无法找到恰当的倾听者,最亲密的朋友奈尔都抛弃了她,不会再有谁愿意倾听她的悲伤。她试图通过与更多的男人交往填补内心的空虚,弥合心灵创伤。她将自己的愤怒和伤痛报复在男性身上,"报复幻想是一种希望宣泄的型态,受害者想像她能够经由报复加害者的方式,摆脱创伤的恐惧、羞愧和痛苦"(朱蒂斯·赫曼,1995:245)。她在性爱中"体会着她自己的持久力和无限的能量"(托妮·莫瑞森,2005:221),但是激情过后留下的仍然是无尽的"孤独"。就在秀拉感觉自己生活在"绝望的孤寂之中",知道自己"已经无路可走"时,阿杰克斯出现在她的生活中。

阿杰克斯是秀拉真心爱的男人,他们经常促膝长谈。当秀拉向他倾诉自己的经历时,"他听得多,说得少",秀拉感到"她的真正愉快却是因为他跟她谈话"(托妮·莫瑞森,2005:225)。在与阿杰克斯一起的日子里,秀拉感受到,倾诉减轻了心理负担,她感到轻松、快乐。阿杰克斯充当了秀拉的倾听者。但是,阿杰克斯和《宠儿》中的保罗·D一样本身经历着种族歧视的伤害,他无法承受秀拉的创伤。他满怀理想,"渴望要干白种男人的工作"(托妮·莫瑞森,2005:225),渴望通过工作实现自己的价值,但是,种族社会的不平等剥夺了他工作的权利。经历的种族歧视创伤使他变得懦弱,不负责任,更无法分担秀拉的个人痛苦。因此,当阿杰克斯意识到秀拉的爱对他是一种桎梏,让他失去追求梦想的机会时,他就毫不犹豫地抛下秀拉。

秀拉向阿杰克斯讲述创伤可以缓解她遭到家庭抛弃、姐妹离弃的创伤，但是阿杰克斯的离开让她失去了可靠的倾听者，同时又遭受第三重伤害——爱人抛弃。经历多重伤害无法排解，秀拉将自己隔绝在夏娃的卧室里，内心也封闭在孤寂绝望中。秀拉卧病在床时，奈尔前去探望，两人尝试交谈，解除误会，但是最终还是因为秀拉的高傲和固执使两人不欢而散。秀拉的沉默也造成了对奈尔的伤害，她们"因为创伤事件失去了在女性群体中承认、化解、诉说和哀悼创伤伤痛的能力"（Burrows，2004：150）。但是她一直珍视与奈尔的友情，渴望奈尔的倾听，直到临终之前，秀拉想的还是奈尔。"她意识到，或者说感觉到，不会再有任何痛楚了。她不再呼吸是因为已经不必要了。她的身体已经不需要氧气了。她死了。秀拉感到她笑容满面。'噢，我会受诅咒的，'她想到，'这连一点害处都没有。等会儿我要告诉奈尔。'"（托妮·莫瑞森，2005：240）她渴望将死亡的感觉与奈尔分享，她忽略了内心对死亡的恐惧，她唯一希望的就是奈尔能够听她倾诉。莫里森反复暗示秀拉和奈尔恢复姐妹关系的可能性，但她们始终未达成和解。一方面，秀拉的孤傲性格致使她不愿主动倾诉；另一方面，因为奈尔在秀拉活着时不能直面自己过去的创伤，无法释放对秀拉的愤怒与仇恨，也无法冷静地倾听秀拉的痛苦。

作为生活在多重压迫中的黑人女性，奈尔和秀拉的亲密关系本应使她们彼此成为最佳的创伤故事讲述者和传递者，但是，男权社会的制度和社会规范使得这种可能性荡然无存，秀拉的早逝使得两人的姐妹关系无法复原。在莫里森后期的作品《爱》中，她弥补了这一缺憾，她为两位女主人公提供了倾诉、和解的机会。

《爱》中，克里斯廷和希德因为柯西的专制而反目成仇。但是在柯西死后，克里斯廷独自在外闯荡、无家可归时又回到柯西留下的房子里，与希德共处一室。虽然彼此痛恨，但她们可以生活在一起，因为在感情上彼此需要。"她们渐渐老了，意识到彼此无法分离，这使她们暂时停火。更重要的是，她们发现争斗只会让彼此抓得更紧。她们之间的怨恨远远不止如此。像友情一样，仇恨不仅需要身体亲密，更需要创造力和努力才能维持。"

（Morrison，2003：73—74）语言可以减轻创伤痛苦，卡茹丝认为，创伤是"一种双重讲述，是讲述不堪忍受的创伤事件本身和幸存下来的不堪忍受的经历"（Caruth，1996：7）。不幸的是，彼此居住在同一幢房子里，但是，两人互相敌视，从不交谈。

两人拒绝对话，但是彼此又都有讲述创伤的欲望。希德雇用朱妮尔帮助她写书，事实上，希德不是想写书，"只是想找人说话。朱妮尔不明白她干吗要花钱雇人陪她说话"（托妮·莫里森，2013：63）。卡茹丝认为："通过微小的倾听另一个人的创伤故事的机会，一个人的创伤与另一个人的创伤紧密相连。"（Caruth，1996：8）朱妮尔自身也是创伤受害者，在倾听希德讲述过去的过程中，她了解希德的感受，但是，这也导致她产生嫉恨心理。她嫉妒希德与她幻想中的父亲——柯西关系密切，这促使她产生争夺柯西的欲望、仇恨的心理和报复的行为。她计划要除掉希德和克里斯廷，这样她才能独占柯西的遗产、柯西的爱。

在小说的结尾，朱妮尔将受伤的希德和克里斯廷抛弃在废弃的酒店中，因为她认为她们彼此仇恨，一定会彼此伤害，这样她就能实现独占一切的愿望。但是，在面对危险时，两人抛弃了过去的仇恨和争吵，重新恢复了童年时的关系。共同面临危机促使克里斯廷和希德团结起来，终于可以共同见证创伤，讲述创伤，"在叙说中，创伤故事成为一种做见证的方式"（朱蒂斯·赫曼，1995：236）。当希德意外跌下楼，朱妮尔抛弃她们俩独自离开后，克里斯廷抱起希德，往日的仇恨逐渐消失了，"她们寻觅着彼此的脸。那圣洁的感觉还在，也依然纯净，不过此刻已然变化，被欲望所淹没。……在小姑娘的卧室里，一具倔强的骸骨正在苏醒，在咔咔作响，重新恢复生机"（托妮·莫里森，2013：192）。这象征着两人又回到了童年共同玩耍的地方，已经死亡多年的友情关系在这一刻开始复苏。她们彼此对友情的珍视和重获纯洁的友情的欲望战胜了多年的仇恨，她们意识到此刻需要彼此疗伤。"语言终于到来时，那活力犹如重刑犯在等待了二十一年后终获宽恕。突然的，原始的"（托妮·莫里森，2013：197），展露得一览无遗。她们又开始使用彼此相知的暗语互相称呼，"嘿，凌霄"，"哎呀，姑娘。我们是从什么

时候开始用这个说法的?"(托妮·莫里森,2013:202)她们一起回忆如何成
为朋友,如何为了争夺柯西的爱彼此争斗,过去的误解在回忆和倾诉中得以
解决。她们意识到如果没有柯西,她们"可以手拉手生活下去的,不用到处
找伟大的'爸爸'"(托妮·莫里森,2013:205)。缺少关爱的家庭和专制的
父权制导致她们感情疏离多年,如今在生死时刻彼此意识到创伤的根源,彼
此达成谅解。

她们回想起两人因为缺少母亲的依恋、父亲的关爱才到处寻找父爱,寻
找亲情,寻找保护,这是两人关系破裂的原因。她们回忆与母亲的关系,
"'梅根本不像个母亲。''至少她没把你卖了。''但她把我送走了。'"(托
妮·莫里森,2013:197—198)她们承认造成友情关系创伤的根源是希德与
柯西的婚礼,"'我愿意的是和你在一起。我以为,嫁给他就可以和你在一起
了。''我想和你们一起去度蜜月'"(托妮·莫里森,2013:209)。在讲述过
去的种种矛盾之后,两人缓解创伤,痛哭起来。"'你哭了。''你也是。''他
把我所有的童年都从我身边夺走了,姑娘。''他把所有的你都从我身边夺走
了。'"(托妮·莫里森,2013:210—211)她们最终可以意识到柯西对她们姐
妹关系造成的伤害,讲出了渴望彼此在一起的心声。

"创伤故事的分享有超越单纯的表达或宣泄的目的"(朱蒂斯·赫曼,
1995:289),回忆和讲述过去使她们共同见证创伤经历,彼此分享创伤故
事,起到互相疗伤的作用。并且"重建创伤故事,也包括系统性地回顾事件
对病患与其生活中重要他人的意义"(朱蒂斯·赫曼,1995:231)。尽管两
人的倾诉和疗伤都发生得太晚,但是在希德去世之前,她们之间的姐妹关系
得以修复。赫曼认为当受害者创伤修复,她对过去、对创伤就不在意了,"创
伤将不再是她生活中最重要的一部分"(朱蒂斯·赫曼,1995:253)。在克
里斯廷和希德倾谈之前,她们彼此痛恨,每天最重要的事就是想方设法找到
柯西遗嘱的证据,使自己成为柯西的合法继承人,将对方赶出家门。但是在
共同经历了生死,彼此倾诉之后,希德去世了,克里斯廷心里恢复了平静,她
不再纠缠不愉快的过去,她可以走出创伤,从容面对生活。没有希德的日子
里,"她的伤痕消失了"(托妮·莫里森,2013:220),她可以平静地生活,每

过一段时间她就会到公墓看望希德。

黑人女性的家庭关系和社会关系因为男权社会制度和社会道德规范而无法维持,通过共同回忆、见证或者倾诉可以缓解个人的伤痛,同时也可以复原姐妹关系。遭受被丈夫抛弃、被姐妹背叛的创伤之后,奈尔将自己封闭起来,无法倾诉。但是随着时间的推移,在夏娃的质问和逼迫下,她回顾一生的创伤经历,哀悼过去,哀悼损失,宣泄痛苦,复原了个人的感情创伤,进而可以平静地面对当前和未来的生活。但是,秀拉的孤傲、叛逆行为遭到好友的离弃和黑人群体的孤立,使她终究无法寻找到恰当的倾听者,传递创伤故事,最终抑郁而终。奈尔和秀拉的姐妹关系因为缺乏共同见证、彼此倾诉的机会而无法修复。这从反面证明了见证和讲述对于黑人女性姐妹关系复原的重要性。在莫里森的另一部小说《爱》中,两位女主人公的友情关系因为父权家长的专制而破裂,但是,在生死关头,莫里森赋予她们和解的机会。争斗一生的克里斯廷和希德在最后时刻通过倾诉,共同见证创伤记忆,找到创伤根源,实现了彼此原谅,恢复了姐妹关系。莫里森通过这两部小说意在暗示:男权社会对黑人女性结成深厚友谊、团结起来具有巨大破坏力,而黑人女性间的共同支持和帮助是彼此疗伤、反抗压迫的有效途径。

结　　语

　　莫里森的小说创作一直将描绘黑人女性创伤经历作为主题,将反映黑人女性心理伤痛作为主旨,将寻求黑人女性摆脱创伤之路作为主线。阅读她的作品犹如欣赏黑人女性千百年来的创伤历史画卷。她的作品凸显了在种族、阶级、政治及文化压迫下黑人女性追求自由、寻求自我的心路历程。蓄奴制造成的身体创伤和母女感情创伤、白人强势文化造成的女性成长创伤以及男权社会导致的女性关系创伤都是黑人女性在美国社会历史长河中生存状态的真实写照。莫里森借助自己的笔墨为黑人女性呐喊,呼吁世人关注黑人女性的惨痛遭遇,寻求帮助黑人女性摆脱压迫、实现自由平等的道路。本书以莫里森的三个前期创伤主题突出的小说文本为主,以反映相同主题的后期文本为辅,解读了作品中的黑人女性创伤。在揭示了导致黑人女性创伤根源的基础之上,本书作者阐释了女性创伤的症状并探讨了创伤修复的途径。

　　通过研究,本书作者认为,黑人女性创伤源自历史、文化、社会以及家庭。蓄奴制是黑人女性创伤的根源,因为自从蓄奴制诞生以来,黑人女性就过着非人的生活。她们失去自由,失去家庭,失去民族之根。蓄奴制迫使黑人女性与子女分离,剥夺了女性基本的母亲权利。在承受奴隶主酷刑虐待的身体创伤同时还要忍受母女分离、家庭破碎的心理创伤。为了保护子女的安全,使他们免受奴役,黑人女性母亲经常会采取极端的手段,但这对母亲和孩子都造成了不可弥合的创伤。蓄奴制造成了黑人女性集体创伤,并形成难以磨灭的集体创伤记忆,影响了几代黑人的成长和生活。蓄奴制废除之后,黑人女性虽然获得了相对的人身自由,但是思想仍被白人强势文化所控制。白人强势文化宣扬"白即是美"的审美标准使黑人女性在盲目追求"变美"的过程中抛弃了黑人种族美的特征。同时,白人强势文化利用宗教、教育、大众媒体对黑人女性洗脑,使她们被白人文化同化,撇弃了黑人民族文化之根。这造成了黑人女性产生异化的观念和民族归属困惑感。蓄奴制和白人强势文化造成黑人集体的身体创伤和心理创伤,然而,男权社会的专制导致黑人女性个体感情创伤和女性关系创伤。男权社会中,男人拥有绝对权威的价值观念和社会规范使女性困于家庭之中,屈服于男性,丧失自主权。夫权制的婚姻使女性饱受被丈夫抛弃之苦。不负责任的丈夫抛妻弃子留下黑人女性独自承受家庭经济压力的同时还使其饱受精神孤寂之苦。

　　遭受种族、文化以及感情创伤的黑人女性表现出不同的创伤症状。创伤具有延续性,未解决的创伤事件会以噩梦、幻觉、闪回等形式继续侵扰受害者。对于经历多重创伤的黑人女性,她们产生了强烈的无助感、焦虑感、恐惧感、嫉妒感、仇恨感等消极心理,产生自闭、幻想、报复等异常行为,造成人际关系破裂、生活信心丧失,甚至精神分裂等心理问题。蓄奴制导致黑人女性母女分离,扭曲了母爱。母亲为了保护女儿免受奴役之苦亲手杀死女儿或将女儿抛弃,使母亲产生内疚、自责以及补偿心理。女儿无法理解母亲的行为,心里产生怨恨,甚至企图报复母亲的残忍行为。因此,母女关系遭到破坏,母女之间形成了无法逾越的鸿沟。白人强势文化借助各种媒介灌输白人的审美观和价值观,使幼小的儿童产生恐惧、自卑、自我厌恶等创伤症状。强烈的嫉妒心理无法解决,儿童就会产生激烈的暴力和报复行为。而成年女性在白人强势文化的影响下会产生异化的审美观、爱情观以及家庭观,导致黑人女性迷失方向、迷失自我。男权社会瓦解了黑人女性与社会、家庭的关系,使黑人女性产生孤独感、怨恨感,造成黑人女性仇视亲人和朋友。

　　饱受创伤痛苦的黑人女性若想生存下来,必须寻求创伤修复之路。创伤修复需要在安全的环境中向恰当的倾听者讲述创伤经历,这是将创伤记忆片段通过主观意识重新整理成完整的故事讲述出来的过程。爱人、亲人、朋友都可以作为恰当的倾听者,但是同样经历过蓄奴制创伤的黑人在倾听过程中帮助受害者的作用有限。因此,创伤受害者的自述、书写以及哀悼都是缓解创伤痛苦的有效治疗方法。此外,黑人集体的理解、帮助以及对待创伤受害者的态度在创伤修复过程中也起重要的作用。但是,对于文化创伤受害者来说,他们无法通过讲述复原创伤。一方面,文化创伤是潜移默化的、隐性的伤害,不体现在某一具体的创伤事件中;另一方面,社会弥漫白人强势文化,创伤受害者缺乏安全的家庭环境和社会环境。因此,文化创伤受害者对待创伤采取逃避的态度。他们通过逃离文化冲突发生的空间以减少文化矛盾导致的焦虑,或者通过逃避责任以摆脱文化洗脑导致的困惑,或者封闭在心里构建的虚幻幻想中以减轻文化创伤造成的痛苦。

通过研究黑人女性创伤根源、症状以及复原途径,本书作者发现,女性创伤除了具备创伤的延迟性、反复性等基本特征,还具有延续性、多维性以及复杂性的特点。首先,蓄奴制导致的种族创伤具有延续性,是黑人女性创伤的根源。蓄奴制的存在直接伤害了黑人女性的母女关系,导致畸形的母爱和女儿对母亲固执的恨。在摆脱蓄奴制对女性身体占有、束缚之后,黑人女性仍然无法走出蓄奴制的阴影。一方面是因为蓄奴制导致的集体创伤已经成为黑人群体的集体记忆,不断以幻觉、噩梦等形式干扰获得自由之身的黑人女性生活。另一方面是因为拥有话语权的白人统治者利用社会资源向黑人女性灌输白人的价值观,扭曲几代黑人女性的心理成长和价值观念。其次,黑人女性创伤具有多维性、复杂性。多维性体现在黑人女性创伤源自多个方面,包括历史、社会、文化以及家庭等多种因素,此外,还体现在黑人女性创伤症状和创伤修复途径的多样性中。复杂性一方面表现为黑人女性创伤不仅伴随黑人女性个体成长的一生,并且影响黑人女性集体记忆以及几代黑人的生活和成长;另一方面表现为治愈黑人女性创伤是一个长期、复杂的过程,需要多方面的共同配合和努力。创伤修复理论的讲述、见证只是治疗历史创伤和感情创伤的有效方法,除此之外,哀悼和逃避是消极的治疗方式,但同样可以缓解伤痛,解除悲伤。

本书作者认为,黑人女性是特殊的创伤受害者,无论是导致创伤的原因、创伤的症状还是创伤修复的方法都具有独特的特征,现有的创伤理论无法完全解释黑人女性创伤。通过研究,本书作者证明:黑人女性创伤除了具备创伤共有的普遍特征,即反复性和延迟性以外,还具有延续性、多维性以及复杂性的特点。此外,黑人女性创伤的修复方式也不仅仅局限于创伤理论研究范式中的治疗方法,本书作者提出两种消极但是有效的创伤修复途径。本书的研究成果不仅揭示了莫里森小说的内涵和她的创伤创作历程,还挖掘了黑人女性创伤的特征,拓展了文学研究和创伤研究。对于黑人女性创伤特征和创伤修复的观点在某种程度上是对现有创伤理论的有益补充,同时也对现代创伤治疗有借鉴作用。

因为时间的限制,本书研究中未论及莫里森其他四部作品中的女性创伤,即《所罗门之歌》、《爵士乐》、《天堂》以及《家园》。此外,由于篇幅限制,本书仅仅探讨了黑人女性受蓄奴制、白人强势文化以及男权社会压迫导致的创伤症状和修复方式,总结出黑人女性创伤的五个基本特征和两个特殊的修复途径,但是并没分析其他因素对黑人女性心理造成的负面影响。这些将是本书作者今后继续努力研究的方向和重点。

参考文献

[1] Abel E. Merging Identities: The Dynamics of Female Friendship in Contemporary Fiction by Women[J]. Signs: Journal of Women in Culture and Society, 1981, 6 (3):413 – 435.

[2] Adell S. Literary Masters: Toni Morrison [M]. Detroit: Thomson Gale, 2002.

[3] Alexander J C. Towards a Theory of Cultural Trauma[M]// Alexander J C, et al. Cultural Trauma and Collective Identity. Berkeley: University of California Press, 2004.

[4] Allan T J. Womanist and Feminist Aesthetics: A Comparative Review [M]. Athens: Ohio University Press, 1995.

[5] Angelo B. The Pain of Being Black: An Interview with Toni Morrison [M]// Taylor-Guthrie D. Conversations with Toni Morrison. Jackson: University Press of Mississippi, 1994.

[6] Atwood M. Haunted by Their Nightmares [J]. New York Times Book Review, 1987, (11): 49 – 50.

[7] Awkward M. Inspiriting Influences: Tradition, Revision, and Afro-American Women's Novels [M]. New York: Columbia University Press, 1989.

[8] Bast F. Reading Red: The Troping of Trauma in Toni Morrison 's Beloved [J]. Callaloo, 2011, 34(4): 1069 – 1087.

[9] Beal F. Double Jeopardy: To Be Black and Female[M]// Bambara T C. The Black Woman: An Anthology. New York: New American Liberary, 1970.

[10] Beaulieu E A. The Toni Morrison Encyclopedia [M]. Westport Conn: Green-

wood Press, 2003.

[11] Beck A T. Prisoners of Hate: The Cognitive Basis of Anger, Hostility, and Violence [M]. New York: Harper Collins, 1999.

[12] Benet-Goodman H C. Forgiving Friends: Feminist Ethics and Fiction by Toni Morrison and Margaret Atwood [M]. Virginia: University of Virginia, 2004.

[13] Bergner G. Taboo Subjects: Race, Sex, and Psychoanalysis [M]. Minneapolis: University of Minnesota Press, 2005.

[14] Bischoff J. The Novels of Toni Morrison: Studies in Thwarted Sensitivity [J]. Black Literature, 1975, (6): 21 - 23.

[15] Bouson J. Brooks. Quiet as It's Kept: Shame, Trauma, and Race in the Novels of Toni Morrison [M]. Albany: State University of New York Press, 2000.

[16] Brophy-Warren J. A Writer's Vote: Toni Morrison on Her New Novel, Reading Her Critics and What Barack Obama's Win Means to Her [J/OL]. http://online. wsj. com/news/articles/SB122602136426807289. accessed July 10th, 2013.

[17] Bryant C G. The Orderliness of Disorder: Madness and Evil in Toni Morrison's Sula [J]. Black American Literature Forum, 1990, 24 (4):731 - 745.

[18] Bryant-Berg K. "No Longer Haunted"? Cultural Trauma and Traumatic Realism in the Novels of Louise Erdrich and Toni Morrison [D]. Oregon : University of Oregon, 2009.

[19] Burrows V. Whiteness and Trauma: The Mother-Daughter Knot in the Fiction of Jean Rhys, Jamaica Kincaid and Toni Morrison [M]. New York: Palgrave Macmillan, 2004.

[20] Cain W. Literary Criticism and Cultural Theory [M]. London: Routledge, 2009.

[21] Carabi A. Interview with Toni Morrison on Beloved [J]. Belles Lettres, 1994, (9):38 - 48.

[22] Caruth C. Trauma: Explorations in Memory [M]. Baltimore and London : The

Johns Hopkins University Press, 1995.

[23] Caruth C. Unclaimed Experience: Trauma, Narrative, and History [M]. Baltimore: The Johns Hopkins University Press, 1996.

[24] Charles R. Souls in Chains [N]. Washington Post, November 9, 2008.

[25] Chen, Shu-Ling. Mothers and Daughters in Morrison, Tan, Marshall and Kincaid [D]. Washington: University of Washington, 2000.

[26] Clarke S. Social Theory, Psychoanalysis and Racism [M]. New York: Palgrave Macmillan, 2003.

[27] Colson M. The Story Behind Toni Morrison's The Bluest Eye [M]. Chicago: Heinemann Library, 2006.

[28] Cooper A M. Toward a Limited Definition of Psychic Trauma [M]// Arnold R. The Reconstruction of Trauma: Its Significance in Clinical Work. CT: International Universities Press, 1986.

[29] Cortina M, Liotti G. Building on Attachment Theory: Toward a Multimotivational and Intersubjective Model of Human Nature [C]. Annual Meeting of the Rapaport-Klein Study Group. June 11, 2005.

[30] Cutter M J. Quiet as It's Kept: Shame, Trauma and Race in the Novels of Toni Morrison [J]. African American Review, 2001, 35(4): 671 – 672.

[31] Dalal F. Race, Colour and the Processes of Racialization [M]. New York: Brunner-Routledge, 2002.

[32] Davidson N. Life without Father [J]. Policy Review, 1990, (51): 40.

[33] Denard C C. Toni Morrison: Conversations [M]. Jackson and London: University Press of Mississippi, 2008.

[34] Douglas C. What the Bluest Eye Knows About Them: Culture, Race, Identity [J]. American Literature, 2006, 78(1): 141 – 168.

[35] Doyle L. Bodies Inside/Out: Violation and Resistance from the Prison Cell to the Bluest Eye [M]// Olkowski D, Weiss G. Feminist Interpretations of Maurice Merleau-Ponty. University Park: Pennsylvania State University Press, 2006,

183 - 208.

[36] Durrant S. Postcolonial Narrative and the Work of Mourning: J. M. Coetzee, Wilson Harris, and Toni Morrison [M]. New York: State University of New York Press, 2004.

[37] Duvall J N. The Identifying Fictions of Toni Morrison: Modernist Authenticity and Postmodern Blackness [M]. New York: Palgrave Macmillan, 2000.

[38] East L, Debra J, Louise O. I Don't Want to Hate Him Forever: Understanding Daughter's Experiences of Father Absence [J]. Australian Journal of Advanced Nursing, 2007, 24(4): 14 - 18.

[39] Erickson L G. Re-Visioning of the Heroic Journey in Postmodern Literature: Toni Morrison, Julia Alvarez, Arthur Miller, and American Beauty [M]. Lewiston: Edwin Mellen Press, 2006.

[40] Erikson K. Notes on Trauma and Community [M]// Caruth C. Trauma: Explorations in Memory. Baltimore: The Johns Hopkins University Press, 1995.

[41] Evans J H. Spiritual Empowerment in Afro-American Literature [M]. Lewiston: Edwin Mellen Press, 1985.

[42] Eyerman R. Cultural Trauma: Slavery and the Formation of African American Identity[M]// Alexander et al. Cultural Trauma and Collective Identity. Berkeley and Los Angeles: University of California Press, 2004.

[43] Felman S, Dori L. Testimony: Crises of Witnessing in Literature, Psychoanalysis, and History [M]. New York: Routledge, 1992.

[44] Ferguson R H. Rewriting Black Identities: Transition and Exchange in the Novels of Toni Morrison [M]. California: Peter Lang, 2007.

[45] Foster D A. Trauma and Memory [J]. Contemporary Literature, 2000, 41(4): 740 - 747.

[46] Furman J. Sethe's Re-Memories: The Covert Return of What Is Best Forgotten [C]// Barbara H S. Critical Essays on Toni Morrison's Beloved. New York: G. K. Hall, 1998.

[47] Furman J. Toni Morrison's Fiction [M]. Greenville: University of South Carolina Press, 1996.

[48] Furst S S. Psychic Trauma and Its Reconstruction with Particular Reference to Post Childhood Trauma [M]// Arnold R. The Reconstruction of Trauma: Its Significance in Clinical Work. CT: International Universities Press, 1986.

[49] Grewal G. Circles of Sorrow, Lines of Struggle: The Novels of Toni Morrison [M]. Baton Rouge: Louisiana State University Press, 1998.

[50] Grogan C. The Wound and the Voiceless: The Insidious Trauma of Father-Daughter Incest in Six American Texts [D]. Florida: University of South Florida, 2011.

[51] Harris T. Fiction and Folklore: The Novels of Toni Morrison [M]. Knoxville: University of Tennessee Press, 1991.

[52] Herman J. Trauma and Recovery [M]. New York: Basic Books, 1992.

[53] Hernton C. Sex and Racism in America [M]. New York: Doubleday, 1992.

[54] Higgins T E. Religiosity, Cosmology, and Folklore: The African Influence in the Novels of Toni Morrison [M]. London and New York: Routledge, 2001.

[55] Hooks B. Outlaw Culture: Resisting Representations [M]. New York: Routeledge, 1994.

[56] Jacobi K E. They Will Invent What They Need to Survive: Narrating Trauma in Contemporary Ethnic American Women's Fiction [D]. University of Miami, 2009.

[57] Keenan S. Four Hundred Years Silence: Myth, History and Motherhood in Toni Morrison's Beloved [M]// Plasa C. Toni Morrison: Beloved. New York: Columbia University Press, 1998.

[58] Klotman P R. Dick-and-Jane and the Shirley Temple Sensibility in The Bluest Eye [J]. Black American Literature Forum, 1979, 13(4): 123-125.

[59] Koolish L. To Be Loved and Cry Shame: A Psychological Reading of Toni Morrison's Beloved [J]. MELUS, 2001, 26(4): 169-195.

[60] LaCapra D. Writing History, Writing Trauma [M]. Baltimore: Johns Hopkins University Press, 2001.

[61] LaCapra D. Representing the Holocaust: History, Theory, Trauma [M]. Ithaca: Cornell University Press, 1994.

[62] Lanser S S. Fictions of Authority: Women Writers and Narrative Voice [M]. Ithaca: Cornell University Press, 1992.

[63] Laub D, Shoshana F. Testimony: Crises of Witnessing in Literature, Psychoanalysis, and History [M]. New York: Routledge, 1992.

[64] Laub D. Truth and Testimony: The Process and the Struggle [M]// Caruth C. Trauma: Explorations in Memory. Baltimore: The Johns Hopkins University Press, 1995.

[65] Leys R. Trauma: A Genealogy [M]. Chicago: University of Chicago Press, 2000.

[66] Macarthur, Kathleen L. The Things We Carried: Trauma and Aesthetic in Contemporary American Fiction [D]. George Washingtong University, 2005.

[67] Matus J L. Toni Morrison [M]. Manchester: Manchester University Press, 1998.

[68] Mbalia D D. Toni Morrison's Developing Class Consciousness [M]. Selinsgrove: Susquehanna University Press, 2004.

[69] Mckay N Y. Critical Essays on Toni Morrison [M]. Boston: G. K. Hall Co. , 1988.

[70] Mckee P. Producing American Races: Henry James, William Faulkner, Toni Morrison [M]. Durham, London: Duke University Press, 1999.

[71] Miller M L. Literary Witnessing: Working Through Trauma in Toni Morrison, Nuruddin Farah, Wilson Harris, and Chang-Rae Lee [D]. South Carolina: University of South Carolina, 2005.

[72] Mitchel S M. Relational Concepts in Psychoanalysis: An Intergration [M]. Cambridge , MA. : Harward University Press, 1988.

[73] Mitchell J. Siblings: Sex and Violence [M]. Cambridge: Polity Press, 2003.

[74] Moore G C. A Demonic Parody: Toni Morrison's A Mercy [J]. Southern Lite-

rary Journal, 2011(1): 1 – 18.

[75] Mori A. Toni Morrison and Womanist Discourse [M]. New York: Peter Lang, 1999.

[76] Morrison T. The Bluest Eye [M]. New York: Vintage Books, 1993.

[77] Morrison T. A Mercy [M]. New York: Vintage Books, 2008.

[78] Morrison T. Beloved [M]. Beijing: Beijing Foreign Language Teaching and Research Press, 2005.

[79] Morrison T. Jazz [M]. New York: Plume, 1993.

[80] Morrison T. Love [M]. New York: Vintage International, 2003.

[81] Moses C. The Blues Aesthetic in Toni Morrison's The Bluest Eye [J]. African American Review, 1999, 33(4): 623 – 636.

[82] Nnaemeka O. Introduction: Imaging Knowledge, Power, and Subversion in the Margins [M] // Nnaemeka O. The Politics of Mothering: Womanhood, Identity, and Resistance in African Literature. London: Routledge, 1997.

[83] O'Reilly A. Toni Morrison and Motherhood: A Politics of the Heart [M]. Albany: State University of New York Press, 2004.

[84] Page P. Dangerous Freedom: Fusion and Fragmentation in Toni Morrison's Novels [M]. Jackson: University Press of Mississippi, 1995.

[85] Peach L. Toni Morrison [M]. New York: St. Martin's Press, 2000.

[86] Peterson N J. Beloved: Character Studies [M]. London: Continuum, 2008.

[87] Peterson N J. Toni Morrison: Critical and Theoretical Approaches [M]. Baltimore: John Hopkins University Press, 1997.

[88] Pryse M, Spillers H J. Conjuring: Black Women, Fiction, and Literary Tradition [M]. Bloomington: Indiana University Press, 1985.

[89] Ramos P. Beyond Silence and Realism: Trauma and the Function of Ghosts in Absalom, Absalom! and Beloved [J]. The Faulkner Journal, 2008, 23(2): 47 – 66.

[90] Raphael-Hernandez H. The Utopian Aesthetics of Three African American Wo-

men: The Principle of Hope [M]. Lewiston: Edwin Mellen Press, 2008.

[91]Rigney B H. The Voices of Toni Morrison [M]. Columbus: Ohio State University Press, 1991.

[92]Roberson G G. The World of Toni Morrison: A Guide to Characters and Places in Her Novels [M]. Westport, Conn.: Greenwood Press, 2003.

[93]Ron D. Toni Morrison Explained: A Reader's Road Map to the Novels [M]. New York: Random House, 2000.

[94]Russell D. Between the Angle and the Curve: Mapping Gender, Race, Space, and Identity in Willa Cather and Toni Morrison [M]. London and New York: Routledge, 2006.

[95]Sabol J D. Memory, History, and Identity: The Trauma Narrative in Contemporary North American and British Fiction [D]. Fordham University, 2007.

[96]Schreiber E J. Race, Trauma, and Home in the Novels of Toni Morrison [M]. Baton Rouge: Louisiana State University Press, 2010.

[97]Schreiber E J. Subversive Voices: Eroticizing the Other in William Falkner and Toni Morrison [M]. Knoxville: University of Tennessee Press, 2002.

[98]Shukla B A. Toni Morrison: The Feminist Icon [M]. Jaipur: Book Enclave, 2007.

[99]Siegel D J. Attachment and Self-Understanding: Parenting with the Brain in Mind [M]// Green M, Scholes M. Attachment and Human Survival. London: Karnac, 2004.

[100]Simpson R. Black Looks and Black Acts: The Language of Toni Morrison in the Bluest Eye and Beloved [M]. New York: Peter Lang, 2007.

[101]Smith B. Toward a Black Feminist Criticism [J]. Women's Studies International Quarterly, 1979, 2(2): 183 – 194.

[102]Stave S A. Toni Morrison and the Bible: Contested Intertextualities [M]. New York: Peter Lang, 2006.

[103]Stepto R. Intimate Things in Place: A Conversation with Toni Morrison [M]//

Taylor-Guthrie D. Conversations with Toni Morrison. Jackson: University of Mississippi, 1994.

[104] Taylor-Guthrie D. Conversations with Toni Morrison [M]. Jackson: University Press of Mississippi, 1994.

[105] Umeh M A. A Comparative Study of the Idea of Motherhood in Two Third World Novels [J]. CLA Journal, 1987(31): 31 −43.

[106] Van der K, Bessel A, Onno V H. The Intrusive Past: The Flexibility of Memory and the Engraving of Trauma [M]// Caruth C. Trauma: Explorations in Memory. Baltimore: The Johns Hopkins University Press, 1995.

[107] Visvis V. Alternatives to the "Talking Cure": Black Music as Traumatic Testimony in Toni Morrison's Song of Solomon [J]. African American Review, 2008, 42(2): 255 −268.

[108] Whitehead A. Trauma Fiction [M]. Edinburgh: Edinburgh University Press, 2004.

[109] Williams L. The Artist as Outsider in the Novels of Toni Morrison and Virginia Woolf [M]. Westport, Conn. : Greenwood Press, 2000.

[110] Willis S. Eruptions of Funk: Historicizing Toni Morrison [M]// Gates H L Jr., Appiah K A. Toni Morrison: Critical Perspectives Past and Present. New York: Amistad Press, 1993.

[111] Willis S. Specifying: Black Women Writing the American Experience [M]. London and New York: Routledge, 1987.

[112] Wong D L, Perry S E, Hockenberry M J. Family Influences on Child Health Promotion [M]// Wong D L, et. al. Maternal Child Nursing Care. St. Louis: Mosby, 2002.

[113] Woodward K. Traumatic Shame: Toni Morrison, Televisual Culture, and the Cultural Politics of the Emotions [J]. Cultural Critique, 2000 (46): 210 −240.

[114] 安妮·怀特海德. 创伤小说[M]. 李敏, 译. 开封: 河南大学出版

社,2011.

[115]曹小菁.疯癫的一体 —— 秀拉与夏德拉克的情爱关系[J].译林,2012(6):118-128.

[116]陈法春.《乐园》对美国主流社会种族主义的讽刺性模仿[J].国外文学,2004(3):79-80.

[117]陈洁.奴隶制度的"后遗症"和历史创伤的愈合 —— 托尼·莫里森《宠儿》简析[J].江苏教育学院学报,2004(6):105-106.

[118]陈平.创伤性情感、历史性叙事和抒情性表现 —— 对于托尼·莫里森小说《娇女》的新诠释[J].四川师范大学学报,2010(2):97-104.

[119]程静,郭庭军.走出白人文化霸权的藩篱 —— 对托尼·莫里森的《最蓝的眼睛》的后殖民解读[J].南华大学学报,2005,6(3):85-88.

[120]丁玫.艾·巴·辛格小说中的创伤研究[D].上海:上海外国语大学,2012.

[121]董鼎山.美国黑人作家的出版近况[J].读书,1981(11):91-98.

[122]都岚岚.空间策略与文化身份:从后殖民视角解读《柏油娃娃》[J].外国文学研究,2008(6):76-82.

[123]杜维平.呐喊,来自124号房屋 ——《彼拉维德》叙事话语初探[J].外国文学评论,1998(1):66-70.

[124]杜维平.《爵士乐》叙事话语中的历史观照[J].东北师大学报,2000(2):92-98.

[125]杜志卿,张燕."轻"与"重":《所罗门之歌》中父与子的精神困境及托妮·莫里森的人文思考[J].四川外语学院学报,1998(3):35-39.

[126]杜志卿.《秀拉》的后现代叙事特征探析[J].外国文学,2004(5):80-86.

[127]杜志卿.托妮·莫里森研究在中国[J].当代外国文学,2007(4):122-129.

[128]方红.不和谐中的和谐 —— 论小说《爵士乐》中的艺术特色[J].外国文学评论,1995(4):14-20.

[129] 付筱娜.《宠儿》与《奥德塞》的互文解读[J]. 社会科学辑刊,2012 (3):237-240.

[130] 傅婵妮. 文化创伤的言说与愈合 —— 解读盖尔·琼斯的小说《科里基多拉》[J]. 安徽文学,2009(7):158-159.

[131] 郭棲庆,郝运慧. 文化的断裂、孤独的抗争 ——《秀拉》之尼采式解读[J]. 外国文学,2011(3):56-62.

[132] 朱蒂斯·赫曼. 创伤与复原[M]. 杨大和,译. 台北:时报文化出版事业有限公司,1995.

[133] 胡俊. 非裔美国人探求身份之路 —— 对托妮·莫里森的小说研究[M]. 北京:北京语言大学出版社,2007.

[134] 胡妮. 托妮·莫里森小说的空间叙事研究[M]. 南昌:江西高校出版社,2012.

[135] 胡全生. 难以走出的阴影 —— 试评托妮·莫里森《心爱的人》的主题[J]. 当代外国文学,1994(4):163-167.

[136] 胡笑瑛. 析托妮·莫里森《宠儿》的叙事结构[J]. 宁夏社会科学,2004(6):118-120.

[137] 胡笑瑛. 不能忘记的故事 —— 托妮·莫里森《宠儿》的艺术世界[M]. 银川:宁夏人民出版社,2004.

[138] 胡允桓. 黑色的宝石 —— 黑人女作家托妮·莫瑞森[M]//钱满素. 美国当代小说家论. 北京:中国社会科学出版社,1987:225-243.

[139] 黄锦莉. 奴隶制的血泪控诉——评介托妮·莫里森的《宠儿》[J]. 中国图书评论,1996(5):30-31.

[140] 黄丽娟,陶家俊. 生命中不能承受之痛 —— 托尼·莫里森的小说《宠儿》中的黑人代际间创伤研究[J]. 外国文学研究,2011(2):100-105.

[141] 蒋欣欣. 黑人民族意识的重建 —— 解读托妮·莫里森的小说世界[J]. 湘潭大学学报,2004(1):106-111.

[142] 蒋欣欣. 托尼·莫里森小说中黑人女性的身份认同研究[M]. 长沙:

湖南人民出版社,2008.

[143]焦小婷. 多元的梦想——"百衲被"审美与托尼·莫里森的艺术诉求[M]. 开封:河南大学出版社,2008.

[144]金莉,等. 20 世纪美国女性小说研究[M]. 北京:北京大学出版社,2010.

[145]李贵仓. 更为真实的再现 —— 莫里森《心爱》的叙事冒险[J]. 西北大学学报,1994(3):26 – 30.

[146]李美芹. 用文字谱写乐章:论黑人音乐对莫里森小说的影响[M]. 杭州:浙江大学出版社,2010.

[147]李喜芬.《秀拉》中的人名寓意与原型[J]. 郑州大学学报,2006(4):134 – 136.

[148]李有华. 黑人性、黑人种族主义和现代性 —— 托妮·莫里森小说中的种族问题[J]. 东北师大学报,2009(2):98 – 102.

[149]林运清. 试论家庭环境与儿童心理健康[J]. 当代教育论坛,2005(7):147 – 149.

[150]罗选民. 荒诞的理性和理性的荒诞 —— 评托妮·莫里森《心爱的》小说的批评意识[J]. 外国文学评论,1993(1):60 – 65.

[151]吕炳洪. 托妮·莫里森的《爱娃》简析[J].外国文学评论,1997(1):89 – 95.

[152]毛信德. 美国黑人文学的巨星 —— 托妮·莫里森小说创作论[M]. 杭州:浙江大学出版社, 2006.

[153]孟庆梅,姚玉杰. 历史语境下的莫里森母性诉说之文化解析[J]. 西北大学学报,2012(3):192 – 194.

[154]托妮·莫瑞森. 柏油孩子[M]. 胡允桓,译. 海口:南海出版公司,2005.

[155]托妮·莫里森. 宠儿[M]. 潘岳,雷格,译. 北京:中国文学出版社,1996.

[156]托妮·莫瑞森. 所罗门之歌[M]. 胡允桓,译. 上海:上海译文出版

社,2005.

[157]托妮·莫里森.爱[M].顾悦,译.海口:南海出版公司,2013.

[158]托妮·莫里森.恩惠[M].胡允桓,译.海口:南海出版公司,2013.

[159]托妮·莫瑞森.最蓝的眼睛 —— 托妮·莫瑞森小说选[M].陈苏东,胡允桓,译.海口:南海出版公司,2005.

[160]乔国强.同化:一种苦涩的流亡 —— 析"同化"主题在辛格作品中的表现[J].当代外国文学,2004(3):140－148.

[161]尚必武.创伤·记忆·叙述疗法 —— 评莫里森新作《慈悲》[J].国外文学,2011(3):84－93.

[162]尚必武.被误读的母爱:莫里森新作《慈悲》中的叙事判断[J].外国文学研究,2010(4):60－69.

[163]尚必武.伦理选择·伦理身份·伦理意识:《慈悲》的文学伦理学解读[J].外国文学研究,2011(6):14－23.

[164]师彦灵.美国当代华裔女性文学创伤叙事研究[D].兰州:兰州大学,2012.

[165]史敏,蒋永国.莫里森小说创作中的原始图腾与神话仪式[J].南京社会科学,2008(4):84－89.

[166]宋海荣,陈国鹏.关于儿童依恋影响因素的研究述评[J].心理科学,2003(1):172－173.

[167]苏珊·S.兰瑟.虚构的权威——女性作家与叙述声音[M].黄必康,译.北京:北京大学出版社,2002.

[168]孙静波.托尼·莫里森小说中的非洲文化元素[J].深圳大学学报,2008(3):115－121.

[169]谭咏梅,王山.多学科视角下的价值观概念和内涵[J].辽宁大学学报,2008(5):6－10.

[170]唐红梅.论托尼·莫里森《爱》中的历史反思与黑人女性主体意识[J].当代外国文学,2007(1):33－40.

[171]唐红梅.种族、性别与身份认同——美国黑人女作家艾丽丝·沃克、

托尼·莫里森小说创作研究[M]. 北京:民族出版社,2006.

[172]陶家俊. 创伤[J]. 外国文学,2011(4):117 – 125.

[173]陶家俊. 耶鲁派大屠杀创伤研究论析[J]. 当代外国文学,2013(4):124 – 131.

[174]陶东风. 文化创伤与见证文学[J]. 当代文坛,2011(5):10 – 15.

[175]田亚曼. 拼贴起来的黑玻璃 —— 弗洛伊德精神分析视阈下的莫里森小说研究 [M]. 上海:复旦大学出版社,2012.

[176]田亚曼. 母爱与成长:托妮·莫里森小说[M]. 北京:中国社会科学出版社,2009.

[177]王海燕. 人性的丧失与回归——读托妮·莫里森《心爱的人》[J]. 四川师范大学学报,1998,25(1):71 – 76.

[178]王家湘. 黑人女作家托妮·莫里森作品初探[J]. 外国文学,1988(4):76 – 86.

[179]王晋平. 论《乐园》的叙述话语模式[J]. 武汉大学学报,2002,55(5):585 – 588.

[180]王烺烺. 欧美主流文学传统与黑人文化精华的整合 —— 评莫里森《宠儿》的艺术手法[J]. 当代外国文学,2002(4):117 – 124.

[181]王烺烺. 托妮·莫里森《宠儿》、《爵士乐》、《天堂》三部曲中的身份建构[M]. 厦门:厦门大学出版社,2010.

[182]王黎云. 评托妮·莫里森的《最蓝的眼睛》[J]. 杭州大学学报,1988,18(4):143 – 147.

[183]王敏. 家庭教育环境对子女健康成长的影响[J]. 现代教育科学,2006(2):65 – 67.

[184]王泉. 拉康式解读莫里森的三部小说[M]. 北京:外文出版社,2006.

[185]王守仁,吴新云. 对爱进行新的思考 —— 评莫里森的小说《爱》[J]. 当代外国文学,2004(2):43 – 52.

[186]王守仁,吴新云. 性别·种族·文化:托妮·莫里森与二十世纪美国黑人文学[M]. 北京:北京大学出版社,1999.

［187］王守仁. 爱的乐章 —— 读托妮·莫里森的《爵士乐》[J]. 当代外国
　　　文学,1995(3):92 - 96.

［188］王守仁,吴新云. 白人文化冲击之下的黑人心灵 —— 评托妮·莫里
　　　森的小说《最蓝的眼睛》[J]. 河南师范大学学报,2000,27(3):
　　　124 - 129.

［189］王守仁,吴新云. 超越种族:莫里森新作《慈悲》中的"奴役"解析[J].
　　　当代外国文学,2009(2):35 - 44.

［190］王守仁,吴新云. 美国黑人的双重自我 —— 论托妮·莫里森的小说
　　　《柏油娃》[J]. 南京大学学报,2001,38(6):53 - 60.

［191］王守仁. 走出过去的阴影 —— 读托妮·莫里森的《心爱的人》[J].
　　　外国文学评论,1994(1):37 - 42.

［192］王玉括. 美国莫里森研究综述 [J]. 英美文学研究论丛,2007(1):
　　　232 - 245.

［193］王玉括. 莫里森的文化立场阐释 [J]. 当代外国文学,2006(2):
　　　105 - 110.

［194］王玉括. 莫里森研究 [M]. 北京:人民文学出版社,2005.

［195］王玉括. 在新历史主义视角下重构《宠儿》[J]. 外国文学研究,2007
　　　(1):140 - 145.

［196］翁乐虹. 以音乐作为叙述策略 —— 解读莫里森小说《爵士乐》[J].
　　　外国文学评论,2000(2):52 - 62.

［197］习传进. 魔幻现实主义与《宠儿》[J]. 外国文学研究,1997(3):
　　　106 - 108.

［198］肖淑芬.《宠儿》与《汤姆大伯的小屋》的互文性及其启示 [J]. 武汉
　　　大学学报 ,2011,64(2):99 - 103.

［199］谢群.《最蓝的眼睛》的扭曲与变异 [J]. 外国文学研究,1999(4):
　　　104 - 111.

［200］熊文. 托妮·莫里森小说中的自然和女性形象 [J]. 江苏社会科学,
　　　2010(5):160 - 164.

[201]薛玉秀.文化创伤视阈下的黑人女性主体性之构建 —— 解读托妮·莫里森的《慈悲》[J].湖南科技学院学报,2012,33(11):49 - 51.

[202]杨仁敬.读者是文本整体的一部分 —— 评《最蓝的眼睛》的结构艺术[J].外国文学研究,1998(2):75 - 80.

[203]杨绍梁,刘霞敏.创伤的记忆:"他者"的病态身份构建 —— 浅析莫里森新作《慈悲》[J].天津外国语大学学报,2012,19(6):65 - 71.

[204]杨中举,王红坤.黑色之书:莫里森小说创作与黑人文化传统[M].北京:中央文献出版社,2007.

[205]应伟伟.莫里森早期小说中的身体政治意识与黑人女性主体建构[J].当代外国文学,2009(2):45 - 52.

[206]曾梅.托尼·莫里森作品的文化定位[M].济南:山东人民出版社,2010.

[207]曾艳钰.《所罗门之歌》中的现代主义神话倾向[J].厦门大学学报,2000(1):131 - 135.

[208]曾艳钰.记忆不能承受之重 ——《考瑞基多拉》及《乐园》中的母亲、记忆与历史[J].当代外国文学,2008(4):106 - 113.

[209]张宏薇.女性主义的立场与视角 —— 从女性人物的变迁看莫里森思想的演变[J].学习与探索,2007(6):201 - 203.

[210]张宏薇.托妮·莫里森宗教思想研究[D].长春:东北师范大学,2009.

[211]张宏薇.上帝的性别:《秀拉》对上帝造人神话的改写[J].外语学刊,2012(5):135 - 139.

[212]张晔,王丽丽."最蓝的眼睛"中的盲点 —— 莫里森《最蓝的眼睛》中的文化视角[J].学术交流,2003(7):153 - 155.

[213]章洁帆.托妮·莫里森小说中的"父爱缺失"[J].牡丹江师范学院学报,2012(3):45 - 47.

[214]章汝雯.《所罗门之歌》中的女性化话语和女权主义话语[J].外国文学,2005(5):85 - 90.

[215]章汝雯.《最蓝的眼睛》中的话语结构[J].外国文学研究,2004(4):
62－67.

[216]章汝雯.托妮·莫里森研究[M].北京:外语教学与研究出版
社,2006.

[217]章汝雯.艺术手法的继承 思想内容的超越 —— 评《宠儿》及《喧哗
与骚动》[J].浙江学刊,2001(2):133－136.

[218]赵莉.托妮·莫里森小说研究[M].哈尔滨:东北林业大学出版
社,2008.

[219]赵莉华.莫里森《天堂》中的肤色政治[J].外国文学评论,2012(4):
150－160.

[220]赵莉华.空间政治:托尼·莫里森小说研究[M].成都:四川大学出
版社,2011.

[221]赵庆玲.托妮·莫里森作品中的创伤情结 —— 以《宠儿》和《天堂》
为例[J].河南广播电视大学学报,2008,21(3):45－46.

[222]赵思奇.贝尔·胡克斯黑人女性主义文学批评研究[D].济南:山东
大学,2010.

[223]郑成英,李道柏.试析《秀拉》中的黑人女性形象[J].江西社会科学,
2003(4):25－26.

[224]朱荣杰.伤痛与弥合:托妮·莫里森小说母爱主题的文化研究 [M].
开封:河南大学出版社,2004.

[225]朱小琳.回归与超越:托妮·莫里森小说的喻指性研究 [M].北京:
中国社会科学出版社,2010.

[226]朱新福.托尼·莫里森的族裔文化语境[J].外国文学研究,2004
(3):54－60.

[227]杜志卿,张燕.《秀拉》:一种神话原型的解读[J].当代外国文学,
2004(2):80－88.

[228]曾纳.为了忘却的记忆——莫里森《宠儿》中塞丝的创伤治疗法[J].
科技信息,2008(32):124－125.

附　　录 I

托妮·莫里森生平及著作年表

1931 年 2 月 18 日　出生于美国俄亥俄州洛雷恩镇,原名克洛伊·安东尼·沃福德(Chloe Anthony Wofford),父亲乔治·沃福德,母亲拉玛·沃福德,她是家里的第二个孩子。

1937 年　进入当地霍桑小学读书。

1943 年　进入当地中学读书。

1949 年　以优异成绩毕业于洛雷恩高级中学,同年 9 月进入霍华德大学攻读英语和古典文学。在大学就读期间,她将名字更改为托妮·沃福德。

1953 年　毕业于霍华德大学,获得文学学士学位,同年 9 月进入康奈尔大学研读西方现代派文学。

1955 年　从康奈尔大学毕业,获得硕士学位。她撰写了关于弗吉尼亚·伍尔夫和威廉·福克纳作品中的自杀主题的毕业论文。毕业后任教于得克萨斯南方大学英文系。

1957 年　重返母校霍华德大学任教。

1958 年　在霍华德大学任教期间结识了来自牙买加的建筑师哈罗德·莫里森,并与其结婚。

1961 年　长子哈罗德·福特出生。

1963 年　与丈夫分居。怀有身孕赴欧洲,同年次子沙拉特·凯文出生。

1964 年　与丈夫正式离婚,带着两个儿子返回家乡洛雷恩镇。年末被兰登书屋出版公司聘为编辑。

1966 年　晋升为兰登书屋纽约总部高级编辑,开始编纂《黑人之书》和创作第一部小说。

1970 年　第一部长篇小说《最蓝的眼睛》由华盛顿广场出版公司出版。

1971 年　兼任纽约州立大学副教授,教授写作课程。

1973 年　第二部长篇小说《秀拉》出版。

1974 年　编辑的《黑人之书》出版。

1975 年　父亲乔治·沃福德去世;《秀拉》获小说类国家图书奖提名。

1976 年　参加佛蒙特大学的布雷德洛夫作家创作班,同年任耶鲁大学访问学者,讲授文学创作和黑人文学。

1977 年　第三部长篇小说《所罗门之歌》出版,并获得美国国家书评奖。

1980 年　被美国总统吉米·卡特任命为全国艺术委员会委员。

1981 年　第四部长篇小说《柏油孩子》出版,3 月 30 日成为《新闻周刊》的第一位非裔美国女性封面人物。

1983 年　辞去兰登书屋的编辑工作,受聘于纽约州立大学从事教学工作,同年发表唯一的一部短篇小说《宣叙》。

1986 年　创作的戏剧《艾米特之梦》在奥尔巴尼剧场上演,获得成功。

1987 年　第五部长篇小说《宠儿》出版,获全国图书评论奖提名。

1988 年　《宠儿》获得普利策小说奖和罗伯特·F.肯尼迪图书奖。

1989 年　受聘于普林斯顿大学人文研究中心,成为“常青藤联合会大学”首位黑人女性客座教授。

1992 年　第六部长篇小说《爵士乐》出版,登上《纽约时报》书评畅销书排行榜;文学评论集《黑暗中的游戏》由哈佛大学出版社出版。

1993 年　成为第一位获得诺贝尔文学奖的黑人女性作家。

1994 年　母亲去世。同年获得法国孔多塞奖章、赛珍珠奖以及雷吉耶姆·朱里文学奖。

1996 年　获美国国家图书基金会美国文学杰出贡献奖章。

1997 年　第七部长篇小说《天堂》出版。

1998 年　由《宠儿》改编的同名电影上映。

1999 年　与小儿子合作的儿童读物《大盒子》出版。

2000 年　被提名并获得（美国）国家人文奖章，同年《秀拉》、《所罗门之歌》、《宠儿》、《爵士乐》四部小说当选为美国 20 世纪百部最佳小说。

2001 年　与儿子共同创作的儿童读物《吝啬鬼之书》出版。

2003 年　第八部长篇小说《爱》出版。

2005 年　歌剧《玛格丽特·加纳》在美国底特律歌剧院上演，同年获得牛津大学荣誉文学博士称号。

2006 年　从普林斯顿大学退休，《宠儿》被《纽约时代书评》列为过去 25 年美国最佳小说。

2008 年　第九部长篇小说《恩惠》出版。

2009 年　获诺曼·梅勒终身成就奖。

2011 年　获日内瓦大学荣誉文学博士称号。

2012 年　以 81 岁高龄出版了第十部小说《家园》，并获得总统自由勋章。

2013 年　获范德堡大学授予的尼克斯校长（Nichols-Chancellor's Medal）勋章。

附　录 II

Toni Morrison's Nobel Lecture [①]

Narrative has never been merely entertainment for me. It is, I believe, one of the principal ways in which we absorb knowledge. I hope you will understand, then, why I begin these remarks with the opening phrase of what must be the oldest sentence in the world, and the earliest one we remember from childhood: "Once upon a time . . . ."

"Once upon a time there was an old woman. Blind but wise." Or was it an old man? A guru, perhaps. Or a griot soothing restless children. I have heard this story, or one exactly like it, in the lore of several cultures.

"Once upon a time there was an old woman. Blind. Wise."

In the version I know the woman is the daughter of slaves, black, American, and lives alone in a small house outside of town. Her reputation for wisdom is without peer and without question. Among her people she is both the law and its transgression. The honor she is paid and the awe in which she is held reach beyond her neighborhood to places far away; to the city where the intelligence of rural prophets is the source of

---

① 托妮·莫里森 1993 年获得诺贝尔文学奖,她的受奖演说不是简单地表达感谢和她的激动心情,而是表达了她对语言和作家创作的观点,发人深省。她的演说对于研究她的创作思想和她的作品有重要的启示作用,因此本书附之于此。引自: Morrison Toni. The Nobel Lecture in Literature [M]. New York: Knopf, 1994。

much amusement.

One day the woman is visited by some young people who seem to be bent on disproving her clairvoyance and showing her up for the fraud they believe she is. Their plan is simple: they enter her house and ask the one question the answer to which rides solely on her difference from them, a difference they regard as a profound disability: her blindness. They stand before her, and one of them says, " Old woman, I hold in my hand a bird. Tell me whether it is living or dead. "

She does not answer, and the question is repeated. "Is the bird I am holding living or dead?"

Still she doesn't answer. She is blind and cannot see her visitors, let alone what is in their hands. She does not know their color, gender or homeland. She only knows their motive.

The old woman's silence is so long, the young people have trouble holding their laughter.

Finally she speaks and her voice is soft but stern. "I don't know", she says. "I don't know whether the bird you are holding is dead or alive, but what I do know is that it is in your hands. It is in your hands. "

Her answer can be taken to mean: if it is dead, you have either found it that way or you have killed it. If it is alive, you can still kill it. Whether it is to stay alive, it is your decision. Whatever the case, it is your responsibility.

For parading their power and her helplessness, the young visitors are reprimanded, told they are responsible not only for the act of mockery but also for the small bundle of life sacrificed to achieve its aims. The blind woman shifts attention away from assertions of power to the instrument through which that power is exercised.

Speculation on what (other than its own frail body) that bird – in – the – hand might signify has always been attractive to me, but especially so now thinking, as I have been, about the work I do that has brought me to this company. So I choose to read the bird as language and the woman as a practiced writer. She is worried about how the language she dreams in, given to her at birth, is handled, put into service, even withheld from her for certain nefarious purposes. Being a writer she thinks of language partly as a system, partly as a living thing over which one has control, but mostly as agency—as an act with consequences. So the question the children put to her: "Is it living or dead?" is not unreal because she thinks of language as susceptible to death, erasure; certainly imperiled and salvageable only by an effort of the will. She believes that if the bird in the hands of her visitors is dead the custodians are responsible for the corpse. For her a dead language is not only one no longer spoken or written, it is unyielding language content to admire its own paralysis. Like statist language, censored and censoring. Ruthless in its policing duties, it has no desire or purpose other than maintaining the free range of its own narcotic narcissism, its own exclusivity and dominance. However moribund, it is not without effect for it actively thwarts the intellect, stalls conscience, suppresses human potential. Unreceptive to interrogation, it cannot form or tolerate new ideas, shape other thoughts, tell another story, fill baffling silences. Official language smitheryed to sanction ignorance and preserve privilege is a suit of armor polished to shocking glitter, a husk from which the knight departed long ago. Yet there it is: dumb, predatory, sentimental. Exciting reverence in schoolchildren, providing shelter for despots, summoning false memories of stability, harmony among the public.

She is convinced that when language dies, out of carelessness, disuse, indifference and absence of esteem, or killed by fiat, not only she herself, but all users and makers are accountable for its demise. In her country children have bitten their tongues off and use bullets instead to iterate the voice of speechlessness, of disabled and disabling language, of language adults have abandoned altogether as a device for grappling with meaning, providing guidance, or expressing love. But she knows tongue-suicide is not only the choice of children. It is common among the infantile heads of state and power merchants whose evacuated language leaves them with no access to what is left of their human instincts for they speak only to those who obey, or in order to force obedience.

The systematic looting of language can be recognized by the tendency of its users to forgo its nuanced, complex, mid-wifery properties for menace and subjugation. Oppressive language does more than represent violence; it is violence; does more than represent the limits of knowledge; it limits knowledge. Whether it is obscuring state language or the faux-language of mindless media; whether it is the proud but calcified language of the academy or the commodity driven language of science; whether it is the malign language of law-without-ethics, or language designed for the estrangement of minorities, hiding its racist plunder in its literary cheek—it must be rejected, altered and exposed. It is the language that drinks blood, laps vulnerabilities, tucks its fascist boots under crinolines of respectability and patriotism as it moves relentlessly toward the bottom line and the bottomed-out mind. Sexist language, racist language, theistic language—all are typical of the policing languages of mastery, and cannot, do not permit new knowledge or encourage the mutual exchange of ideas.

The old woman is keenly aware that no intellectual mercenary, nor insatiable dictator, no paid-for politician or demagogue; no counterfeit journalist would be persuaded by her thoughts. There is and will be rousing language to keep citizens armed and arming; slaughtered and slaughtering in the malls, courthouses, post offices, playgrounds, bedrooms and boulevards; stirring, memorializing language to mask the pity and waste of needless death. There will be more diplomatic language to countenance rape, torture, assassination. There is and will be more seductive, mutant language designed to throttle women, to pack their throats like paté-producing geese with their own unsayable, transgressive words; there will be more of the language of surveillance disguised as research; of politics and history calculated to render the suffering of millions mute; language glamorized to thrill the dissatisfied and bereft into assaulting their neighbors; arrogant pseudo-empirical language crafted to lock creative people into cages of inferiority and hopelessness.

Underneath the eloquence, the glamor, the scholarly associations, however stirring or seductive, the heart of such language is languishing, or perhaps not beating at all—if the bird is already dead.

She has thought about what could have been the intellectual history of any discipline if it had not insisted upon, or been forced into, the waste of time and life that rationalizations for and representations of dominance required—lethal discourses of exclusion blocking access to cognition for both the excluder and the excluded.

The conventional wisdom of the Tower of Babel story is that the collapse was a misfortune. That it was the distraction or the weight of many languages that precipitated the tower's failed architecture. That one monolithic language would have expedited the building and heaven would have been reached. Whose heaven, she wonders? And what kind? Perhaps the achievement of Paradise was premature, a little hasty if no one could take the time to understand other languages, other views, other narratives period. Had they, the heaven they imagined might have been found at their feet. Complicated, demanding, yes, but a view of heaven as life; not heaven as post-life.

She would not want to leave her young visitors with the impression that language should be forced to stay alive merely to be. The vitality of language lies in its ability to limn the actual, imagined and possible lives of its speakers, readers, writers. Although its poise is sometimes in displacing experience it is not a substitute for it. It arcs toward the place where meaning may lie. When a President of the United States thought about the graveyard his country had become, and said, "The world will little note nor long remember what we say here. But it will never forget what they did here," his simple words are exhilarating in their life-sustaining properties because they refused to encapsulate the reality of 600, 000 dead men in a cataclysmic race war. Refusing to monumentalize, disdaining the "final word", the precise "summing up", acknowledging their "poor power to add or detract", his words signal deference to the uncapturability of the life it mourns. It is the deference that moves her, that recognition that language can never live up to life once and for all. Nor should it. Language can never "pin down" slavery, genocide, war. Nor should it yearn for the arrogance to be able to do so. Its force, its felicity is in its reach toward the ineffable.

Be it grand or slender, burrowing, blasting, or refusing to sanctify; whether it laughs out loud or is a cry without an alphabet, the choice word, the chosen silence, unmolested language surges toward knowledge, not its destruction. But who does not know of literature banned because it is interrogative; discredited because it is critical; erased because alternate? And how many are outraged by the thought of a self-ravaged tongue?

Word-work is sublime, she thinks, because it is generative; it makes meaning that secures our difference, our human difference—the way in which we are like no other life.

We die. That may be the meaning of life. But we do language. That may be the measure of our lives.

"Once upon a time, . . . "visitors ask an old woman a question. Who are they, these children? What did they make of that encounter? What did they hear in those final words: "The bird is in your hands?" A sentence that gestures towards possibility or one that drops a latch? Perhaps what the children heard was "It's not my problem. I am old, female, black, blind. What wisdom I have now is in knowing I cannot help you. The future of language is yours."

They stand there. Suppose nothing was in their hands? Suppose the visit was only a ruse, a trick to get to be spoken to, taken seriously as they have not been before? A chance to interrupt, to violate the adult world, its miasma of discourse about them, for them, but never to them? Urgent questions are at stake, including the one they have asked: "Is the bird we hold living or dead?" Perhaps the question meant: "Could someone tell us what is life? What is death?" No trick at all; no silliness. A straightforward question worthy of the attention of a wise one. An old one. And if the old and wise who have lived life and faced death cannot describe either, who can?

But she does not; she keeps her secret; her good opinion of herself; her gnomic pronouncements; her art without commitment. She keeps her distance, enforces it and retreats into the singularity of isolation, in sophisticated, privileged space.

Nothing, no word follows her declaration of transfer. That silence is deep, deeper than the meaning available in the words she has spoken. It shivers, this silence, and the children, annoyed, fill it with language invented on the spot.

"Is there no speech," they ask her, "no words you can give us that helps us break through your dossier of failures? Through the education you have just given us that is no education at all because we are paying close attention to what you have done as well as to what you have said? To the barrier you have erected between generosity and wisdom?"

"We have no bird in our hands, living or dead. We have only you and our important question. Is the nothing in our hands something you could not bear to contemplate, to even guess? Don't you remember being young when language was magic without meaning? When what you could say, could not mean? When the invisible was what imagination strove to see? When questions and demands for answers burned so brightly you trembled with fury at not knowing?

"Do we have to begin consciousness with a battle heroines and heroes like you have already fought and lost leaving us with nothing in our hands except what you have imagined is there? Your answer is artful, but its artfulness embarrasses us and ought to embarrass you. Your answer is indecent in its self-congratulation. A made-for-television script that makes no sense if there is nothing in our hands.

"Why didn't you reach out, touch us with your soft fingers, delay the sound bite, the lesson, until you knew who we were? Did you so despise our trick, our modus operandi you could not see that we were baffled about how to get your attention? We are young. Unripe. We have heard all our short lives that we have to be responsible. What could that possibly mean in the catastrophe this world has become; where, as a poet said, "nothing needs to be exposed since it is already barefaced." Our inheritance is an affront. You want us to have your old, blank eyes and see only cruelty and mediocrity. Do you think we are stupid enough to perjure ourselves again and again with the fiction of nationhood? How dare you talk to us of duty when we stand waist deep in the toxin of your past?

You trivialize us and trivialize the bird that is not in our hands. Is there no context for our lives? No song, no literature, no poem full of vitamins, no history connected to experience that you can pass along to help us start strong? You are an adult. The old one, the wise one. Stop thinking about saving your face. Think of our lives and tell us your particularized world. Make up a story. Narrative is radical, creating us at the very moment it is being created. We will not blame you if your reach exceeds your grasp; if love so ignites your words they go down in flames and nothing is left but their scald. Or if, with the reticence of a surgeon's hands, your words suture only the places where blood might flow. We know you can never do it properly—once and for all. Passion is never enough; neither is skill. But try. For our sake and yours forget your name in the street; tell us what the world has been to you in the dark places and in the light. Don't tell us what to believe, what to fear. Show us belief's wide skirt and the stitch that unravels fear's caul. You, old woman, blessed with blindness, can speak the language that tells us what only language can: how to see without pictures. Language alone protects us from the scariness of things with no names. Language alone is meditation.

Tell us what it is to be a woman so that we may know what it is to be a man. What moves at the margin. What it is to have no home in this place. To be set adrift from the one you knew. What it is to live at the edge of towns that cannot bear your company.

"Tell us about ships turned away from shorelines at Easter, placenta in a field.

Tell us about a wagonload of slaves, how they sang so softly their breath was indistinguishable from the falling snow. How they knew from the hunch of the nearest shoulder that the next stop would be their last. How, with hands prayered in their sex, they thought of heat, then sun. Lifting their faces as though it was there for the taking. Turning as though there for the taking. They stop at an inn. The driver and his mate go in with the lamp leaving them humming in the dark. The horse's void steams into the snow beneath its hooves and its hiss and melt are the envy of the freezing slaves.

"The inn door opens: a girl and a boy step away from its light. They climb into the wagon bed. The boy will have a gun in three years, but now he carries a lamp and a jug of warm cider. They pass it from mouth to mouth. The girl offers bread, pieces of meat and something more: a glance into the eyes of the one she serves. One helping for each man, two for each woman. And a look. They look back. The next stop will be their last. But not this one. This one is warmed."

It's quiet again when the children finish speaking, until the woman breaks into the silence.

"Finally," she says, "I trust you now. I trust you with the bird that is not in your hands because you have truly caught it. Look. How lovely it is, this thing we have done—together."

托妮·莫里森获得诺贝尔文学奖时的演说①

对我来说,听别人讲故事不只是一种消遣,我坚信这是人们获得知识的主要途径之一。因此我请求各位能理解以一句可以算作是世界上最古老的、我们从孩提时代起便已经熟知了的话来作为这次演说的开端:"……在从前……"

"在从前有个老妇人,她已双目失明却知道一切。"或许是在从前有个老头子?或者是个巫师?抑或是一个能使孩子们听话的教书先生?这种故事或诸如此类的故事我已在许多文化传说中听到过了。

"在从前有个老妇人,她双目失明却知道一切。"

在我听说过的故事里,那个老妇人是奴隶的女儿,黑人,美国人,她孤身一人住在郊外的一所小屋子里。她的智慧远近闻名无人可比,她在周围人中间代表法律又超越法律。人们对她的敬畏与崇拜远远超出周围,一直传到很远很远的一向以农村中流传的民间先知者的智慧为笑料的城市里。

有一天一群年轻的男子来拜访她,他们想揭穿老妇人智慧的虚假,使她骗人的伎俩公开暴露。他们的盘算很简单:当他们走进老妇人的屋子时只提出一个问题,而要回答这一问题就会显示出老妇人与他们之间一个不可改变的差异,因为她是瞎子。他们站在老妇人面前,其中一个说:"老妇人,我们手里抓着一只鸟,告诉我它是活的还是死的?"

她没有回答,那人又问了一遍:"我手中的鸟是活的还是死的?"

她依然没有回答。她是瞎子看不见这些来访者,也不知道他们手里抓的是什么。她不知道这些人的肤色、性别和来自何处。但她知道他们的用意。

---

① 译文引自毛信德:《美国黑人文学的巨星——托妮·莫里森小说创作论》,杭州:浙江大学出版社 2006 年版,第 164—173 页。有改动。

老妇人沉默了好长时间,这群年轻人都忍不住笑了起来。

最后她开口了,声音细小而严肃。"我不知道,"她说,"我不知道你手里的鸟是死的还是活的,但我知道它是在你们手里,就在你们手里。"

她的回答的意思是:倘若这鸟是死的,要不发现它时已经死了或是你把它弄死的。倘若这鸟是活的,你还可以把它弄死。它能不能活下去由你们决定。不论哪种结果这决定的权力全在你们手中。

年轻人想奚落老妇人以显示自己的能耐却遭到了谴责,他们被教训说不仅要为嘲笑他人的行为负责,还要为他们费尽心机而遭残害的生命负责。于是,这瞎子老妇人就把注意力从力量的显示转移到了显示力量的方式工具上。

一直以来促使我去思考的是被人抓在手里的鸟(除了它软弱的身体之外)究竟象征着什么,现在我所想的尤其是,把我带到这个聚会来的我的工作。所以我将那个故事中的鸟当作语言,而那个老妇人就是一位在进行实践的作家。她忧虑的是她在梦中使用的、在她出生时就被赋予的语言别人是如何去使用的,如何发挥效力的,甚至要如何抑制它为某种邪恶的目的而被使用。作为一个作家,她认为语言是一个体系,同时又把它部分地视作被人掌握的有生命的东西,但更多地是把它看作一种动力——一种会造成结果的行为。所以这些年轻人向她提出问题"它是活的还是死的?"就不再是虚妄的了,因为她知道语言是容易死亡的、被磨灭的;毫无疑问它正处于危险的境地,只有通过坚忍的努力才能获得救助。她相信倘若来访者手中的鸟已经死了,那么他们必须对此负责。对她来说,一种死亡的语言不仅没人去说没人去写了,它也不可能再去赞美自身的瘫痪状态,就像统治者一样,总在监视着别人。它在无情地执行警察职责,为的是让自己能着迷似的自由放纵和维护自我的狂妄尊大,别无其他的愿望和目的。虽然濒临死亡,却并非毫无作用,它在恣意地残杀智慧、摧毁良知、遏制人类的创造能力。拒绝接受质询,无法产生也容纳不了新的思想,形成不了新的意识去讲另一个故事,于是一切都归于沉默。官方的语言所造就的是愚昧,特权的保留像一副磨亮的盔甲,是古代早就远去了的武士的外壳。然而它在那里:木讷、黯然、感伤,赢得小学生们的尊敬,为暴君们提供庇护,在公众面前造成了稳定、和谐的虚假景象。

她相信当语言由于遭到冷落、搁置,不被尊重或被强令扼杀而死亡时,不仅是她自己而且所有的语言使用者和创造者都应该对它的死负有责任。在她的国家里,孩子们被迫咬断自己的舌头,以子弹代替发出无语之声,用那已经摧残和正在被摧残的语言代替被成年人抛弃的具有探索价值、指导意义、表达爱情的语言。然而她知道咬断舌头的行为不仅仅是孩子们的选择,这些在头脑幼稚的国家领袖和商贾巨子们中间也时有发生。他们仅有空壳的语言失去了他们作为人的本能特征,因为他们只对服从于他们的人发话或者是为了强迫人们服从而说话。

对语言的系统掠夺还能从一个倾向中看出,使用者为了威胁或者迫使别人就范,往往放弃语言的细腻、复杂和对生命具有助产作用的特征。压制性的语言不仅代表暴力,它本身就是暴力,它远不只是意味着对知识的限制,它本身就是对知识的限制。无论它是一种苍白含糊的官方语言还是媚态虚假的媒体语言;无论它是傲慢而僵硬的学界语言还是成为商品的科学语言;无论它是违背法律道德的恶毒语言还是舐吮受伤者鲜血、在伤口上撒盐的语言,它将法西斯主义者的长靴掩藏在高尚人格和爱国主义的裙子底下,然后残酷地踏向不设防的思想中间地带。性别歧视的语言、种族主义的语言、宣扬有神论的语言——所有这些都是统治者典型的警察化语言,它们不允许,也不会允许产生新的知识,也不会支持思想的交流沟通。

老妇人清楚,在那些被人豢养的知识贩子、贪得无厌的独裁者、受人雇佣的政客和游说者、冒牌的记者中间,没有一个会信服她的思想。现在和将来都会有煽动性语言在民众中出现,把他们武装起来,让他们在商场、法庭、邮局、游乐场、卧室和林荫道中相互屠杀;用激动人心充满怀念的语言来掩盖无谓牺牲的悲凉和荒芜。还会将外交辞令用来包装对强奸、刑罚和暗杀的纵容。现在和将来都会有充满诱惑力和变异的语言去企图压制妇女,把她们视为任人宰割的鹅往嘴里填喂污词秽语;还将会有更多乔装成研究的监视性语言;更多的政治性语言和历史性语言遏制千百万民众对于苦难的申诉;更多的具有迷惑性的语言让心术不正者、孤立无援者用来向他们的邻人发动进攻;更多傲慢的、假冒经验之谈的语言将具有创造能力的人们封闭在平庸和绝望的困境之中。

在雄辩、魅力、学术氛围的背后,无论是激动人心还是富有魅力,这种语言的核心依然是消极衰弱的,或许可以说,什么活力也没有了——假如说那只鸟已经死了的话。她曾想到过如果任何科学的历史不被迫为那些一统天下的思想而浪费时间去进行辩护和说教,那么这些绝对有害的说教对排他者和被排斥者来说都同样被堵塞了理性认识的渠道。

传统的观点认为巴比塔①的倒塌是一个不幸,认为这是由于人们的多种语言混杂使这座建筑物突然陷入崩溃。假如有一种统一的语言,这座通天塔便能建成,人们也就可以到达天堂。那么是谁的天堂呢?她惊讶地想是什么样子的天堂呢?或许现在到达天堂的时机还不成熟,假如现在没有一个人能有时间了解其他语言、其他观念、其他时代故事的话。假如他们能够做到,那幻想中的天堂也许已在他们脚下。这是复杂的,要求太高,是的,然而这是一个有生命的天堂,而不是死后的天堂。

她不愿意让那群年轻的来访者留下印象,认为语言是为了生存而生存。语言的生命力在于说它、写它、读它的人所描绘出来的、实际存在的或是想象出来但又可能存在的生活。虽然有时会偏向于实际经验的取代,却不能真正代替实际经验。当一位美国总统想到他的国家会变成墓地时,他说:"此刻世界不会关注我们在说些什么,也不会长久记住我们。但不能忘记他们在这里做过什么。"②这段话言简意赅,令人鼓舞,将与他们的生命价值共存,因为它没有遗忘这场造成 60 万人死亡的灾难性种族战争的现实意义。此话并无树碑立传之意,亦不屑作为"终极之语"和准确的"结论",承认他

① 巴比塔,指《圣经》中所说的通天塔,由诺亚的子孙们所建,用来躲避洪水,后来上帝深恐人类无所不能,于是先搞乱人的语言,使他们彼此言语不通,终使巴比塔半途倒塌。
② 引自美国总统亚伯拉罕·林肯(Abraham Lincoln, 1809—1865)的《在葛底斯堡的演说》,原文为:"The world will little note long remember what we say here. But it will never forget what they did here."

们"贫乏对于现实的增减能力",他的话表达了对于那些不可挽回的牺牲者的敬意。这敬意令她感动,使她认识到语言永远无法与生命等量齐观,也不可能等量齐观。语言决不会"强迫承认"奴隶制、种族屠杀和战争,也永远不可能炫耀它有这样的能力。语言的力量和它的得体在于它可以表达那些不可言喻的意义。

无论它宏大还是纤弱,隐蔽、爆发还是拒绝神化,无论它放声大笑还是无言沉思,它总是要向知识推进而不是毁灭知识,然而有谁能了解文学却由于它的疑问而被查禁,由于它的批语而遭怀疑,由于它的不同而被抹杀呢?又有多少人由于它的舌头遭到自我凌辱而感到激愤呢?

文学作品是崇高的,她认为,因为它具有生命力;它能创造意义而使我们人类获得不同认识——维护我们有别于其他生命的不同认识。

我们会死。这也许就是生命的意义。但我们会使用语言。这就是衡量我们生命价值的标准。

"在从前……"来访者向一个老妇人提出一个问题。这些年轻人他们是谁?他们为什么要设计这次智斗?他们怎样领会"这只鸟就在你们手里"这最后一句话的含义?这是一句表示可能性的话,还是一句关门上锁的绝话?也许这些年轻人听到的是:"这不是我的问题。我老了,我是女人、黑人、盲人。我能知道的仅仅是意识到帮不了你们。语言的将来属于你们。"

他们就在那儿。假如他们手里没有东西会怎样?假如这次拜访只是一个诡计,只是想能与老妇人说上话,那么这样的对话是否过于严肃了?这仅是一次打扰,对成年人世界的一次干预,对他们来说或是一次从未遇到过的有害说教?它也提出了迫切的问题,包括他们所问的那个问题:"我们手里的鸟是活的还是死的?"或许这问题的含义是:"谁能告诉我们什么是生?什么是死?"这不是诡计,也不是胡闹,是一个值得一位有智慧的老人去关注的直截了当的问题。倘若这位经历了生死磨炼的老人也不能解释清楚,那还有谁行呢?

但她没有这样做。她保守着她的秘密,固守着她的见解,她的格言的表白,她的不可捉摸的语言技巧。她保持着与来访者之间的距离,坚持了这种距离并使自己隐蔽在进退自如的特殊空间之中。

问题变换后宣告了沉默。这沉默很深刻,比她说的这些话可能显示的含义还要深刻。这沉默在颤抖,年轻人被惹恼了,就立即想出一些话来填补这沉默。

"你没有话说了吗?"他们问道,"难道你不能帮助我们了解一下你失败的经历吗?你刚才对我们的这些教诲算不上什么教诲,因为我们在留心你所做的同时也留心了你所说的,不就是在你的宽大与智慧之间所设置的一道障碍吗?"

"我们手里没有鸟,无论是活的还是死的,我们只剩下你和我们的重要问题。我们手中没有什么东西可以成为妨碍你思考的负担,即使仅仅是去猜测一下。难道你忘了年轻时代语言就像没有意义的魔术似的情景吗?就是那个你想说话但却说不清楚的时候?就是那个用幻想去看却看不清楚的时候?就是那个在众多的问题和询问面前使你颤抖发怒而无法回答的时候?

"我们是否要像你曾经斗败过的男女斗士那样去开始理解事物,使我们手里除了你想象的东西以外一无所有呢?你的回答很微妙,但这种巧妙却使我们感到窘迫,也应该使你感到窘迫。你的自我标榜式回答是不适当的。假如我们手里没有东西,你所说的就像电视节目中的台词一样没意思。

"为什么你不伸出手臂用你柔软的手指来触摸我们,在没有了解我们是谁时却急于说那些带刺激的训人的话?那么藐视我们的诡计、我们的伎俩,是否因为没有能识破我们想引起你注意的企图而感到困惑?我们是年轻,也不成熟,我们一直在倾听着要我们对短暂生命负责任的话。倘若世界真的变成了一场灾难那又意味着什么呢?难道真如一位诗人所说的'没有什么可说的了,一切都已经暴露无遗了'吗?我们继承的是一个令人愤愤不平的局面。你难道也希望我们成为只看见冷酷和平庸,跟你一样又老又瞎的人吗?你真觉得我们那么愚蠢,一次次地相信国家地位一类的谎言而假发誓言吗?当我们已经站立在半身已经陷入你们留下的毒素包围之中时,你还有什么权利谈我们的责任呢?

　　"你轻视我们,也轻视没有握在我们手里的鸟。难道我们的生命没有继承关系的吗?没有歌声,没有文字,没有充满养分的诗作,也没有你能移交给我们使我们能有一个强有力的开端并和自身体验结合在一起的历史吗?你是一位成年人、老人、智者,无须顾虑个人的脸面。想想我们的今后日子,给我们说说你那特殊世界里的事吧!编一个故事也好。故事的叙述是最基本的,在创造它的瞬间也就创造了我们。假如你的目的超越了你所把握的,我们不会指责你;假如用爱的火焰点燃了你的话语并使它烧为灰烬,或者说假如你的话语和外科医生的手一样严密,只缝合那些可能出血的部位,我们也不会指责你。我们知道你无论如何也不可能永远做得完美整齐。光有热情是永远不够的,光有本领也不够。但还是试试吧。为了我们也为了你自己,忘了你在街坊中的名声吧;告诉我们在你心目中光明和黑暗的世界是怎么样的,而不必告诉我们要相信什么、恐惧什么。指给我们看信仰的宽大裙摆和拆开用恐惧织成的网罗的线头在哪儿吧。你啊,老妇人,你的眼瞎是幸运的,可以光用语言来向我们表达意思,而不须面对真实的画面。语言能用来保护我们免受那些莫名的惊吓。语言本身就是感悟。

　　"请告诉我们怎样做一个女人,这样我们也能知道怎样做一个男人。在边缘部分活动着什么。在这里没有家庭会怎样。不会有人让你从身边人群中离开像小船随风漂流,在那小镇的边上生活而无人做伴又会怎样。

　　"请告诉我们在复活节那天离开海岸的船队怎样成了旷野上一只被弃置的胎盘。一辆马车满载着奴隶,奴隶们的歌声像他们的生命一样轻柔,与正在飘然而下的雪花融化一体,请告诉我们他们是怎样从最挨近的肩膀上隆起的肉峰知道下一个停靠站将是他们的最后一站。他们用双手抚摸他们的性器官,他们想到热量,他们想到太阳。他们抬起脸来等待有人带走他们。马车在一家小旅店前停住了,驾车人和他的副手提灯走了进去,把奴隶们丢在黑暗之中。热烘烘的马粪拉在马蹄下的雪地上,冒着雪化后的咝咝热气让奴隶们产生嫉妒。

　　"小旅店的门打开了:一个女孩和一个男孩从光亮中跑了出来,他们登上了马车。那个男孩手里也许三年后将会提着一杆枪,但他现在还只提着一盏灯和一壶热的橘子水。他们一个个依次地传着喝，女孩给了他们面包和一片片的肉，仔细地打量了这些奴隶的眼神。男奴隶给一口吃，女奴隶给两口吃。每人都看了一眼。奴隶们也都看了她一眼。下一站将是他们的最后一站。但不是这一站，这一站应该说还是温暖的。"

年轻人讲完这些话又归于寂静，终于等到那老妇人又开口了。

"最终，"她说，"我又相信你们了。我相信你们和那没有在你们手中的鸟，因为你们真正抓住了它。瞧，这一切有多美好，这就是我们做的事——我们共同的事业。"

后　　记

　　莫里森笔下黑人女性的悲惨命运令人震撼，让人同情，她细腻的语言令人惊叹，让人折服。莫里森的每部作品都让我感受到她深沉的历史感、她对黑人女性的同情以及她对白人社会的痛斥。这激发了我想揭示莫里森作品中黑人女性创伤的兴趣，成为我选题的原因。

　　本书得以出版，离不开我的恩师乔国强教授的指导和帮助。从选题、拟定提纲、初稿修改，再到定稿，每一步都在乔老师的耐心引导、细致修改以及谆谆教诲中完成。乔老师的教导总是令我茅塞顿开，他的鼓励总是让我奋进前行，他的宽容、理解总是让我心怀感激。在博士论文答辩顺利通过之后，乔老师又不断鼓励我继续修改论文，争取早日出版。乔老师的鼓励让我有勇气和信心去解决写作中的难题，最终得以成稿出版。在得知本书即将出版之际，乔老师又在百忙之中欣然赐序，仔细阅读我的书稿，对我的写作给予肯定并提出中肯的建议。乔老师严谨的治学态度和乐观的生活态度都对我产生了重要的影响。对于恩师，心中充满无限感激，唯有铭记老师教诲，不断努力做出更大成就。

　　在此还要感谢哈尔滨工程大学外语系的各位领导和老师，他们为我的研究提供了大量支持和帮助，尤其感谢郑玉荣教授、王欣以及毛延生老师对书稿的阅读以及对书稿修改提出的宝贵意见。黑龙江大学出版社编辑们认真校对书稿的每一字，每一句，在此向他们表示诚挚的感谢！

　　我还要感谢我的父母，他们一直默默支持、鼓励我完成学业，尤其是妈妈一直期盼这本书的出版，如今终于可以了却她的心愿。感谢我的公公和婆婆，他们不辞辛苦帮我照顾女儿，承担家务，毫无怨言。感谢我的爱人，他总是在我遇到困境时替我分忧,帮我解决困难。感谢年幼的女儿,她的懂事、聪明总会驱散我心中悲观、消极的情绪。

王丽丽
2014 年 7 月于哈尔滨